Léonora Miano

Née à Douala, au Cameroun, en 1973, Léonora Miano vit en France depuis 1991. Saluée par la critique et plébiscitée par le public, elle reçoit en 2005 le prix Révélation de la Forêt des Livres, ainsi que le prix Louis Guilloux en 2006 pour son premier roman, *L'Intérieur de la nuit* (Plon, 2005). Centrés sur l'intimité des êtres, ses textes mettent en scène des personnages subsahariens et afrodescendants en leur conférant une portée universelle. Léonora Miano est le premier auteur de fiction à désigner les identités afropéennes dans le texte littéraire, donnant ainsi une épaisseur à cette nouvelle ethnicité. En quelques années, cette défricheuse d'espaces nouveaux a su tracer un sillon unique. Léonora Miano a reçu le prix Goncourt des lycéens en 2006 pour *Contours du jour qui vient* (Plon, 2006), le Prix Seligmann contre le racisme en 2012 pour *Écrits pour la parole* (L'Arche Éditeur, 2012), le Grand prix du roman métis et le prix Femina en 2013 pour *La Saison de l'ombre* (Grasset, 2013). En 2016, elle publie chez Grasset un roman choral dédié au vécu féminin, *Crépuscule du tourment : Melancholy*, sacré meilleur roman français par le magazine *Transfuge.* Le second volume, *Heritage*, paraît en 2017. Attachée au dialogue des cultures, Léonora Miano choisit le metteur en scène Satoshi Miyagi pour monter sa pièce *Révélation – Red in blue trilogie* (L'Arche Éditeur, 2015) au Théâtre national de la Colline en 2018. *Rouge impératrice*, roman d'anticipation dans lequel l'Afrique incarne pour la première fois l'amour et la puissance, a paru en 2019 chez Grasset.

CES ÂMES CHAGRINES

DU MÊME AUTEUR

CHEZ POCKET

L'INTÉRIEUR DE LA NUIT

CONTOURS DU JOUR QUI VIENT

TELS DES ASTRES ÉTEINTS

LES AUBES ÉCARLATES

LA SAISON DE L'OMBRE

CES ÂMES CHAGRINES

ROUGE IMPÉRATRICE

CRÉPUSCULE DU TOURMENT

1. MELANCHOLY

2. HÉRITAGE

LÉONORA MIANO

CES ÂMES CHAGRINES

Roman

PLON

MIXTE
Papier issu de sources responsables
FSC® C003309
FSC www.fsc.org

Pocket, une marque d'Univers Poche, est un éditeur qui s'engage pour la préservation de son environnement et qui utilise du papier fabriqué à partir de bois provenant de forêts gérées de manière responsable.

ISBN : 978-2-266-22379-9

Pour Alain Massoua II, évidemment...
Et au peuple sawa, avec cette tendresse rugueuse qui me vient de lui. O mulema.

Quand je parlerais toutes les langues des hommes et des anges, si je n'ai pas l'amour, je suis un airain qui résonne ou une cymbale qui retentit.

Corinthiens I, 13, 1

Intro

Les femmes venaient de descendre. Il les voyait depuis le balcon de la terrasse donnant sur le jardin privatif, avec ses arbustes élégamment taillés, ses toboggans et balançoires destinés aux enfants des résidents. Philomène, apercevant de loin les voitures du funiculaire qui glissaient le long du câble, avait demandé quel était cet engin. Amalia lui avait donc proposé de la conduire sur les remparts, afin qu'elle le contemple de plus près. Elles y monteraient peut-être, pour regarder le monde de haut, si la belle Subsaharienne n'était pas trop impressionnée. En la voyant, si lente derrière sa compagne qui gambadait comme à son habitude, Antoine s'amusait intérieurement de cette manière qu'avaient les femmes du Mboasu d'avancer à pas comptés, comme si elles avaient reçu, en venant au monde, un capital de foulées à économiser. À ce rythme-là, la route serait longue, mais rien ne pressait jamais pour les habitants de ce territoire niché au cœur du Continent, dans la partie équatoriale. D'ailleurs, ils s'enorgueillissaient de cette nonchalance, la considérant comme une forme de noblesse. C'était ainsi qu'on les entendait parfois clamer : *Si les Nordistes ont la montre, nous, nous avons le temps.* Concernant la mode qu'ils aimaient passionnément, ne reculant pas devant les assortiments de couleurs les plus risqués – Philomène arborait un pantalon en satin d'un rose aveuglant, imprimé de fleurs vertes, un corsage et des chaussure bleus –, les gens du Mboasu disaient : *Si les Nordistes ont créé le vêtement, nous avons inventé l'habillement*, et il était vain de tenter de les contredire.

Antoine se tourna vers la salle de séjour où se trouvait Jérémie, ce frère avec lequel il n'était pas lié par le sang mais par la mémoire, ce qui comptait certainement davantage. C'était la première fois, depuis tout ce temps, que Jérémie voyageait hors du Continent, pour lui rendre visite dans l'Hexagone. Il aurait bien des choses à lui faire découvrir, espérait bien d'autres occasions encore, bien d'autres rassemblements familiaux. L'homme se sentait apaisé, presque heureux, savourait ce sentiment nouveau qu'il se promettait de faire fructifier. Les bourrasques intimes qui lui avaient un temps fait détester être au monde sans pour autant se résoudre à quitter la vie, n'étaient plus. Elles avaient fait place, ce qui ne cessait de le surprendre, à la certitude que tout était désormais possible, qu'ils avaient mangé leur pain noir, payé au prix fort les jolies choses qui leur seraient offertes. Ils avaient été si durement éprouvés que plus rien de grave ne pouvait leur arriver.

S'éloignant du balcon, Antoine en fit coulisser la large baie vitrée, traversa en quelques enjambées la vaste pièce principale pour actionner l'éclairage, passant devant une console sur laquelle le vieux phono de son arrière-grand-père trônait, ouvrant sur les lieux sa corolle cuivrée, lustrée avec soin. Il enfonça l'interrupteur situé près de la porte donnant sur le vestibule, d'où un portrait de femme, dans son cadre d'argent ajouré, lui lançait un regard espiègle et bienveillant. L'automne s'installait doucement. Les journées raccourcissaient, les feuilles aux arbres commençaient à jaunir, à se décrocher des branches. L'après-midi n'était guère avancé, mais l'endroit baignait déjà dans la pénombre. Amalia et lui avaient choisi cet appartement pour ses proportions, sa hauteur sous plafond, ses poutres en bois, son parquet à bâtons rompus. L'exposition était passée au second plan. S'adressant à son frère, Antoine demanda : *Je te sers un verre ?* Ce dernier acquiesça en souriant : *Buvons à l'avenir, je crois que nous l'avons bien mérité.* C'était la vérité. Jusque-là, leur vie avait été une zone de turbulences, surtout la sienne et par sa propre faute assez souvent, Jérémie ayant, quant à lui, été doté d'une sagesse instinctive, qui lui faisait prendre les choses comme elles venaient. Il était sans doute le seul de la famille à avoir reçu de la vie cette capacité, ses proches souffrant tous, à différents niveaux, d'une affliction atrabilaire les condamnant durablement à la solitude, à l'amertume.

Derrière le bar, trois photographies d'une jeune femme avaient été accrochées côte à côte. Sur l'une d'elles, on la voyait, radieuse, vêtue d'une espèce de sarouel jaune vif, d'un chemisier à épaulettes surdimensionnées, comme seules les années 80 avaient su en produire. Elle tenait un nourrisson dans les bras et, sous le cliché, on pouvait lire cette mention écrite de sa propre main : *Thamar et son petit prince.* Pour l'instant, il devait bien se l'avouer, la vision de cette image n'était pas exactement porteuse d'alacrité, mais il tenait à ce qu'elle soit là. En permanence. Tirant deux bouteilles du meuble, une de whisky, l'autre de vodka, l'homme s'excusa de ne pas avoir beaucoup de choix, mais, son frère ne l'ignorait pas, il buvait peu. Jérémie plaisanta sur le fait que, pour un buveur parcimonieux, Antoine détienne des alcools si forts. Puis, il opta pour un soupçon de whisky. L'homme le lui servit, avant de se rendre à la cuisine pour chercher du jus d'orange, dans lequel il comptait noyer une larme de vodka. Lorsque ce fut fait, il s'installa sur un fauteuil face à son frère, tendit l'oreille. Leurs fils dormaient à poings fermés, n'ouvriraient l'œil que d'ici une bonne heure, pour réclamer leur goûter. Avec un peu de chance, les femmes seraient rentrées. Autrement, ils devraient s'y coller. Ils portèrent un toast à l'avenir, faisant tinter leurs verres, avalant lentement une première gorgée. Évidemment, ils allaient parler du passé. Avec moins de douleur maintenant, mais il souhaitait, avant d'en arriver là, que Jérémie l'entretienne du présent. *Comment vont tes affaires ?* s'enquit-il. Ça roulait. De plus en plus d'entreprises, au Mboasu, faisaient appel aux services de personnes telles que Jérémie pour former leurs salariés à l'usage de l'ordinateur. On ne pouvait plus travailler sans cela. De plus, cela faisait gagner du temps de proposer ces séminaires aux employés, plutôt que de les laisser tâtonner et, en fin de compte, détériorer un matériel dont le coût n'avait pas encore été amorti. *Et Max ?*

interrogea Antoine, baissant involontairement la voix. C'était ce sujet-là qui lui importait, en réalité. Le travail de Jérémie, bien entendu, mais surtout, Max.

Maxime allait mieux. C'était d'ailleurs étonnant. Contre toute attente, il s'était remis à parler. S'il n'avait pas encore récupéré toutes ses facultés, s'il n'était pas question, pour le moment, de le voir reprendre ses activités, on pouvait malgré tout garder espoir. *Je l'ai logé chez le grand-oncle Wondja*, dit Jérémie. L'ancien et lui s'étaient mis d'accord. Il était préférable, pour leur frère, de quitter la structure de soins surpeuplée, dépourvue de moyens, où il avait été interné, et le vieil Eithel Wondja Masoma, qui n'avait plus de compagnie dans la grande maison abritant ses derniers instants, se faisait une joie de partager cet espace avec celui qui était, après tout, son petit-neveu. Il était plus aisé à Jérémie, dont les horaires de travail ne coïncidaient pas avec ceux des visites à l'hôpital, d'aller voir Max dans un domicile privé.

Sais-tu comment il s'est remis à parler ? Jérémie haussa les épaules. Pas vraiment. Un jour, il avait vu débarquer un certain Édouard, ami de Max, qui remuait ciel et terre depuis un moment pour le retrouver. *En fait, ils bossent ensemble, d'après ce que j'ai compris. Je l'ai conduit à l'hôpital un après-midi et, en le voyant, Maxime a dit :* Tu es venu, mon pote. *Comme ça.* Il n'avait prononcé que cette simple phrase, mais les médecins, qui ne voyaient pas très clair dans son état auparavant, avaient suggéré qu'il s'agissait d'une forme de dépression profonde, mais passagère. C'était un peu comme si Max s'était retranché dans une région reculée de son être pour ne plus subir les coups de la vie, se mettre à l'abri. Il lui serait possible d'en sortir, mais il faudrait, pour cela, qu'il soit entouré de personnes positives, lui donnant l'envie de mettre le nez hors de sa cachette. Apparemment, Édouard était de ceux-là. Chacune de ses visites faisait progresser Max.

Antoine s'assombrit un peu. Il avait plus que tout au monde envie de voir son frère aîné, mais ce n'était peut-être pas très indiqué. Cela le serait-il un jour ? Il se souvenait de leur dernière conversation. Max avait formulé le souhait de prendre ses distances, préféré qu'ils s'éloignent un temps l'un de l'autre. C'était normal. Après tout ce qu'ils avaient traversé. Après tout ce qu'Antoine avait fait.

C'était un de ces garçons à tignasse soigneusement peroxydée, méticuleusement défrisée, qu'on pouvait rencontrer dans les quartiers branchés de l'Intramuros, sortant d'un bar dans le vent au bras d'une fille pâle et, de préférence, décharnée. Il se faisait appeler Snow. On le prenait pour un mannequin. C'était un garçon au corps long, svelte. Toujours vêtu comme pour arpenter les podiums pendant la semaine des défilés ou défier le monde selon son humeur, Snow passait pour une vedette dans le milieu superficiel qu'il fréquentait, entouré de personnes en vue ou prêtes à tout pour le devenir. Nul n'avait jamais aperçu sa photo dans aucun magazine de mode, aucune marque ne semblait avoir jamais conçu le projet de l'embaucher pour une campagne publicitaire, même les catalogues de vente par correspondance semblaient l'avoir souverainement dédaigné, mais cela ne comptait pas. Il faisait illusion, ses connaissances à large surface financière se montraient volontiers en sa séduisante compagnie, faisant ainsi d'une pierre deux coups : sa beauté les illuminait le temps d'une pose pour la presse à potins, et ils manifestaient leur empathie sans limites pour les *minorités visibles*. C'était un commerce *gagnant gagnant*, comme on disait désormais, pour expliquer que chacun trouvait des avantages à la mascarade.

Dans cette galaxie où il n'était tout de même qu'un minuscule satellite, un resquilleur sans la moindre réalisation concrète à son actif, le jeune homme feignait de se raconter des histoires, de se croire presque devenir quelqu'un, à force de côtoyer de si près des individus exerçant des professions liées à la chose visuelle. L'image, c'était précisément ce qui le fascinait. Il désirait ardemment en devenir une, obsession qu'il partageait avec un grand nombre de Noirs de par le monde qui, terriblement perturbés par l'histoire qui les avait précipités dans cette catégorie ombreuse de l'espèce humaine, n'avaient souvent d'autre but dans l'existence, quelle qu'en soit la durée, que celui de s'assurer d'être, non pas tellement entendus, compris, respectés, traités en égaux, mais essentiellement vus. S'acharnant à attirer l'attention par tous les procédés nécessaires ou non, ils vivaient exclusivement dans le regard de leur prochain, même et surtout si ce dernier n'était pas bien disposé à leur égard.

En dépit des apparences et de ce qu'il pensait lui-même, Snow, qui s'appelait en réalité Antoine, avait un profond ancrage ethnique. Il appartenait, par ses ascendants, à un groupe humain bien particulier. Des gens aux yeux desquels la frivolité était un art de vivre, voire une science : les côtiers du Mboasu, réfractaires à l'effort, amoureux du paraître – plus encore que les autres Noirs de la planète, qui ne se défendaient pourtant pas mal concernant ce chapitre – autant que du verbe, envieux jusqu'à la cruauté, se haïssant les uns les autres, dédaignant pourtant ceux qui n'étaient pas de leur espèce, aimant passionnément l'argent, méprisant tous les moyens de le gagner, et se vouant, de fait, à un inextricable sur lequel il ne conviendrait pas de s'attarder ici. Les anthropologues les plus chevronnés, les spécialistes de la sensibilité subsaharienne, de ses plus étonnantes modalités d'expression, seraient incapables de dire ce qui a produit ces caractéristiques chez les côtiers du Mboasu, mais chacun les constate aisément, non sans stupéfaction, tant elles sont marquées. Une seule chose est à porter au crédit de cette engeance : son incontestable sens artistique. N'allons pas discourir à ce sujet-là non plus, mais disons tout de même que cela pourrait constituer une petite excuse. Imaginez un monde dépourvu de créativité...

À cette heure matinale, bien qu'on soit dimanche, Antoine s'était déjà sérieusement attelé à quelques soins de peau : gommage, masque, application d'une crème matifiante, surtout sur la partie médiane du visage, qu'il avait particulièrement luisante, effet, là aussi, d'un atavisme contre lequel il ne pouvait pas grand-chose. Notre ami s'était vêtu de blanc, mais ce n'était pas, comme on aurait pu le croire, pour assister au culte dominical, élever son cœur, le tourner vers le Seigneur. Il s'agissait, d'une part, de mettre en valeur le précieux ébène de sa peau et, d'autre part, d'aller dare-dare se fournir en croissants au beurre à la boulangerie qui faisait l'angle. Elke, son divertissement privilégié depuis quelques semaines, autant dire une éternité, dormait encore dans l'immense lit en bois d'Orient qu'il s'était offert pour une somme indécente, ignorant, car il attendait le bon moment pour le lui annoncer, qu'elle savourait là ses tout derniers instants de bien-être dans ce meuble luxueux. Antoine marcha pieds nus sur le plancher pour ne pas la réveiller tout de suite, chaussa ses mocassins dans le couloir, descendit l'escalier. C'était l'unique exercice physique qu'il consente à s'infliger, la vie n'étant pas faite pour qu'on se soumette soi-même à quelque supplice que ce soit. Pour conserver cette ligne parfaite, Snow avait fréquemment recours à la diète protéinée et, ponctuellement, à la médecine esthétique, notamment, à des injections d'une substance faisant exploser les cellules graisseuses. Cela ne lui posait aucun problème de devoir, pendant un moment, se soustraire aux regards, le temps de voir dégonfler ses œdèmes. De retour sous les feux des soirées festives, il prétendait généralement s'être rendu à l'étranger, ce que nul ne cherchait à vérifier.

La rue pavée ouvrait timidement l'œil sur ce dimanche matin maussade. L'Intra-muros prenait le temps de se remettre des excès de la veille au soir, ces commotions hebdomadaires dont on sortait groggy parce qu'on l'avait bien cherché. Seuls la boulangerie et le bar-tabac étaient ouverts. Il acheta ses croissants, sourit à la boulangère pour le plaisir de la voir vaciller sous l'éclat éblouissant de ses dents ultra blanches, promit de revenir pour le gâteau du dimanche, aussitôt qu'il se serait décidé sur celui qu'il lui plairait de déguster. C'était ce goût pour les pâtisseries qui le contraignait, puisqu'il ne faisait pas de sport, à recourir aux piqûres antigraisse. Alors qu'il allait remonter chez lui, le jeune homme aperçut sa voisine du premier, qui tenait en laisse un chien mutant – probable fruit du croisement entre une espèce de souris et une race de chat –, détournant habilement le regard tandis que le cabot se soulageait sur le trottoir, d'un étron presque aussi imposant que lui-même. L'inélégante n'avait visiblement pas l'intention de ramasser les crottes. Antoine saisit sans hésiter l'opportunité qui s'offrait à lui, s'approcha de la femme, la regarda au fond des yeux, lança froidement : *J'espère que vous allez nettoyer ? C'est bien la peine de voter à l'extrême droite pour qu'ils viennent laver plus blanc, alors que c'est vous qui empuantissez l'univers.*

Ayant, plus que de raison, troublé la petite vieille qui ne pensait pas vraiment à mal, même si elle se montrait fâcheusement négligente concernant la préservation de l'espace public, Antoine tourna les talons, remonta chez lui en prenant l'ascenseur, le cœur à la fête. Son T-shirt à manches longues lui allait à merveille, son reflet dans le miroir le lui confirma. Ses cheveux avaient peut-être besoin d'un soin nourrissant, fragilisés qu'ils étaient par les incessants défrisages et décolorations. Il fallait aussi prendre rendez-vous avec l'esthéticienne, pour redonner forme aux sourcils qu'il avait par nature broussailleux : deux petits buissons posés au-dessus de ses yeux, qu'il fallait sans cesse élaguer. Pff... Il aurait une semaine sacrément chargée. En plus de tout cela, il faudrait aller rendre visite ou prendre contact avec chacun de ceux dont le labeur lui assurait un train de vie confortable. Il les tenait en son pouvoir, mais il était bon de le leur rappeler de temps en temps, sans en avoir l'air. S'assurer qu'ils se souviennent n'être rien sans lui, sans sa précieuse nationalité.

Antoine avait vu le jour dans l'Intra-muros, à une époque où le droit du sol n'y était pas aussi violemment contesté qu'aujourd'hui. La gauche arrivait aux affaires, abolissait la peine de mort, dépénalisait l'homosexualité, refusait qu'on touche à ses potes. On chantait : *Regarde, quelque chose a changé, l'air semble si léger*[1], ou *Wave your hands in the air like you just don't care*[2]. Sa mère s'était installée en ce temps-là dans l'Hexagone, lasse de vendre ses charmes au bar des hôtels à expatriés nordistes sévissant sur la côte du Mboasu. Des nantis subsahariens fréquentaient également ces lieux, pensant blanchir un peu au contact de la clientèle venue du Nord. C'était un de ceux-là que Thamar, la mère du garçon, avait suivi pour ce qui devait être un voyage romantique, loin de ses terres natales. Découvrant qu'elle était enceinte, son amant l'avait abandonnée. C'était ce que le jeune homme croyait savoir de ses origines, il ne lui était jamais venu à l'esprit de mener des investigations à ce propos. Il n'était pas un obsédé des racines, pas le moins du monde un passionné de généalogie, surtout si cette dernière devait se confondre avec l'histoire d'un peuple subsaharien.

Elke commençait à se mouvoir sous les draps, de cette façon qui, chez elle, annonçait l'imminence du réveil. Allongée sur le ventre, elle pointait les fesses vers le haut, l'air de saluer une de ces divinités païennes que vénéraient jadis ses ancêtres vikings. Puis, elle se tordait dans tous les sens en gémissant, restituant probablement, comme elle le pouvait, les incantations, la gestuelle d'anciennes prêtresses nordiques. Les premiers temps, Antoine avait trouvé cela mignon : la surprenante rémanence, en chacun de nous, d'une humanité primitive qu'on avait bien fait de discipliner. Maintenant, son agacement ne connaissait plus de bornes. Elke avait un organisme naturellement apathique, ne se levait que pour manger ou se rendre à des soirées, ce qui avait un coût. Par ailleurs, elle était assez fâcheusement configurée : c'était une de ces femmes libérées qui ne vivent heureuses qu'entretenues, et dont l'onéreux entretien repose entièrement sur l'homme qui a eu la mauvaise idée de s'acoquiner avec elles. Une très grave erreur de spéculation pour Snow. Plutôt jolie, il ne fallait pas le nier, mais mal introduite dans les sphères de la mode et de la télévision où, loin de servir les intérêts du jeune homme, elle finirait sans doute call-girl, si elle ne se faisait pas vite épouser, sa date de péremption approchant à vive allure.

Il disposa le café, les croissants, le jus d'orange et tout le toutim sur un plateau acheté au Chic Bazar, s'avança vers le lit de ce pas nonchalant, précautionneux, qui ne laissait rien percevoir de son penchant pour la prédation et la torture. Comme tout le monde en dehors de lui qui y veillait, Elke avait une haleine de fauve au réveil, la face fripée, les cheveux en bataille. Cette fille était décidément trop ordinaire. Elle lui ouvrit les bras, voulut l'embrasser, mais un tel acte était exclu avant le lavage des dents. Encore un mauvais point : cette obstination à ne pas respecter ses règles de vie. Antoine détestait certaines formes d'intimité. C'était pour cette raison qu'il mettait la musique à fond, quand il se rendait aux toilettes. Elke se renfrogna devant la réticence qu'il venait une fois de plus de manifester à son égard. Antoine, jugeant le moment propice, l'informa qu'il sortait quelque temps, qu'il apprécierait beaucoup de ne pas la trouver chez lui à son retour. La fille geignit, interloquée, outrée : *But... It's sunday.* Ces jérémiades le laissèrent de marbre. Il lui donnerait de quoi se payer l'hôtel une semaine, cela allait sans dire. *Son of a bitch !* éructa-t-elle, ce qui n'eut pour effet que de le faire ricaner : *Whatever. Just be gone when I return, all right ?*

Sur ce, il sortit comme un homme, un vrai. Un authentique côtier du Mboasu, pour lequel goujaterie et virilité étaient synonymes. Il s'était muni d'une veste en cuir, d'un panama, avant de claquer la porte de l'appartement sur une Elke ahurie et en larmes. Comme tous les dimanches matin, il acheta le journal, prit le métro en direction d'une zone de la ville ne figurant sur aucun plan cadastral. Une cité sans nom, dissimulée derrière des habitations légales, faite d'immeubles désaffectés, insalubres, sur le point d'être démolis depuis plus de trente ans. L'humain y grouillait au milieu de la vermine, si bien qu'on ne distinguait plus l'un de l'autre. Il ne montait jamais dans le bouiboui sans eau ni électricité où Thamar attendait la mort. Ils se rejoignaient au café du coin. Antoine lui laissait alors de l'argent. Pas trop, et surtout, des pièces. Elle devait avoir besoin de lui comme il avait été en manque d'elle, dans ce pensionnat où elle l'avait jeté comme un vieux sac. Il se fichait de la manière dont elle gagnait alors sa vie, de ses horaires compliqués, de ses fréquentations malsaines. Tout ce qu'il voulait, en ce temps-là, c'était une mère. Même pas une famille, cela ne lui disait rien, seulement une maman.

Ayant, par-dessus le marché, découvert qu'elle en avait abandonné d'autres là-bas, sur le Continent, des enfants venus au monde avant lui, Antoine s'était juré de lui faire payer. Pas tellement pour venger ces rejetons qu'il devait bien considérer comme des frères aînés, mais pour la punir, elle, de l'inqualifiable égoïsme dont elle avait fait preuve. On ne pouvait tout simplement pas se conduire ainsi : mettre des enfants au monde et décider, un beau jour, qu'on n'en avait plus envie, que c'était trop lourd à porter. Bientôt, elle apparut. Traînant la patte, baignant dans l'odeur de ceux qui ignorent la toilette, d'abord par la force des choses, ensuite par habitude. Il n'y avait plus rien en elle que l'on puisse chérir, c'était fort bien ainsi. Antoine pouvait la détester tout son soûl. Haïr la peau fripée avant l'heure, grise de crasse et de solitude, l'haleine avinée, les yeux rougis. Il avait en horreur la créature par laquelle il était venu sur terre, qui demeurait pourtant une part de lui-même qu'il venait visiter, le dimanche matin, à l'insu de tous, au moment exact où d'autres prenaient le chemin du temple. Il effectuait ces visites comme on se rendait en pèlerinage dans un quartier sombre de sa propre âme, là où s'étaient fixés les vieux chagrins, à perpétuité semblait-il, prenant de la vigueur, se chargeant d'intensité à mesure que s'écoulaient les années.

Au début, elle souriait en le voyant. Lui disait combien elle était fière qu'il ait terminé ses études d'architecture sans redoubler une seule fois, combien sa réussite illuminait sa triste vie. Des choses de ce genre. Il avait rapidement mis un terme à ces débordements sentimentaux. Thamar ne sourit donc pas. Elle avait fini par comprendre qu'il ne voulait rien d'autre que la voir dans cette misère où elle ne se débattait même plus, qui hâterait certainement sa fin. Elle se disait que c'était sa faute s'il était si dur. N'était-ce pas elle qui en avait fait un être au sang glacé en le confiant à des étrangers ? N'était-ce pas elle qui l'avait obligé à quitter l'Hexagone pour passer ses étés dans un pays où il ne se plaisait pas ? Elle avait voulu le meilleur pour lui : le seul de ses enfants qu'elle ait désiré, le seul qu'elle ait aimé. Les autres étaient nés de la violence des hommes. Elle les avait acceptés sans pouvoir s'attacher à eux, laissant Modi, sa mère, les élever, leur donner l'affection dont elle l'avait privée, sans que Thamar sache pourquoi.

Le père d'Antoine était un jeune homme de *bonne famille*, comme on disait là-bas, au Mboasu, pour signifier qu'il portait un patronyme respecté, que les siens étaient fortunés. Quelques mois durant, Thamar avait été son passe-temps favori. Elle ne lui avait jamais révélé ses sentiments, sachant qu'il ne les partageait pas, qu'elle n'était, pour lui, qu'un acte de rébellion passager. Il ne l'aurait pas épousée. Elle était issue d'un milieu pauvre, sans réputation, ne comptant aucun médecin, aucun avocat, aucun enseignant, aucun grand commis de l'État. Dans son désir passager de se dresser contre le système qu'il contribuerait par la suite à pérenniser, et puisque cela contrariait vivement son père, alors Préfet, de le voir fréquenter les filles du commun, il l'avait emmenée en voyage au Nord, à la découverte de l'Hexagone. C'était là, au cœur de l'Intra-muros, un soir de printemps, qu'il l'avait larguée enceinte, dans la petite chambre d'hôtel qu'ils avaient occupée ensemble. Thamar était restée, se disant qu'il n'y aurait rien à affronter dans cette ville étrangère, qui surpasse les affres de sa vie d'avant.

Durant toutes ces années, elle avait tenté de prendre les meilleures décisions pour elle-même et pour son fils. Celui qui se tenait devant elle, vêtu de blanc, à qui il ne fallait pas sourire. Ce qu'il désirait, c'était la voir ainsi devant lui, sale, démunie. Elle lui faisait l'offrande de sa douleur et de sa déchéance tous les dimanches, avec l'espoir que la haine qu'il nourrissait à son égard ne fasse pas d'autres victimes. Thamar savait quelles histoires sordides on lui avait racontées sur elle, lors de ces vacances au Mboasu. L'internat fermait l'été, elle souhaitait qu'il ait des repères sur le Continent, une idée de ses origines, même modestes. Dans la maison de sa grand-mère maternelle, il avait connu ses demi-frères, avait été choyé par la vieille dame. Au fond, elle ne lui avait rien caché. Il n'était donc nullement question, à présent, de se justifier devant lui, de la vie qu'elle avait menée, des choix qu'elle avait faits. Elle se demandait si au moins elle pouvait lui dire : *Bonjour, muna*, comme elle en avait envie, même s'il ne vivait que pour la déshonorer. Il coupa court à ce questionnement en l'apostrophant : *Thamar, te voilà enfin ! Je n'ai pas que ça à faire.*

La prochaine fois, débrouille-toi pour que je n'aie pas à t'attendre. L'ayant toisée de la tête aux pieds puis en sens inverse, il conclut, jamais à court de fiel : *Je me demande ce que tu fais avec le fric que je te donne. Regarde de quoi tu as l'air. On enferme des gens pour moins que ça...* S'il avait su tchiper, Antoine aurait très certainement conclu son propos par un long : *Tchiiiip !* Il avait cette ponctuation bien ancrée au fond de l'œil.

Il lui laissa l'argent sur la table, une pile de piécettes bien verticale, prenant soin de ne pas la toucher, de ne pas les lui donner en main. Ce geste accompli, il s'en alla sans un mot, sans un regard de plus. Leurs rencontres se déroulaient toujours de cette manière. Thamar se demandait pourquoi venir de si loin, chaque dimanche matin, depuis maintenant quatre ans. Auparavant, il se contentait de ne pas la voir. C'était elle qui le cherchait, le suivait partout, se glissant comme une ombre dans ses pas. Elle percevait encore une petite allocation en ce temps-là, peu après le décès de Pierre, son compagnon, avant qu'il soit devenu évident pour tous, surtout pour l'Assistance sociale qui lui versait le revenu minimum, qu'il était inutile d'entretenir celle qu'on prenait pour une ancienne prostituée devenue alcoolique et peu encline à décrocher. Une fois, elle avait tenu deux mois sans avaler une goutte, mais lorsqu'elle était sobre, la lucidité se muait en une angoisse aux allures de puits sans fond, dans lequel se mêlaient culpabilité et sentiment d'échec. Sous l'effet de la boisson, tout cela se transformait en une douce amertume.

Les pièces d'Antoine, elle ne les dépensait pas, les laissait s'entasser sous son matelas bouffé aux mites, rempli de punaises. Cet argent ne pouvait rien acheter dont elle ait besoin. Son fils l'avait laissée depuis un bon quart d'heure, lorsqu'elle se mit en route pour le temple baptiste devant lequel elle mendiait, au jour du Seigneur. En semaine, elle stationnait devant une supérette de quartier. Il en était ainsi depuis que Pierre, l'homme auprès duquel elle avait vécu des années durant, était mort, que ses héritiers l'avaient rendue à son destin. Il n'était plus temps de se demander pourquoi elle avait tellement dépendu de lui, au point de se retrouver, après sa disparition, à toucher les clopinettes versées par l'Assistance, puis, plus rien. Antoine et Pierre s'étaient mal entendus. Il n'y avait eu, entre eux, aucun point de contact. Pierre n'aimait pas l'enfant qui lui rappelait que d'autres avaient possédé la femme qu'il voulait pour lui seul : cette panthère noire, cette plante exotique, qui faisait sensation dans les soirées, vêtue des toilettes qu'il avait soigneusement choisies pour elle. Antoine n'aimait pas l'homme qui venait se dresser entre lui et une mère qui avait été, jusque-là, l'essentiel de son univers. Thamar, elle, se tenait au milieu.

Pour éviter les heurts, elle avait placé le petit à l'internat durant l'année scolaire. Pierre avait bien voulu payer, évidemment. L'été, elle l'expédiait chez sa mère, au Mboasu, se contentant d'envoyer un peu d'argent pour son entretien. C'était vrai, elle ne l'avait pas fait uniquement pour lui permettre de faire connaissance avec ses racines, mais aussi parce que la jeune femme qu'elle était alors avait besoin des regards d'un homme et qu'il n'y avait eu, sur son chemin solitaire, que celui-là, qui ne voulait pas entendre parler de son fils. Pierre avait su l'approcher, peut-être parce qu'il connaissait la zone équatoriale du Continent, peut-être parce qu'il avait eu d'autres femmes venues de là. Elle avait mis du temps à le comprendre : qu'il ne l'aimait pas elle, mais les femmes de ces pays-là. Toujours était-il qu'il avait su réveiller en elle ce que la vie de parent isolé commençait à éroder. Thamar s'était laissé tenir en laisse, limer les griffes et museler, pour ne pas être abandonnée. Elle avait donc été une mauvaise mère, pour s'être trompée d'homme, d'histoire d'amour, pour avoir voulu conserver une vie de femme, pour n'avoir veillé qu'au bien-être matériel de sa progéniture. C'était ce qu'elle avait reçu elle-même : le gîte et le couvert. Tout ce qui lui avait été donné, sur sa terre natale du Mboasu, où l'amour, tel qu'elle l'avait connu, n'était pas un sentiment mais un devoir. Thamar acceptait sans rechigner le châtiment de l'existence, n'ayant pas la force de faire autrement.

Il était autour de treize heures, lorsque le jeune homme regagna les parages pailletés de l'Intra-muros où il résidait. Comme à son habitude, il acheta son dessert du dimanche – une belle tarte aux poires et aux amandes – à la pâtisserie, rentra dans son appartement. Elke s'en était allée, laissant, bien en évidence sur la table basse du séjour, le café, les croissants, et l'argent qu'il lui avait pourtant si généreusement offert. Cela le fit rire aux éclats, le mit en appétit. Il allait se préparer un repas surgelé, s'asseoir devant le téléviseur, télécommande à la main. Si les programmes ne lui plaisaient pas, il ferait une sieste amplement méritée, après avoir changé les draps imprégnés du parfum d'Elke. Vers les dix-huit heures, il sortirait pour prendre un verre quelque part, exister publiquement, être vu. C'était important : s'inscrire coûte que coûte dans le mouvement des choses, préserver sa place parmi ceux dont l'existence se déroulait dans les salons feutrés des grands hôtels, dans les bars, les cafés en vogue. Si d'aventure il tombait sur des personnes méritant qu'il leur consacre quelques instants, il se laisserait peut-être entraîner au restaurant, au théâtre. Telles étaient les pensées d'Antoine, alors que les légumes surgelés grésillaient au fond du wok, et que le téléphone sonnait.

Il décrocha de mauvaise grâce. *C'est Maxime. Je dois te voir aujourd'hui*, lui apprit-on, à l'autre bout de la ligne. *Nous avons rendez-vous demain, non ?* interrogea-t-il, contrarié, ne cherchant aucunement à s'en cacher. *Je sais, mais c'est important. J'aimerais te parler aujourd'hui,* insista-t-on. *Bon. Je serai chez toi dans une heure.* Antoine raccrocha, un brin dubitatif. Maxime, sa meilleure recrue, ne formulait jamais de telles requêtes. S'il y avait effectivement un problème, il valait mieux s'en occuper au plus vite. Il ne pouvait se permettre de le perdre, son train de vie en pâtirait trop. L'autre n'était que du menu fretin, et il ne pouvait en avoir davantage à son service. Cela se verrait. Grâce à cette organisation qu'il avait mise en place, il touchait un salaire de cadre supérieur, ne déclarait rien de conséquent au fisc – les documents accompagnant sa déclaration de revenus, depuis environ trois ans, étaient d'ailleurs des faux qu'il avait lui-même fabriqués, mais inutile d'entrer dans les détails –, possédait les attributs nécessaires à son standing : bel appartement, fière allure, plan d'épargne en actions, aucune autre responsabilité que celle de préserver sa beauté, et c'était là l'unique mode de vie qu'il puisse envisager sans recourir à des substances illicites pour l'endurer. Le jeune homme se connaissait lui-même, ce qui est toujours, on voudra bien l'admettre, un avantage significatif pour se diriger dans la vie.

Depuis plusieurs jours, le ciel déversait des trombes d'eau, interminablement. La terre, sans cesse remuée, fouillée par ce fracas torrentiel, se muait en une boue argileuse qui ne sécherait pas véritablement avant la fin de la grande saison des pluies. Pour se déplacer, les vieilles femmes des environs se chaussaient et s'enturbannaient de sachets en plastique. La plupart des gens marchaient dans la gadoue et, une fois parvenus sur la voie mal goudronnée qui se fissurait çà et là, ils se rinçaient les pieds sous le jet d'une borne fontaine ou dans l'eau saumâtre des rigoles, avant de les fourrer dans leurs chaussures usées, de vaquer à leur existence. Les enfants riaient à gorge déployée, leur joie emplissant l'espace, comme des billes de cristal luisant dans l'obscurité. C'étaient les grandes vacances. Des jours entiers à jouer sous la pluie, en dépit des cris perçants de leurs mères qui commandaient de se mettre à l'abri. Ils avaient raison de ne pas s'en soucier. Il n'y avait nulle part de refuge. L'orage s'infiltrait dans les maisons en planches ou en tôles, construites sans titre ni droit, simplement parce qu'il fallait un toit. Les gens se posaient où ils pouvaient, convaincus que la terre n'appartenait qu'à Dieu. Et puisqu'ils ne mettaient pas massivement un terme à leurs jours, puisqu'ils faisaient des enfants dans la vase, le gouvernement estimait que tout était pour le mieux dans le meilleur des mondes. On pouvait continuer à n'avoir pas de politique du logement, à placer les deniers du peuple sur des comptes numérotés, cachés dans des paradis fiscaux, très loin de là. C'était cela, l'indépendance, depuis un demi-siècle : la fuite des capitaux.

Le quartier portait le nom évocateur d'Asumwè, ce qui signifie *tire-toi* ou *dégage*, dans la langue que vous comprenez. C'était une des sections populaires de la ville de Sombé, sur la côte du Mboasu. La grand-route surplombait ces parages se situant, par rapport à elle, comme dans une sorte de ravin, une fosse se creusant chaque jour davantage. C'était là que restait Modi, la seule dont les petits n'étaient jamais pris à faire les fanfarons sous la pluie avec, pour tout vêtement, un vieux slip dont l'élastique lâchait, ou un T-shirt troué partout où l'étoffe pouvait encore craquer. Elle les tenait reclus entre les murs en bois de sa case, les autorisant parfois à faire une promenade ensemble, mais pas à jouer dehors comme les autres gamins des alentours. Son maintien altier, qui détonnait avec cet environnement, impressionnait. Sa rigueur lui valait le respect de tous dans le bidonville. On admirait la générosité dont elle faisait preuve, surtout avec les enfants des rues – elle qui ne possédait rien de plus que ses voisins, sa présence infaillible au culte du dimanche, l'exactitude de ses versements à la tontine des femmes du quartier. Depuis peu, son auréole brillait d'une lueur plus éclatante encore. Contrairement à tous ceux qui ne faisaient que raconter des histoires, Modi pouvait, elle, prouver qu'elle avait réellement de la famille installée au Nord, chez les maîtres de l'univers. Il n'y avait qu'à entendre parler son dernier petit-fils, celui qu'elle appelait *Anton*, pour s'assurer qu'il venait de ces contrées rêvées, inaccessibles aux simples mortels. Déjà, en le voyant descendre du taxi le jour où elle l'avait ramené, sapé comme un petit prince sous l'orage qui n'en finissait pas de s'abattre sur la ville de Sombé depuis deux bonnes semaines, sa grand-mère tenant une valise en cuir telle qu'on n'en avait jamais vu, on s'était douté de quelque chose.

Puis, les enfants du quartier, qui n'avaient pas leur pareil pour épier les gens – surtout ceux qui ne se prenaient pas pour n'importe quoi – sans se faire remarquer, avaient confirmé les soupçons. Pour s'amuser, ils s'étaient mis à imiter son accent venu du Nord. En attendant de déménager pour un lieu plus convenable, Modi, qui pouvait dorénavant faire des projets grâce à l'argent que lui envoyait maintenant Thamar, sa fille, et à celui qu'elle gagnait sur place, menait sa maisonnée à la baguette. Pas d'analphabète chez elle. Tous les matins comme celui-ci, elle faisait venir un adolescent du voisinage, élève en classe de première dans un établissement tenu par des Jésuites, afin qu'il instruise ses petits : Maxime, Daniel, Jérémie et Antoine. La plupart de ses enfants étaient encore en primaire, mais elle voulait les habituer à penser, à réfléchir, à envisager un monde qui ne se limite pas aux frontières de ce lieu perdu qu'était Asumwè, ni même à celles de la ville. Surtout, qu'ils ne deviennent pas comme les pauvres gens des alentours, qui n'avaient qu'un ventre et un bas-ventre pour dicter leur conduite. Ses petits n'auraient d'autre patrimoine que leurs diplômes, elle en était consciente. Ils ne pouvaient se permettre, à l'orée de l'existence, de prendre l'habitude de se rouler dans la fange.

Sitôt qu'ils étaient installés avec leur répétiteur qu'elle rémunérait de quelques billets en fin de mois, la vieille s'en allait dans la cuisine qui se trouvait dans une petite case extérieure, attenante à l'habitation principale, pour faire lever la pâte à beignets. À la nuit tombée, l'ancienne vendait des platées de ce mets dont raffolait la population de la ville : beignets et haricots. On venait même des beaux quartiers pour lui en acheter. Quelquefois, on lui en commandait d'impressionnantes quantités pour des réceptions se tenant dans de grandes villas, ou pour le dîner de cadres d'entreprise s'étant attardés au bureau. On voyait alors des berlines se garer sur la grand-route, les chauffeurs en descendre, se drapant de cette morgue qu'arborent trop souvent les subalternes des riches, croyant ainsi s'élever au-dessus d'une condition assez similaire à celle des masses. Comme les autres, ils devaient cependant patienter dans la file d'attente, s'ils espéraient rapporter des *makala* aux puissants. Le secret des haricots de Modi, c'était le *dibanga*, ces petites crevettes séchées qu'elle réduisait en poudre avant de les incorporer à une très légère sauce tomate. Pour les beignets, c'était le dosage en sucre, très délicat, le temps de levage. Même son piment était spécial. Elle seule en connaissait l'assaisonnement : gingembre, ail, oignon, quelques petits piments verts au milieu des rouges. Elle faisait cuire le tout doucement, jusqu'à ce que l'on puisse en obtenir une sorte de crème. Les autres écrasaient leurs ingrédients crus, les conservant ensuite dans de l'huile d'arachide. C'était bon, mais cela pouvait vous brûler les papilles, quand le piment de Modi, sans danger pour les gourmands, relevait simplement le plat, le parfumait. Dès le crépuscule, le Tout-Sombé faisait la queue sous le hangar bancal qui tenait lieu de restaurant, à deux pas de sa maisonnette.

L'ancienne disposait des briques en triangle pour fabriquer ses foyers, glissant du charbon, des morceaux de bois sous les pierres. Puis, elle s'asseyait sur un banc au ras du sol, les jambes rabattues sur le côté, serrées l'une contre l'autre, dans un souci de correction que les années n'émoussaient pas, le dos droit, la tête bien haute. Ses mouvements étaient à la fois sûrs et élégants. La vieille se servait de grandes cocottes d'aluminium dont le fond, maintes fois léché par les flammes, avait noirci. Elle cuisinait là, dans la rue, devant les passants. Cela faisait partie du rituel. Il fallait que tout soit visible : le geste assuré qui saisissait la pâte devenue élastique, la main, toujours la droite, transformée en poche à douille pour envoyer habilement les boules encore blanches grésiller au fond, puis à la surface de l'huile chaude, où elles apparaissaient, brunies, appétissantes à souhait. Plus on observait ce processus, plus on avait faim. Et il y avait ce doux parfum qui chatouillait les narines jusqu'à ce qu'on puisse enfin être servi. Même sous une pluie battante, ils venaient, leur assiette en émail à la main, attendaient leur tour en devisant gaiement, chantant parfois :

Mami makala, put oil so haricot di make sous-marin. Tandis qu'elle entamait son travail, posant tous les ingrédients bien en évidence sur la paillasse rudimentaire qui faisait office de plan de travail, Modi songeait à ce petit Anton que sa fille lui avait envoyé, après un silence de presque sept années, durant lequel elle l'avait crue morte, déchiquetée par la misérable existence des émigrés subsahariens au Nord. Deux mois avant la venue de l'enfant, Thamar, qui n'avait pas fait signe depuis son départ, lui avait adressé, par le truchement d'Ebènyè, une fille d'Asumwè vivant elle aussi au Nord, une missive que Modi avait fait lire au pasteur Penda, se refusant à déchiffrer elle-même les caractères tracés à l'encre bleue. C'était de cette façon qu'elle avait tout appris de la vie de sa fille qui la priait de s'occuper du gamin, maintenant qu'elle s'était mise en ménage avec un homme qui la voulait pour lui tout seul, qui n'avait d'yeux que pour elle. Antoine viendrait désormais passer les grandes vacances au Mboasu.

Il y avait déjà trois gosses, chez elle. Thamar en avait mis deux au monde, avant de quitter le pays : Maxime, et Daniel. Jérémie, lui, Modi l'avait repêché au fond d'un caniveau en pleine saison sèche, couvert de poussière, d'épluchures, de mouches, cuisant sous les ardeurs du soleil sans merci de Sombé, agonisant presque. Elle l'avait entendu miauler péniblement, n'avait jamais su qui l'avait abandonné là. Modi acceptait de devoir sans cesse donner. C'était, croyait-elle, ce qu'il fallait pour racheter ses fautes : donner, même ce qu'elle n'avait pas. Cela faisait une semaine, à présent, qu'Anton se tenait dans un coin de la maison, accroupi, s'appliquant fermement la paume des mains sur les paupières, pour ne pas voir le monde dans lequel il avait été propulsé : les araignées, les lézards, les cafards volants, les geckos collés aux murs, les gros papillons de nuit noirs, les rats aussi massifs que le poing d'un boxeur catégorie poids lourds. Hardis, ils fonçaient sur quiconque tentait de les chasser, avaient souvent le dessus. Assurément, pour un gamin venant de là-bas, de chez les Blancs, cela devait ressembler à l'enfer.

Lorsqu'elle était préoccupée, c'est-à-dire tout le temps, la vieille femme chuchotait, se parlait à elle-même. On la disait un peu mystique, *pas simple*. Elle pensait trop, c'était tout, se disait que le petit Anton était fragile, qu'il avait besoin de plus d'égards et d'attentions que les autres, enfants de cette terre féroce, sans innocence ni pudeur. Elle le comprenait parce qu'elle avait connu une autre existence, elle aussi. C'était son secret. Dès ce soir, il dormirait avec elle, sous la moustiquaire. Oserait-elle sortir, pour adoucir sa nuit, le vieil éventail qu'elle avait conservé d'une vie antérieure ? En tout cas, elle ferait tous ses efforts pour lui parler la langue des Nordistes, lui donner ce qui lui manquait. De l'amour. Tous les ans, pendant la grande saison des pluies. De combien de temps disposait-elle ? Il fallait déménager. Aux prochaines vacances, Anton et les autres garçons auraient un logement digne de ce nom. Peut-être pas comme là-bas, dans ce Nord, où, à ce qu'on disait, même les poubelles ne puaient pas, mais une vraie maison. C'était déjà assez difficile, pour cet enfant, de ne devoir connaître ce pays que sous l'orage.

Comme tous les matins depuis qu'il était chez elle, la grand-mère alla le trouver afin de lui intimer l'ordre de rejoindre ses frères qui traitaient, avec leur répétiteur, de sujets hautement inflammables. Elle n'avait qu'à entendre l'énoncé de ces concepts pour s'en convaincre : multiplication, division, décimale, retenue... Modi était fière de ses enfants, surtout de Maxime qui serait, à la rentrée, élève en classe de cinquième. Il était brillant, Maxime. L'argent lui avait manqué pour payer les frais de scolarité d'une institution honorable lors de son entrée au collège. Elle y remédierait dès la rentrée prochaine, l'inscrirait dans un bon établissement : celui qu'avaient bâti des missionnaires protestants venus d'Albion. Le lycée tenu par les Jésuites jouissait aussi d'une excellente réputation, mais Modi n'aimait pas beaucoup les vieux prêtres nordistes qui le dirigeaient encore. Trop hypocrites, un peu louches, ils faisaient profession de répandre la parole du Tout-Puissant, mais elle savait ce dont certains s'étaient rendus coupables, pendant la guerre d'indépendance qui avait durablement sévi au Mboasu, empilant des cadavres dans les rues des villes, déversant du napalm sur des villages entiers de la région des *Grasslands*, où se cachaient parfois les indépendantistes.

À l'époque, ces prêtres nordistes, ou d'autres qui leur ressemblaient beaucoup, avaient officié comme espions à la solde du colonisateur, rapportant les secrets entendus lors de confessions. Ils avaient trahi un peuple qui s'en était sincèrement remis à eux, qui leur avait fait confiance, les émissaires du divin n'étant pas supposés prendre parti dans les affaires des hommes. S'ils décidaient d'agir autrement, ils devaient se tenir du côté de la justice, de la vérité. Ce n'était pas ainsi que ces hommes s'étaient conduits. Pour elle, ils avaient du sang sur les mains. Celui de personnes qui, dans le souvenir de la vieille, avaient un visage, un nom. Celui d'êtres chers. Chaque fois qu'elle se remémorait, par flashes, cette période ensanglantée de l'histoire du Mboasu, Modi entendait des voix rapportant les massacres dans les *Grasslands*. Ne connaissant pas le napalm, les populations parlaient d'acide qu'on avait fait pleuvoir sur les vivants, de flammes tombant du ciel, de morts figés dans leur dernière attitude. C'était de cette façon qu'on était venu civiliser les sauvages. L'ancienne se revoyait, plusieurs années avant ces drames, passant le dimanche devant l'église proche de l'endroit où vivaient les siens, serrant fort la main de son père, le pasteur Victor E. Masoma, choquée de constater que, chez les catholiques, dans la maison du Très-Haut qui aimait tous Ses enfants de manière égale, les Blancs s'asseyaient devant, les Noirs derrière. On n'avait pas besoin de le leur ordonner. Ils côtoyaient tout le jour ceux qui occupaient les premières places, connaissaient la leur. Et le prêtre laissait faire.

Chaque fois qu'elle passait par là, au jour du Seigneur, elle tremblait de toutes les fibres de son corps, de tristesse, de rage, comprenant parfaitement ce qui pousserait certains à lever le poing pour refuser cela, à lutter contre l'iniquité du système colonial. Ceux qui parlaient de Dieu, prétendant le faire découvrir aux barbares, ne savaient, en réalité, rien de lui. Si la population du Mboasu avait adhéré à cette parole, ce n'était pas par faiblesse, mais parce qu'elle était conforme à ce qu'elle savait déjà. C'était également parce que, dans la culture de ce peuple, on ne rejetait pas a priori ce qui venait d'ailleurs. On préférait l'harmoniser avec ce qu'on possédait soi-même, dans un esprit de mélange, de célébration de toutes les beautés, de toutes les sensibilités. Il en avait toujours été ainsi, sur le Continent. Les conquérants subsahariens du passé, lorsqu'ils soumettaient un groupe humain pour l'intégrer à leur empire, acceptaient sa langue comme une de celles qui seraient désormais parlées dans le royaume, et ses croyances, comme ses divinités, venaient enrichir celles qu'on connaissait déjà. Tel était le génie des Subsahariens : celui d'assembler, d'accorder, de mêler. Ils l'oubliaient un peu trop, de nos jours.

La vieille Modi n'avait jamais cessé de croire ni de prier. Elle était membre d'une communauté protestante depuis des décennies, non parce que les protestants étaient de meilleurs humains que les catholiques, de plus fervents croyants. Seulement, ils n'étaient, dans son esprit, associés à aucun crime, à aucune boucherie. C'était donc décidé, Maxime ne fréquenterait pas chez les Jésuites. Les autres enfants de ce quartier avaient presque tous du retard à l'école, parce qu'ils avaient l'obligation d'aider leurs parents en travaillant après la classe ou, simplement, parce que personne ne veillait à ce qu'ils repassent leurs leçons. Ce n'était le cas pour aucun des siens. Comme tous les matins, le petit Anton refusa de lui obéir. Enfonçant son front bombé entre ses genoux, il enlaça furieusement ses jambes, qu'il avait ramassées sous son corps chétif. Chaque fois qu'elle le regardait, dans cette position en particulier, Modi avait l'impression qu'il n'avait jamais rien mangé de sa vie, se disait qu'on avait trop tardé à le lui envoyer. Il fallait longuement insister pour qu'il finisse par rejoindre ses frères. Tous les jours. Ensuite, il travaillait en silence, la figure attachée, suçant son pouce, ne répondait pas aux questions du jeune répétiteur, ne se rendait pas au tableau noir installé dans la pièce qui tenait lieu à la fois de salon, de salle à manger, de bureau. Il se contentait d'effectuer les exercices dans son cahier à lignes doubles, de les faire corriger par Hervé, le garçon qui s'occupait de leur instruction. Ses résultats étaient excellents. Il était intelligent, ce qui le préparait à l'intranquillité.

Les enfants disposaient d'une chambre commune. La grand-mère, quant à elle, dormait dans le séjour. Les sanitaires, comme la cuisine, se trouvaient dans la cour, derrière la modeste cabane, là où l'ancienne faisait également pousser de l'igname et quelques légumes verts, *ndole*, *nkea*, *bewole*, dans un carré bien délimité. Il y avait également le papayer, dont les feuilles servaient à faire du savon pour laver les vêtements, quand on était en rupture de lessive chimique achetée à l'échoppe proche de là. Cela permettait à la grand-mère de faire des économies, de ne pas rallonger son ardoise à la vente à emporter. En tout cas, on ne voyait pas ses enfants nus devant la maison, le corps badigeonné de mousse. Ils ne recrachaient pas leur dentifrice dans la boue. Les garçons de Modi étaient décents. Cependant, la grand-mère comprenait qu'au Nord, le confort était bien supérieur à cela. Tout était sûrement mieux, là-bas, puisqu'on le disait. Aussi, ses garçons devraient-ils quitter la plaine côtière du Mboasu, sa mangrove mystérieuse, le poisson cuit à l'étouffée dans des feuilles de bananier, le poulet fumé sous des branchages, pour acquérir un peu de cette supériorité. Comme Anton, ils y avaient droit. S'ils étaient venus au monde, ce n'était pas uniquement pour contempler ceux qui, parmi les vivants, avaient eu de la chance. C'était pour se créer la leur, vivre, eux aussi, une existence digne.

Elle devait persuader Thamar de les faire venir auprès d'elle, à partir de la classe de seconde, par exemple. Cela leur laisserait, à toutes deux, le temps de préparer leur départ. Ils rentreraient à Sombé pour les vacances. Elle pourrait alors souffler un peu, contempler le fruit de ses efforts. Ce n'était pas pour demain. Son commerce de beignets et haricots ne lui rapportait pas des fortunes, loin de là, mais si Thamar voulait bien lui venir en aide, elle s'en sortirait. Il n'y avait rien de plus important à ses yeux que la préparation d'un avenir, le plus radieux possible, pour ses garçons. Sa vie entière était tournée vers cet objectif. Tous les ans, la tontine des femmes du quartier lui permettait de toucher un bonus, un peu plus qu'un treizième mois, dont elle économisait l'essentiel. Il y avait aussi les tontines hebdomadaires des marchandes de rue, grâce auxquelles les femmes comme elles s'arrangeaient pour parer au plus pressé. Par la grâce de Dieu, elle y arriverait. C'était ce que Modi marmonnait, tout en malaxant la pâte à beignets qu'elle laisserait reposer jusqu'au soir. Lorsque l'appareil serait prêt, elle s'occuperait du repas de midi : sauce gombo agrémentée de *keleng keleng*, une variété de feuilles qui ajoutaient de l'épaisseur, et des *bekwang*, pâte de *makabo* cuite dans des feuilles.

Elle espérait qu'Anton ferait honneur à ce repas. Il avait boudé le *ndole* garni de *mukandjo* et de crevettes qu'elle avait préparé, se levant aux aurores pour cela, le jour de son arrivée au Mboasu. La vieille en avait eu le cœur meurtri, non seulement parce qu'il s'agissait d'un mets de choix, mais aussi parce qu'elle avait fait des pieds et des mains pour trouver de la morue séchée de bonne qualité, à un prix raisonnable. Le petit avait réclamé des frites, se croisant fermement les bras sur la poitrine, lorsque Jérémie avait entrepris de lui expliquer comment détacher les *miondo* accompagnant le *ndole*. Modi tchipa longuement, rien que d'y penser. Elle voulait bien se débrouiller pour lui parler un peu la langue hexagonale qu'elle commençait à oublier, mais il n'était pas question de cuisiner autre chose pour lui que l'ordinaire de la maisonnée. À ses yeux, rien n'égalait la cuisine des côtiers du Mboasu, et nul ne songerait à contester ce fait, leur fameux sens artistique ayant présidé à la création d'incomparables délices, y compris lorsque leur aspect n'était pas des plus ragoûtants. En digne fille de ce peuple, Modi était experte dans la présentation des plats. Elle savait donner de l'allure au *foufou* de manioc, par exemple, préparation connue pour son très faible potentiel esthétique, ce qui lui valait des compliments mesurés de la part des autres cuisinières de la côte, trop jalouses pour s'enthousiasmer vraiment. Elles murmuraient, voyant sa manière de trancher au fil des lingots de *mitumba*, unique plat non côtier qu'elle consente à servir aux siens parce qu'il lui rappelait le temps du maquis, les combattants de la liberté qui avaient perdu la vie pour que le soleil se lève, un jour, sur un Mboasu libre. *O bi pon bola lambo, tu sais t'y prendre pour faire les choses*, marmonnaient malgré elles les envieuses. C'était suffisant et, de toute façon, Modi connaissait sa valeur. Elle n'avait que faire de l'admiration aigrelette de ces femmes.

Passant la tête par la fenêtre de la cuisine, sa voisine, Dallé, vint interrompre le cours de ses pensées. Elle apparaissait toujours de cette façon, sachant Modi affairée à cette heure. Dallé vivait sous l'emprise d'un impérieux besoin de médire des uns et des autres, s'y appliquait comme si sa vie en dépendait. Rien ne l'intéressait ni ne l'occupait tant que ces bavardages pour le moins inamicaux. Elle parlait et déparlait sans reprendre son souffle, sans jamais perdre le fil des histoires à rallonge qu'elle était toujours la première à connaître, à diffuser, avant que d'autres mégères patentées – ce territoire les produisait en nombre – les reprennent, les répandent sur toute la côte et au-delà. Une fois sa salive tarie, Dallé mobilisait ses dernières ressources linguales pour réclamer des condiments, crevettes séchées ou herbes odorantes, le *kotimandjo* – appelé basilic dans l'idiome le plus répandu en Hexagone – étant sa préférée, quand il ne s'agissait pas, tout bonnement, de farine, de sucre, de levure. Toutes choses qu'elle savait trouver dans cette cuisine précise, parce qu'elles entraient dans la composition des beignets et haricots que vendait Modi.

Ce matin-là, elle avait à dire à propos d'un des fils Lobé, dont on racontait qu'il se prostituait à l'hôtel *Prince des côtes*, vendant sans vergogne sa chair à des hommes aussi bien qu'à des femmes, et pas uniquement à des Nordistes. Dallé avait à dire sur Sodome et Gomorrhe, sur le châtiment encouru. Modi écouta, se demandant comment réagirait sa voisine, si quelqu'un venait lui expliquer que, contrairement à ce qu'elle s'imaginait, le fils Lobé ne se faisait pas payer pour aimer des individus des deux sexes. Elle-même désapprouvait hautement la débauche, n'allez pas croire, mais enfin, dans ce pays, on feignait toujours de s'offusquer de mœurs qu'on connaissait pourtant parfaitement, en gros et dans le détail. C'était le seul moment de la journée où l'occasion de se taire lui était donnée. La grand-mère ne murmurait pas un mot pour elle-même, les bourdonnements de sa voisine l'empêchant de penser, même par inadvertance, tant ils étaient nourris.

Ayant raccroché après avoir parlé à Antoine, Maxime se mit à faire les cent pas dans la pièce. Il s'était déjà occupé de louer un conteneur pour acheminer les meubles et tout le reste par voie maritime. Ainsi, une fois sur place, il n'aurait pas d'achats à effectuer. Ce qui se trouvait là lui suffisait amplement. Il faudrait tout de même prévoir une provision pour les pots-de-vin que les douaniers ne manqueraient pas d'exiger, au port de Sombé, avant qu'il lui soit possible de disposer de ses biens. Sa vie allait radicalement changer et, tout à coup, il se demandait comment il avait tenu. Pendant ses cinq années d'études, cela n'avait pas été trop difficile. Il avait travaillé au noir pour s'acquitter de son loyer, et Colette, sa logeuse, n'avait voulu voir que sa carte d'étudiant, au moment de l'accueillir chez elle. C'était une vieille dame subsaharienne, vivant désormais seule, puisque son époux avait quitté ce monde pour l'autre. Elle avait pris l'habitude de proposer une chambre à un jeune issu du Continent, l'essentiel étant qu'il ait de bonnes manières, soit venu dans l'Hexagone pour s'instruire.

Jamais elle n'avait eu à lui faire de reproches. Le soir, en rentrant de l'université, il aimait passer quelques instants en sa compagnie, l'écoutant raconter le temps des bals nègres et des caves à jazz d'antan. Quand il avait terminé ses études, Colette lui avait donné un coup de main pour trouver le stage de six mois qui lui avait servi de première expérience professionnelle. Elle était bien connue dans la petite ville où elle résidait. On se souvenait qu'elle avait été une des premières meneuses de revue noires dans ce pays, mettant fin à sa carrière pour épouser un notable des environs. Elle rappelait à tous le temps où les populations venues des Indes occidentales et des pays subsahariens pour s'installer dans l'Hexagone filaient doux, ayant souvent à cœur de s'acculturer pour se faire une place dans la société. C'était le temps des colonies, la présence noire dans l'Hexagone était, de fait, celle, très minoritaire, de ressortissants de territoires dominés. Ils allaient se reproduire, se multiplier, leur descendance refuserait les limites étriquées des cultures nordistes pour se définir, mais on l'ignorait encore. Autrement, on aurait tout fait pour prévenir la prolifération de non-Blancs au Nord. Il était trop tard, désormais, les indésirables, armés de leur carte d'identité hexagonale, revendiquaient tous leurs héritages, s'inscrivant dans une transversalité identitaire qui leur permettait de ne choisir que le meilleur des mondes qui les avaient produits. Ce n'était pas si surprenant, en fin de compte, pour un pays qui se déployait sur trois océans.

Max n'avait pas été rémunéré pendant son stage, mais, là non plus, on ne s'était pas intéressé à son titre de séjour. Les recommandations de Colette avaient suffi. À aucun moment il n'avait été embêté. Il pensa à ce jour où, tandis qu'il terminait son jogging dans les bois jouxtant la demeure de la dame, des hommes en bleu étaient venus l'interroger à la demande d'une personne anonyme du voisinage qui leur avait téléphoné, s'inquiétant, se plaignant, de la présence d'un Noir dans la forêt. Là encore, une mention du nom de Colette lui avait sauvé la mise. Les policiers l'avaient reconduit chez sa logeuse et, voyant qu'elle le laissait pénétrer à l'intérieur, s'en étaient allés. L'homme se rendait compte qu'il avait eu de la chance, tout le temps. Il ne faisait pas partie de ceux qui, vivant sur le Continent, rêvaient de l'Hexagone comme d'une sorte de paradis terrestre. Il avait lu trop de livres, connaissait trop bien les humains, ne croyait pas au paradis. En tout cas, pas ici-bas. De plus, l'Hexagone était le territoire qui lui avait ravi sa mère. S'il avait tenu à demeurer dans ce pays, cela n'avait été que pour valoriser son diplôme, apprendre ce qui n'était pas enseigné dans les salles de cours, ce qu'il aurait besoin de savoir pour exercer convenablement son métier, une fois rentré au pays. Il n'osait s'avouer qu'il était également resté dans l'espoir de retrouver Thamar, même s'il n'était plus certain de pouvoir la reconnaître. Il avait quatre ans, la dernière fois qu'ils s'étaient vus.

Nerveux, Max attendait la venue d'Antoine, cependant que les souvenirs de tous les moments où son aventure aurait pu tourner court lui revenaient. Il serait alors retourné sans regrets d'où il était venu, convaincu d'avoir tenté le maximum et, de toute façon, cela avait toujours été son objectif. Dès le jour où il avait posé le pied sur ce sol hexagonal, il n'avait eu qu'une envie : retourner au Mboasu. Il lui semblait ironique de constater que d'autres étaient expulsés, par dizaines de milliers depuis un moment, quand ils auraient tout donné pour rester là, sans nom, sans existence officielle, sans espoir de faire fortune, sans possibilité de revoir leurs proches. Ils étaient des silhouettes sombres dans un pays qui leur criait quotidiennement son rejet, même si des associations existaient qui, luttant à leurs côtés, tentaient de préserver l'image de terre d'accueil que l'Hexagone avait voulu se donner. Maxime trouvait ce mobile assez discutable : ces gens n'agissaient pas, contrairement à ce qu'ils prétendaient, dans un mouvement de véritable fraternité. Ils étaient des égocentriques, se démenant pour ne pas que la honte les engloutisse, pour ne pas se noyer dans la culpabilité. S'ils n'étaient ni des colons, ni des spoliateurs, ils avaient profité des apports séculaires de la domination, qui n'avait eu d'effets positifs que pour le Nord. Les efforts de ces associatifs n'étaient guidés que par une vanité tout hexagonale. Autrement, ils se seraient battus pour que le Continent, les pays du Sud en général, ne soient plus mis en coupe réglée par les puissances du Nord et de l'Ouest, qui se goinfraient depuis des temps immémoriaux sur la misère, les errements des Subsahariens.

Parfois, lorsqu'il voyait des sans-papiers manifester à grand renfort de tambours et de chants, lutter pour ne pas être embarqués de force dans des avions qui les auraient simplement ramenés vers leur pays natal, il trouvait qu'ils exagéraient, manquaient de dignité. On ne pouvait se comporter ainsi, lorsqu'on allait être reconduit sur la terre de ses pères. Tous ne venaient pas de territoires frappés par la guerre ou la famine, c'était un fait. Tous n'étaient pas des activistes menacés par un régime autocratique. Leur attitude ne faisait que conforter le monde entier dans l'idée que le Continent était une vaste benne à ordures, un immense dépotoir, un lieu créé pour la consomption des âmes damnées, le tombeau de l'humanité. Maxime connaissait parfaitement les réalités du Mboasu. Il y avait vécu longtemps, élevé par Modi, sa grand-mère, qui nourrissait la maisonnée en vendant des beignets, le plat du pauvre par excellence. Pendant les grandes vacances, elle préparait aussi du *folere*, infusion obtenue en faisant bouillir des fleurs d'hibiscus séchées, qu'on laissait ensuite refroidir après l'avoir un peu sucrée, parfumée. C'était cela, la vie sur le Continent : pas clinquante, mais pas humiliante non plus. Il n'avait manqué de rien sur le plan matériel et, s'il avait fallu renoncer à travailler au Nord, il n'aurait pas fait tout ce cinéma, comme s'il n'y avait plus rien eu à attendre, rien à espérer, des espaces subsahariens.

Les images de sa rencontre avec Édouard s'imposèrent soudain à lui. Cela avait été un de ces moments de chance inexplicable, inouïe, grâce auxquels il avait obtenu ce qu'il désirait, et même davantage : une belle expérience à transmettre aux autres, un poste enviable pour entamer sa nouvelle existence. Lorsqu'il était venu passer cet entretien, dans une banque plutôt réputée de la place, il n'y croyait pas trop, avait déjà préparé ses bagages au cas où il aurait fallu déguerpir au plus vite. C'était Édouard qui l'avait reçu lors de ce rendez-vous, le directeur des Ressources humaines étant absent depuis plusieurs mois, pour des raisons de santé. Au début, il s'était demandé comment aborder cette situation des plus complexes. Il cherchait à se faire embaucher avec la pièce d'identité d'Antoine, mais les titres, tous obtenus avec mention et qu'il faudrait également présenter, étaient à son nom. Tout comme, d'ailleurs, son curriculum vitae, les documents relatifs à son stage. Il avait dit la vérité. Tout de go. Immédiatement après avoir passé haut la main tous les tests exigés par l'entreprise. Édouard l'avait regardé, dubitatif, avant de dire : *Vous savez que je pourrais vous dénoncer aux services de l'immigration.* Oui, il le savait, bien entendu, mais l'homme n'avait pas besoin d'aller jusque-là. Il lui suffisait de ne pas le recruter, de passer à autre chose. Néanmoins, s'il lui donnait sa chance, il n'aurait pas à le regretter. Maxime était bon dans son domaine. Tout ce dont il avait besoin, c'était de pouvoir travailler un peu.

Il avait passé des années au sein de la banque, protégé par le directeur général en personne, qui avait conservé son secret mieux qu'un frère ne l'aurait fait. Ce jour-là, Édouard lui avait dit : *Je crois effectivement que nous manquerions de bon sens, si nous décidions de nous passer de vous.* Il avait ajouté : *Et j'aime que vous ne veniez pas larmoyer pour essayer de me donner mauvaise conscience, comme les Subsahariens savent si bien le faire.* Là-dessus, ils étaient d'accord, Max n'était pas du genre à vouloir qu'on s'apitoie sur son sort. C'était contraire à l'éducation que lui avait donnée sa grand-mère. Comme si cela n'avait pas été la première fois qu'il agissait de la sorte, Édouard s'était occupé lui-même de son contrat, n'y inscrivant ni le prénom d'Antoine, ni celui de Maxime. Il avait simplement écrit : M. Kingué, précisant : *Tout le monde lira* Monsieur, *mais vous saurez de quoi il retourne. Vos bulletins de salaire porteront également cette mention. En revanche, je suis obligé de garder une copie de la pièce d'identité de votre frère dans nos dossiers, et je crains que votre mutuelle, par exemple...* Ce n'était pas grave. L'assurance santé, comme le compte bancaire sur lequel on lui verserait son salaire, seraient au nom d'Antoine. Il était impossible de faire autrement.

Édouard avait tout mis en œuvre pour lui faciliter les choses, allant jusqu'à faire en sorte qu'un taxi soit constamment placé à sa disposition. Après tout, l'entreprise payait cher son abonnement auprès d'une société de taxis, et Maxime l'intégrait comme cadre. Non seulement il y avait droit, mais cela lui éviterait les contrôles de police qui se déroulaient généralement dans les gares, les stations de métro. C'était vrai. Les hommes en bleu ne venaient jamais vous chercher lorsque vous étiez confortablement installé sur la banquette arrière d'un taxi. Ils ne vous pourchassaient pas dans les locaux des grandes institutions financières, comme ils le faisaient sur les chantiers ou dans les restaurants. Maxime avait vécu une vie rangée, limitant ses déplacements à ses exigences professionnelles, faisant livrer ses courses à domicile après avoir choisi, sur le site internet d'un supermarché, les produits dont il avait besoin. Il n'avait que peu de loisirs, s'astreignait à des séries de pompes, d'exercices abdominaux quotidiens, au lieu de la course à pied qui avait sa préférence, mais qu'il ne pratiquait plus depuis son arrestation dans les bois. À la banque, on l'appelait *Kingué,* sans poser de questions, ce qui lui convenait.

Les premiers temps, un peu suspicieux, il avait songé qu'Édouard espérait quelque chose de cette situation. En fin de compte, ils étaient devenus amis, se vouant une estime mutuelle, se faisant confiance. Édouard avait seulement précisé, ce dès le départ, qu'en cas de difficultés il serait contraint de prétendre avoir été abusé. Les années s'étaient écoulées sans souci majeur pour Maxime. Seule sa vie amoureuse avait souffert de ces circonstances particulières, non parce que les femmes étaient inaccessibles, mais parce qu'il n'avait pu se résoudre à s'y fier. Les femmes, on pouvait les aimer, pas se reposer sur elles. Aussi n'avait-il eu que de très brèves aventures, des relations hygiéniques, bien que non tarifées, il y avait tenu. Quelquefois, songeant à cet aspect des choses, il se disait, sans jamais en parler à quiconque, qu'il aurait peut-être vu tout cela d'un autre œil, si sa mère, la première femme de sa vie, ne s'était pas si brutalement soustraite à ses regards. La reverrait-il un jour... Pour l'heure, il chassa cette pensée. Antoine n'allait pas tarder. Il faudrait lui annoncer la nouvelle.

Antoine haïssait cette partie de la proche banlieue où logeait Maxime. Il y louait, sans bail, une chambre dans un appartement de trois pièces dont la seconde chambre était occupée, elle aussi, par un homme originaire de Sombé. Les colocataires partageaient le séjour, la cuisine, la salle de bains. Le propriétaire ne déclarait rien de ces loyers, attendu qu'il s'agissait officiellement de sa résidence principale. Contrairement aux réalités qu'on observait en général dans ce type de situation, l'endroit était salubre, correct. Les locataires s'entendaient bien, menaient des vies discrètes, les demoiselles qu'ils fréquentaient savaient, elles aussi, ne pas faire trop de bruit. Dans la rue, des garçons agglutinés formaient un essaim. Le jour durant, sept fois par semaine au bas mot, ils tenaient là leur siège, près d'un réverbère dont l'ampoule avait disparu. Marchant bizarrement, comme s'ils avaient reçu un coup violent dans les parties, ils donnaient l'impression d'une bande d'estropiés en cours de rééducation. À leurs yeux, cette dystasie était une forme d'élégance, du style. Ils ne devaient pas savoir d'où cela venait, se contentaient de recycler, sans les avoir comprises, des images vues dans des films sur les ghettos noirs de l'Ouest. Antoine passa tout près d'eux pour ne pas avoir l'air de les prendre de haut, ne pas susciter leur animosité. Ils le traitèrent, c'est ainsi qu'il le vivait chaque fois, de *cousin*, de *frangin*, de *gros*, de *renoi*. Il leur sourit comme d'habitude, hâta le pas avant qu'on vienne lui taxer de la monnaie, ne laissa rien deviner de ce qu'il pensait, concernant cette génération de garçons qui passaient entre eux tout leur temps, déambulant, fesses à l'air, sous le nez les uns des autres. Malgré lui, un frisson le parcourut. Les manières un tantinet épineuses de ces jeunes gens le rassuraient modérément. Avec eux, on ne savait à quoi s'attendre, précisément parce qu'ils n'étaient pas bien au clair avec leur propre genre. Pour lui, contrairement à ce qu'affirmaient les sociologues, ce n'était pas le chômage des pères, ni le manque d'autorité des mères, qui les précipitait tous les jours plus près de l'abîme. C'était quelque chose en eux, un désordre intime, une inadaptation au monde qu'on leur proposait. Cela, il le comprenait.

Bientôt, le jeune homme fut devant l'immeuble où vivait son frère, s'annonça par l'interphone, poussa la lourde porte d'entrée en bois qui fit un clic en s'ouvrant. Le parquet était parfaitement ciré dans le vestibule, le couloir, la chambre que Maxime avait transformée en petit studio. Des photographies en noir et blanc étaient accrochées aux murs : paysages ou figures du Continent, capturés par on ne savait trop qui, qu'on pouvait se procurer dans des boutiques du centre de la ville ou sur l'internet. Les étagères supportaient quantité de livres, de disques. Vieux vinyles de Sam Cooke, d'Otis Redding, des Neville Brothers. Comme il posait son fondement sur le canapé convertible recouvert d'une étoffe d'*adinkra*, après que son frère l'avait débarrassé de sa veste, Antoine songea que tout ce confort était encore trop, que, dans le fond, Maxime semblait s'accommoder de la situation, ne paraissait nullement vivre dans la crainte du lendemain, ainsi qu'il l'aurait dû.

Depuis un bon moment, Max vivait, travaillait sous l'identité d'Antoine. Il était arrivé au Nord après deux années d'études universitaires au Mboasu. Deux années perdues à se lever à quatre heures tous les matins pour prendre sa place dans la file d'attente, espérer s'asseoir sur un coin de banc dans les amphithéâtres ou dans les salles de cours, deux années perdues à refuser de payer pour passer au niveau supérieur. Muni d'un faux visa qu'on lui avait vendu pour vrai dans les murs mêmes du consulat de l'Hexagone au Mboasu, et qui ne lui avait pas permis d'obtenir un titre de séjour en règle, Maxime avait étudié, à l'époque, dans une université de province. On n'y était pas très regardant sur ces affaires-là, du moment que les droits d'inscription étaient payés, que l'étudiant se montrait assidu. Ayant passé ses diplômes sous sa véritable identité, Max avait dû faire appel à Antoine pour se faire employer, acquérir une expérience valable dans son domaine, gagner sa vie. Antoine avait vu là l'occasion de se venger de ce demi-frère qui avait toujours été si parfait, si solide, si responsable. La fierté de leur grand-mère, le portrait craché de leur mère.

Maxime avait toujours reçu ce qui lui avait manqué : de l'amour. Antoine n'avait eu que cet internat depuis l'âge de sept ans, où il avait été l'unique gamin noir, le noiraud, celui dont les cheveux étaient comparés à de la paille de fer, à des poils de cul, la verve des enfants n'étant jamais en berne, dès lors qu'il est question de railler l'un d'entre eux, de lui faire mordre la poussière de mille façons. Il n'avait eu que des mensonges – des histoires dans lesquelles Thamar devenait une princesse subsaharienne, toutes sortes de ruses, pour se faire respecter des autres pensionnaires. Il n'avait eu que ce beau-père, l'animal qui lui avait dérobé toute possibilité d'avoir une mère. Il ne lui restait aucun souvenir des premières années de sa vie, celles qu'il avait passées contre le sein de Thamar. Il ne se souvenait pas qu'elle l'avait câliné, appelé *Petit prince*, emmené partout avec elle, imposant sa présence aux familles chez lesquelles elle faisait le ménage, la cuisine. Tout ce qu'il savait, c'était que, pour partager la vie d'un homme, elle l'avait rejeté, chassé hors de sa vue, que Maxime n'avait aucune idée de ce qu'avait pu être sa solitude. À lui, Thamar n'avait jamais manqué. Il l'avait peu connue. Modi avait rempli son univers d'attentions, de rêves. Elle avait été une mère pour lui, pour les deux autres, Daniel, Jérémie. Ils avaient toujours eu quelqu'un à qui parler. Quelqu'un pour les défendre. Quelqu'un pour sécher leurs larmes, éloigner leurs frayeurs enfantines. Quelqu'un pour leur enseigner des prières. Quelqu'un pour leur raconter comment c'était quand ils étaient bébés. Quelqu'un pour les écouter réciter leur leçon d'histoire sur les grands empires précoloniaux, la naissance du Mboasu. Quelqu'un pour leur dire quoi faire avec les filles. Quelqu'un pour les entendre muer, imaginer les hommes qu'ils deviendraient. Quelqu'un pour les ancrer dans une terre, leur donnant ainsi ces ailes qui s'accrochent dans la tête, qui permettent de s'élever. Quelqu'un pour leur dire d'où ils venaient, où ils pouvaient espérer aller.

Lorsque Maxime avait dû trouver un emploi après ses études, Antoine avait tout de suite accepté de lui venir en aide. Cependant, il avait exigé, étant donné le risque encouru, que la moitié du salaire lui revienne. Maxime avait dû s'y résoudre. Depuis, il n'avait cessé, sous le nom d'Antoine Kingué, de gravir les échelons. Ses revenus avaient crû, la part destinée à Antoine également. Ce dernier percevait une somme très substantielle tous les mois, sans avoir à lever le petit doigt, persuadé que Maxime souffrait de voir ainsi s'envoler le fruit de son labeur. Sa jouissance résidait là. Sous des dehors magnanimes, il spoliait son aîné, profitant de ce qu'il pensait être un pouvoir. Maintenant, il se trouvait face à un Maxime enjoué, qui lui proposait de choisir entre *folere* et jus de baobab, tout en lui annonçant : *Frérot, nous allons enfin pouvoir mettre un terme à notre petit arrangement...*

Antoine refusa ces boissons qui allaient déverser, dans son verre, les orages de ses vacances de petit garçon au Mboasu. Pour lui, le Continent et tout ce qui en provenait étaient liés à la pluie et à la boue, même s'il se souvenait de l'excellent *folere* que préparait Modi, en parfumant l'infusion d'hibiscus rouge d'un peu d'ananas, d'un soupçon de cannelle. Il se concentra sur la nouvelle, découvrant, abasourdi, ce dont il ne s'était jamais douté : l'employeur de Maxime avait toujours su la vérité, l'avait couvert, ayant très vite évalué les compétences de l'homme, ses qualités de cœur comme d'esprit. À présent, la banque au sein de laquelle Max officiait lui proposait de prendre la tête d'une filiale basée au Mboasu. *Je m'envole pour le pays dans deux semaines. La succursale dont j'aurai la charge est installée à Sombé. Je pourrai donc à la fois redevenir moi-même et prendre soin de grand-mère qui ne rajeunit pas...* Pour atténuer le choc, Antoine laissa échapper les premiers mots qui lui vinrent. Au fond de lui, une seule petite phrase résonnait : *Espèce d'enfoiré, tu ne penses quand même pas t'en tirer comme ça...* Sur le ton qu'on imagine. Évidemment, il énonça des paroles plus modérées : *Ne devrais-tu pas te méfier ? S'ils croient tellement en toi, pourquoi ne pas t'aider à régulariser ta situation ? Ils doivent avoir des relations... Les pays du Sud sont instables. Si les choses tournent mal – on ne sait jamais – comment feras-tu ?*

Maxime balaya ces paroles d'un geste de la main. Ces pays qu'on disait instables n'avaient que quelques décennies de vie. Le Nord lui-même n'était en paix que depuis soixante ans, après des siècles de carnage absolu, personne ne prenait la peine de le relever. Pour le moment, le Mboasu était calme, le président Mawusè ayant été contraint, par la *Communauté internationale*, à intégrer les rebelles au sein du gouvernement. Si les choses se dégradaient, ce qui était fort probable, il aviserait. Max n'avait pas demandé d'aide pour sa régularisation, il n'y avait vraiment aucun souci à se faire. *Édouard – mon boss – et moi-même en avons parlé en toute franchise. Je pourrai revenir au Nord, fort de cette expérience. Probablement ailleurs qu'ici, dans l'Hexagone. Peut-être en Albion ou en Helvétie. Je demeurerai au sein du groupe en tant que Maxime Kingué. J'y gagne, dans tous les cas.* Antoine ne put qu'exprimer sa joie de le savoir libre, après tant d'années passées sans existence officielle. Maxime renchérit : *Free at last, frérot ! Je te dois tant... Comment te remercier ?* Il avait des larmes dans la voix, ce qui était trop pour Antoine qui, de son côté, se retenait de l'assommer, de l'étrangler, de le découper en rondelles qu'il enfournerait ensuite pour les faire rôtir jusqu'à ce qu'elles caramélisent définitivement. En y pensant, il visualisait la scène, ce qui rendait les choses encore plus douloureuses, puisque le massacre n'aurait pas lieu. S'il excellait en matière de roublardise, la violence physique n'était pas son fort. Des émotions inattendues se levaient en lui, s'emmêlaient, lui triturant le cœur, les tripes. Cependant, le jeune homme avait appris à cultiver une certaine froideur pour se préserver des bouillonnements qu'il sentait parfois venir en lui. Se sachant émotif, il faisait tout pour ne pas se désunir, prendre de la hauteur. Surtout, que nul ne rencontre le garçonnet de sept ans qu'il savait être encore.

Il répondit, distillant avec soin de la douceur dans sa voix, qu'il n'avait accompli que son devoir. Modi ne disait-elle pas toujours : *Le sang n'est pas de l'eau* ? Eh bien, c'était en y songeant qu'il avait, sans hésitation, tendu la main à son frère aîné, s'exposant aux dangers qui guettaient les fraudeurs dans cet État policier qu'était l'Hexagone, où on traquait tout particulièrement le mâle noir. Il se tut, histoire, tout de même, de ne pas trop en faire, lui qui n'avait jamais eu affaire à la police, n'hésitant pas, quand les hommes en bleu faisaient mine de l'approcher, à se faire passer pour un Noir de l'Ouest, ne *speakant* pas l'hexagonal. On lui fichait la paix sur-le-champ, les Noirs de l'Ouest n'étant pas perçus comme aussi ténébreux que ceux du Sud, ce depuis les années 20, où ils étaient venus au Nord, du swing plein les bagages, encore plus depuis la fin de la Seconde Guerre mondiale, où ils avaient participé, en tant que soldats discriminés dans leur pays, à la libération de l'Hexagone occupé. Pour la maréchaussée, très clairement, Noir, ce n'était pas Noir, quoi qu'en dise la chanson.

Maxime, le regard embué, confessa avoir, un temps, cru que son jeune frère avait agi mû par de sombres mobiles, uniquement désireux d'exercer sa domination sur quelqu'un. Il avait vu tant de gens se conduire ainsi chez eux, au Mboasu. Son jugement en avait été faussé, il en demandait humblement pardon. À présent, c'était à lui d'aider Antoine. *Dis-moi seulement ce que je peux faire pour toi*, interrogea-t-il affectueusement, pour s'entendre répondre : *Mais rien, voyons. Tu m'offenses.* Et c'était la vérité. *C'est bien, Anton*, conclut Maxime, qui prononçait son nom comme le faisait Modi. *Tu es un homme à présent. Nous nous demandions tous ce que tu deviendrais...* La famille avait eu tort de se faire du souci, Maxime s'en félicitait. Tout de même, il savait que la vie d'un artiste comme Antoine était faite de hauts et de bas, que ses revenus étaient aléatoires. Il lui enverrait donc de l'argent par la WU, son frère ne devait pas s'inquiéter pour cela. D'ailleurs, le salaire qu'il percevrait en tant que directeur d'agence, même sur le Continent, serait conséquent, lui permettrait de jouer, enfin, son rôle de premier-né. Assurément, il y avait une justice en ce bas monde.

Antoine n'avait pas envie de recevoir les deniers que Maxime lui offrait de si bon cœur. Ce qu'il voulait, c'était lui soutirer une part significative de son pécule tout en se donnant le beau rôle, certainement pas devenir l'obligé d'un frère si parfait, si réfléchi, à ce point tourné vers les autres, et ressemblant tellement à Thamar. Il lâcha, incapable cette fois de réprimer l'acidité qui lui venait en bouche : *Pas question que tu m'envoies des thunes. Si, j'y tiens*, insista tranquillement Max. Antoine se reprit, conscient de devoir continuer à soigner son image d'individu bien disposé à l'égard de ses semblables. Il hocha la tête en signe de capitulation, regarda le cadran de sa montre, dit qu'il devait filer, qu'il téléphonerait dans les jours à venir, s'enquit de la date de départ du nouveau directeur de la filiale d'une banque hexagonale au Mboasu. *Je m'en vais dans quinze jours*, répondit son frère, *le temps de régler quelques détails avec Édouard et d'achever de briefer mon remplaçant.* Ils se promirent de se voir avant, s'enlacèrent, Antoine ne sachant comment se soustraire à l'étreinte de Maxime, tandis que son cœur s'émiettait doucement.

Dans la rue, il fut pris d'une sorte de malaise. Un étourdissement qui le contraignit à s'adosser quelques minutes contre un mur, près d'une épicerie d'où s'échappait une puissante et tenace odeur de moisi. C'étaient toujours les mêmes qui l'emportaient. Contrairement à ce que prétendait Max, il n'y avait pas l'ombre d'une justice sur cette terre. Il lui fallait à tout prix trouver le moyen de maintenir sa position. Il devait y réfléchir. D'ores et déjà, Antoine s'apprêtait à ne reculer devant rien. Les jeunes attroupés étaient toujours dans la rue, exactement là où il les avait laissés et, lui sembla-t-il, dans la même posture. Il n'entendit pas ce qu'ils lui dirent, se contentant de fondre dans la bouche du métro qui, par chance, arrivait jusqu'en ce quartier où s'essoufflait la civilisation pour aller mourir quelques kilomètres plus loin, au-delà de la zone deux. Tout était flou, comme si le monde autour de lui s'effilochait doucement, irrémédiablement. Il eut la nausée. Plus rien n'avait de sens. Antoine était persuadé de n'avoir reçu que deux choses de la vie : l'aptitude à nuire, la maîtrise de cette faculté. Il n'était doué que pour cela, et tout être humain se devait de vivre en accord avec sa nature profonde. Il ne jugeait pas les choix existentiels des autres, se fichait d'ailleurs des personnes qui ne pouvaient en rien lui servir. L'amitié n'était pas un de ses pôles d'excellence, l'amour était une lubie, il y avait longtemps qu'il en était guéri. Très tôt, l'innocence l'avait quitté. Quand ceux de sa classe d'âge n'étaient encore que des enfants, il lui fallait déjà mettre en place de subtils plans de défense contre l'adversité.

Il devait trouver une solution. Antoine fonçait sans rien voir dans les couloirs du métro, ne songeant qu'à élaborer rapidement une stratégie pour se tirer de ce qui risquait de devenir une impasse. Jamais il n'avait cru se trouver dans cette situation : un bon samaritain dans l'entreprise de Max, un type qui, non content de découvrir que son employé était un fraudeur, un sans-papiers, le prenait sous son aile, lui ménageait une voie de sortie plus qu'honorable. Dans quel monde vivait-on ? Les Nordistes se laissaient tellement aveugler par la culpabilité coloniale que le bon sens le plus élémentaire leur faisait défaut. Le jeune homme, s'engouffrant dans le métro, n'entendit pas la voix du mendiant qui déclamait un poème ancien : *Frères humains qui après nous vivez, N'ayez les cœurs contre nous endurcis*[3]. Antoine n'avait encore que le cœur rassis, pas tout à fait dur, ce qui l'empêchait de réfléchir. L'engin s'arrêta à la station suivante, immobilisé en raison *d'un accident grave de voyageur*, ce fut ce qu'une voix claironna à l'attention des passagers, priés, dans ces conditions, d'emprunter les correspondances ou de sortir pour prendre le bus. Il préféra se retrouver à l'extérieur, respirer un peu d'air frais.

L'après-midi s'installait, avec son cortège de familles chamarrées en quête de divertissement. On sortait d'un brunch pendant lequel on avait bâfré pour une année, tout ça, parce que, craignant sans doute une prochaine pénurie, on ne pouvait se retenir devant la profusion de victuailles que proposaient certains lieux, qui avaient même inventé le brunch du samedi pour écouler leur surplus. On faisait la queue devant les salles de cinéma pour voir un film en trois dimensions dans l'action duquel on aurait le sentiment d'avoir été plongé et, même si on ne se souvenait pas bien de l'histoire après, l'important serait d'avoir fait l'expérience de cette sensation. On pleurait parce qu'il n'y avait plus de place, parce qu'il aurait fallu réserver et que, maintenant, soit on rentrait à la maison, soit on allait manger une glace – dépense aussi imprévue que malvenue –, en attendant la prochaine séance. Comme on ne voulait pas regagner ses pénates après avoir fait tout ce chemin, on prenait les places pour la séance de cinq heures, on cherchait un endroit où tuer le temps. Le temps... Supposé résoudre le pire, il faisait parfois empirer les maux, ne s'alliant qu'avec ceux sur lesquels le mal glissait apparemment, comme l'eau sur les plumes du canard. Ceux qui pardonnaient, parce qu'ils avaient été livrés, à la naissance, avec une option leur en donnant la capacité. Pour les autres, il n'y avait décidément aucun répit.

Antoine vivait depuis toujours du côté obscur de sa propre force, là où la paix ne s'invitait jamais, là où les joies étaient fugaces, sans cesse à conquérir. Portait-on la responsabilité de ses propres failles ? Les siennes le poussaient, en ce moment, à tout envisager, tout, pour éviter le triomphe du côté lumineux de la force : la perfection de Max, contre sa terrible imperfection. Avant tout, il s'imposait à notre ami de vérifier que le reste du système fonctionnait, qu'il n'allait pas devoir se restreindre en toute chose – achats de vêtements, sorties, voyages –, ce qu'il détesterait absolument. Ce n'était même pas la peine d'y songer. Il pénétra dans une cabine téléphonique, ficha sa carte dans la fente prévue à cet effet, composa ce numéro commençant par 03, le correspondant se trouvant dans une région septentrionale du pays. Cela sonna trois fois. Un simulateur de présence prit le relais. Il avait horreur de ces machines : *Vous êtes bien chez Valentine et Staf. Nous ne sommes pas là, mais laissez-nous un message*, etc. Aucune originalité, par-dessus le marché, mais ce n'était pas le problème principal, en cet instant.

Le jeune homme déglutit péniblement : jusqu'à cette minute, il ignorait qu'une Valentine squattait maintenant le quotidien de Staf. Découverte de fort mauvais augure. En plus, c'était elle qui parlait sur le répondeur. Donc, ils vivaient concrètement ensemble. Elle lui avait mis le grappin dessus. Antoine ne comprenait pas. Dans la situation de Staf, pouvait-on se permettre une vie normale, une compagne, un répondeur, des accessoires de cet acabit ? Ne devait-on pas se focaliser sur ce qu'il y avait de primordial pour un sans-papiers : répondre spontanément à un prénom autre que le sien propre, éviter les hommes en bleu, ne surtout pas baisser sa garde, histoire de ne pas se faire remarquer ? Il se dit que cela faisait longtemps qu'il ne s'était pas rendu en province. Il aurait plaisir à revoir la petite piaule que Staf sous-louait dans ce patelin brumeux, depuis qu'ils étaient en affaire. Par le train, ce n'était plus qu'à une heure de l'Intra-muros, pas tellement plus loin que certaines de ces zones de relégation situées dans la périphérie. Le jeune homme se reprochait son manque de vigilance, se traitait d'idiot, de triple andouille. Sa petite mécanique fonctionnait si bien qu'il avait omis d'en huiler les rouages. Le temps les avait usés. Le temps. Toujours cet ennemi.

Comme il sortait de la cabine, quelqu'un l'apostropha. Il aurait reconnu cette voix entre mille, un inimitable souffle grinçant, dont on se demandait comment il pouvait porter si loin. Ce n'était pas le moment. Il n'avait aucune envie de parler, ni à elle, ni à quiconque, mais il faudrait se montrer cordial. Bérengère était rédactrice de mode pour un féminin vieux de cinquante ans au moins. Elle en avait vécu les balbutiements, même si force rafistolages et injections de toxine botulique n'en laissaient rien paraître au premier abord. Elle s'avança vers lui, patinant dangereusement sur des tongs à semelles de bois, un pantalon ample dansant autour de sa silhouette sans relief. Ses cheveux rouges et jaunes, le trait de khôl trop appuyé qu'elle se dessinait toujours sur la paupière, lui donnaient l'apparence d'une poupée mentalement détraquée, si une telle chose pouvait exister. Elle appliqua ses lèvres pourpres sur l'obscur épiderme d'Antoine, les effluves entêtants de son parfum asphyxiant littéralement le jeune homme. Il lui rendit de son mieux cette marque d'affection devenue un simple geste de la vie courante, retenant son souffle pour ne pas défaillir, souriant de toute la blancheur parfaitement entretenue de ses dents. *Snow, mon amour !* grinça gaiement la créature. *Berry, ma chérie !* répondit-il sur le même ton, se félicitant intérieurement de ses prouesses vocales, cependant qu'elle poursuivait : *Tu sais, ce n'est pas bien de me laisser sans nouvelles. J'ai été très occupé*, fit-il, un air de sincère contrition lui habillant les traits. *Oui*, assura-t-elle, *j'ai beaucoup entendu parler de toi. J'assiste à de nombreux défilés. Impossible de te mettre la main dessus, même quand on m'a assurée de ta présence. Tiens, l'autre jour...*

Il l'interrompit, ne tenant pas à répondre de façon précise, lui demanda comment elle allait, plongeant soudain les yeux au fond des siens, avec une sorte de gravité qui voulait exprimer plus qu'un simple intérêt pour la réponse à sa question, le besoin vital de boire les paroles qui sortiraient de sa bouche. Bérengère, inopinément enveloppée dans ce regard, ne put que répondre : *Je suis déprimée, comme nous tous, d'ailleurs. La crise. Très dur pour la presse papier. Et que dire de ces malades mentaux de droite qui nous gouvernent... Il est tout simplement devenu impossible de respirer dans ce pays.* Antoine sembla profondément compatir. *Je comprends. Viens, je t'offre un thé vert. C'est antioxydant.* Prononçant ces paroles, il se demanda quels abysses de la désespérance avaient jadis pu le pousser à pénétrer la couche de cet être, ce qui, en plus, ne lui avait rien rapporté, parce qu'il n'avait pu se résoudre à faire durer la relation. Une nuit lui avait suffi, dont il s'était réveillé mal à l'aise, convaincu d'avoir été drogué, ne voyant pas, autrement, par quel extraordinaire il aurait pu, s'il avait été en pleine possession de ses facultés, se rapprocher physiquement de la chose qui s'était présentée à lui au petit jour. Il l'écouta un moment geindre à propos de l'état de la gauche. En 2002, d'après elle – qui avait certainement voté pour le candidat de la droite cette année-là –, il aurait mieux valu prendre le maquis, résister, plutôt que de faire élire les conservateurs, sous prétexte de protestation républicaine. C'était de cette transgression, de cette trahison de soi-même, qu'on ne se remettait pas. C'était ce qui avait réduit la gauche à néant, dans un pays où, n'étant pas majoritaire, elle ne pouvait s'autoriser le moindre travestissement. Et maintenant, l'extrême droite reprenait de la vigueur, la parole raciste envahissait les antennes.

Le jeune homme choisit de clore cette parenthèse politique. Le sujet ne l'intéressait pas, plus Berengère en parlait, moins elle était drôle. Il avait envie de lui dire que l'extrême droite n'effrayait que les Blancs dans ce pays : les Noirs et tous les autres sauraient, pour une fois, qui ils avaient en face, les choses seraient claires. Et puisque la gauche était morte, la droite remporterait les prochaines élections, parce que personne ne se résoudrait à laisser l'Hexagone se faire mettre au ban des nations en élisant une nationaliste radicale pour présider à ses destinées. Les Hexagonaux n'assumeraient jamais un tel choix et, de toute façon, le pays n'était pas féministe au point que la première femme élue à la fonction suprême appartienne à ce camp-là. Il n'y avait donc pas de quoi fouetter un chat. Le désir de fraternité reviendrait avec la croissance.

D'ici là, chacun n'avait qu'à faire de son mieux pour ne pas sombrer. Se gardant de lui asséner ces paroles comme il en avait pourtant envie, Snow entraîna habilement Bérengère sur un autre terrain. *Merveilleuses, ces couleurs dans tes cheveux ! Qui t'a fait ça ?* Ravie qu'il ait remarqué sa coiffure, comme s'il avait été possible d'échapper à cette vision sans se crever les yeux, elle le gratifia d'une moue difficilement interprétable, et dit : *Ronnie, bien sûr* – elle prononça le prénom du coiffeur avec l'accent d'Albion, du moins, en eut-elle l'intention. *Et attention, tout est naturel : poudre de coquelicot et sirop de jonquille, quelque chose dans ce goût-là. Le pouvoir des fleurs, tu sais bien !*

Ils parlèrent encore et encore sans rien se dire, se délectant de voir combien leur interlocuteur maîtrisait cet art de brasser du vent. Puis, ils se quittèrent, étourdis par le vide de leur conversation, se promettant de se revoir bientôt, à la soirée que donnait Herbert La Barrière, un couturier réputé ou, peut-être, dans un restaurant végétarien absolument épatant, où on pouvait déguster des substituts carnés tellement réussis qu'on se demandait pourquoi continuer d'empoisonner son organisme en ingérant la chair d'animaux assassinés. Antoine prenait cette relation pour ce qu'elle était : pas grand-chose. Bérengère, telle qu'il la voyait, était une femme de sa génération, en dépit des airs d'adolescente qu'elle cherchait encore à se donner. À ses yeux, Snow ne pensait être qu'une sorte de fauve venu de la lointaine savane, ce n'était pas parce qu'elle buvait publiquement des thés en sa compagnie, qu'elle ferait en sorte qu'on voie plus de figures noires hexagonales à la une de son magazine. Elle pratiquait la *realpolitik*, c'est-à-dire qu'elle n'agissait pas en fonction de ce que lui dictaient les réalités actuelles du pays mais, au contraire, qu'elle projetait dans le réel, ce qu'elle concevait en imagination. Cela n'était certainement pas facile tous les jours, Antoine voulait bien en convenir. Il l'oublia sitôt qu'elle fut hors de sa vue.

Toutes les nuits, il pleurait à chaudes larmes dans son lit, l'appelait, hurlait son nom jusqu'à l'aphonie, jusqu'à ce que ses sanglots manquent l'étouffer. Elle ne venait pas. Il en avait des migraines, de la fièvre, transpirait à grosses gouttes. Le soir, il ne touchait pas son repas. Il n'aimait pas cet appartement où aucun droit ne lui était accordé. Il n'y avait que des interdits : ne pas s'asseoir là, ne pas toucher ça, ne pas parler trop fort, ne pas faire de caprices, ne pas faire l'enfant, ne pas regarder la télévision le soir. Et surtout, des obligations : jouer uniquement dans sa chambre, ne pas appeler sa mère à la rescousse pour un oui ou pour un non, éduquer sa volonté devant les friandises, finir son assiette, s'excuser avant de sortir de table, éteindre la lumière tout de suite en se mettant au lit, laisser à Pierre le temps de s'habituer à lui... Pierre. Cette espèce de monstre qui régnait céans, avec sa carrure de déménageur, sa voix sépulcrale, son crâne chauve, l'annulaire qui s'était curieusement absenté de sa main droite. Auprès de ce bonhomme, Thamar avait changé, se métamorphosant en une petite chose fragile qui minaudait, ne s'exprimait que sur le mode du larmoiement ou du gloussement. Antoine ne reconnaissait pas sa mère. Elle lui échappait. Son comportement l'horripilait. Ce Pierre lui achetait des robes, des fleurs, la sortait comme on promène un caniche, dans des lieux où ses amis la trouvaient piquante, exotique, exactement comme une Grace Jones animalisée, ou comme Joséphine Baker arborant sa ceinture de bananes. L'accessoire n'était même plus nécessaire, l'imaginaire collectif se l'étant si bien approprié qu'il en affublait inconsciemment toutes les femmes d'ascendance subsaharienne, dont il attendait, de toute évidence, qu'elles sachent pratiquer, elles aussi, moult singeries et gesticulations acrobatiques, le moment venu. Vénus noires privées de piédestal...

Parfois, ils débarquaient à l'appartement. Les amis de Pierre. Ces jours-là, l'enfant ne devait pas se montrer. Il les entendait rire grassement, échanger des plaisanteries paillardes. Elle aussi riait, Thamar, cette idiote. Ce soir, ils ne recevaient pas. L'heure n'était pas à la rigolade. Elle gémissait tandis que Pierre l'injuriait, le souffle court, avant de pousser un hurlement. Cela ne s'arrêtait que pour recommencer un peu plus tard, avec une vigueur renouvelée de la part de la bête. Le garçonnet avait l'impression que la nuit entière y passait. Aux premières heures du jour, Antoine, qui n'avait pas fermé l'œil une fraction de seconde, se demandait si toutes ses vacances d'été ressembleraient désormais à cela. À l'aube, alors que Pierre ronflait, épuisé, Thamar s'évadait de sa cage pour venir le voir. Elle se glissait dans sa chambre à pas de loup, lui chuchotait qu'il fallait supporter. *Hein, muna. Bientôt, nous aurons une vie meilleure.* Elle serait enfin naturalisée. Pierre avait des relations en haut lieu. Toutes ces années qu'elle se battait dans l'ombre. Elle allait peut-être pouvoir étudier, savoir taper à la machine, travailler dans un bureau. Comme un vrai quelqu'un. Un grand quelqu'un. Son fils l'écoutait. Il n'avait que sept ans, et c'était elle, la gamine. Des étoiles s'allumaient dans ses yeux, comme elle s'imaginait en tailleur bleu marine et chemisier blanc parfaitement repassé, exerçant un emploi propre. Elle murmurait : *Tu te rends compte, Antoine, je pourrais devenir secrétaire.*

Ensuite, elle se mettait à pleurer, laissant échapper un sanglot strident, pas si sûre de ce qu'elle avançait. Elle l'embrassait, filait avant le réveil de Pierre. Antoine prendrait son petit déjeuner plus tard, quand le maître serait sorti descendre quelques bouteilles avec sa bande de copains. Il voyait des individus étranges, dont l'emploi du temps leur permettait de boire fréquemment, longuement, dans des bars où ils avaient leurs habitudes. C'étaient des types à la peau burinée, ayant vécu dans des pays où ils avaient cherché des pierres précieuses, traqué des bêtes pour leur peau, trafiqué de tout ce dont il était possible de trafiquer. Parfois, ils s'étaient engagés comme mercenaires à la solde de dictateurs du Continent ou d'ailleurs, d'où leurs connaissances haut placées. Ces hommes n'avaient ni prénom ni patronyme, seulement des surnoms : *La lame, Tropique du Capricorne, La torpille*, pseudonymes liés à des événements survenus au cours de leurs aventures au bout du monde. Ils ne rentraient en Hexagone que de manière épisodique, pour embrasser leur vieille mère, revoir les vignes, les landes, les anciens bassins houillers où ils avaient grandi. Puis, ils repartaient. Pierre, quant à lui, ne retournerait pas sous ces lointaines latitudes. Il se savait atteint d'un mal qui le tuerait, d'ici dix à vingt ans. Antoine aurait le temps d'en baver.

Thamar était venue le voir un de ces matins mornes, l'air faussement joyeux. Ils avaient trouvé une solution. Pierre et elle. Pour qu'il ne s'ennuie pas durant les vacances d'été, ils avaient décidé de l'envoyer sur le Continent. À l'internat, il avait trouvé un vieux livre, *Le voyage de Babar*, qui l'avait épouvanté, même s'il allait avoir sept ans et qu'il était grand. Pour lui, le Continent était peuplé de monstres noirs à grosses lèvres rouges surdimensionnées, comme ceux du livre. Il ne voulait pas y aller. Pas sans elle. Il ne connaissait personne là-bas, personne ne le connaissait. Sa mère ne lui avait jamais rien dit de ce Mboasu qu'elle chantait maintenant. Alors, pourquoi ? *Écoute, Pierre a des problèmes. Il a besoin de moi. Il paiera tout pour toi. Seule, je ne pourrais pas t'offrir cela.* Tentant de plaider sa cause, il lui avait rappelé : *Mais moi aussi, j'ai besoin de toi*, pour l'entendre répondre, un peu agacée : *Toi, tu es jeune. Tu as toute la vie devant toi. Pour moi non plus, ce n'est pas si simple. Tu es mon fils. Tu vas me manquer.* Résigné, mortifié, il avait demandé chez qui il se rendrait au Mboasu, le nom du pays lui brutalisant les lèvres. C'était ainsi qu'il avait découvert l'existence de sa grand-mère.

Il avait effectué seul le voyage, terrifié à l'idée de prendre l'avion pour la première fois. Une hôtesse s'était occupée de lui pendant le vol qui avait duré sept interminables heures, une vieille l'avait accueilli à l'aéroport, le serrant dans ses bras comme s'ils s'étaient quittés la veille. Elle se parlait à elle-même, une langue qu'il ne comprenait pas. Elle était sombre de teint, aussi haute de taille que les conifères bordant les allées de l'internat, n'avait pas les lèvres rouges et épaisses, mais sa peau sentait puissamment. Une odeur qu'il identifierait plus tard comme étant celle du *manyanga*, huile obtenue à partir de cette sorte de petites amandes qu'on trouve dans les noix de palme, qui tache les vêtements si on n'y prend garde. Ils étaient montés à bord d'un taxi qui s'était arrêté mille fois, jusqu'à ce qu'il soit assez plein pour que le chauffeur estime la course rentable. Ils avaient roulé, serrés les uns contre les autres, sueur contre sueur, huile contre huile, haleines et souffles mêlés, le véhicule plongeant brusquement dans des crevasses, s'élevant au-dessus des bosses. Par la fenêtre, un monde rude s'était déployé devant lui, fait de fillettes vendant à la criée des œufs durs baignant dans un liquide douteux, de quincailleries ambulantes, d'hommes poussant, comme des forçats, de minuscules chariots chargés de planches ou de meubles. Il n'avait trouvé aucun charme à ce spectacle, n'éprouvant, en l'observant, que la dureté de ces vies subsahariennes.

Antoine avait fermé les yeux pour fuir ces réalités, s'évader quelques instants, ne les rouvrant qu'au moment de descendre de voiture. Les habitants du quartier étaient sortis de leur maison pour le voir. Il les avait trouvés sales, mal vêtus, vulgaires. Leurs enfants marchaient en slip dans la rue, portaient des résidus de

T-shirts. Les habitations ne tenaient pas debout, ce n'étaient même pas des maisons, seulement du métal tordu, des bouts de bois. Ainsi, des humains vivaient là. Ils faisaient tout dans la rue, apparemment. S'y lavaient, cuisinaient, jouaient, bavardaient à longueur de temps. Le garçonnet avait décidé, avant même de connaître la demeure de sa grand-mère, que ce Mboasu ne serait jamais son pays. Il ne ferait pas le moindre effort pour composer avec ce nouveau monde, compterait les jours jusqu'au départ pour l'Hexagone. Dans le quartier d'Asumwè où habitait Modi, sa grand-mère, il mit un point d'honneur à rendre la communication impossible entre lui et le voisinage, n'apprit pas leur langue, n'en saisissant jamais que des bribes, bien malgré lui. Ces gens eux-mêmes ne le reconnaissaient pas comme l'un des leurs. Ils l'épiaient à la dérobée, l'appelaient : *Muna mukala, le petit Blanc*. C'était parfait. Ils admettaient, en le baptisant de la sorte, qu'il n'appartenait pas à leur monde.

Dans la maison, d'énormes cafards aux ailes noires volaient, se posaient sur votre épaule, se jetaient dans les plats venant d'être servis à table. Des rats aussi gros que des chats vous narguaient. Et les moustiques. La première nuit, leur piqûre, leur chant, cette mélopée bourdonnante qui suppliciait les oreilles, tout cela l'avait tenu à distance du repos. La vieille l'avait couché sur un matelas de mousse que partageaient déjà les trois autres gamins. Ils transpiraient dans leur sommeil, une spirale insecticide qu'on enfumait pour diffuser le produit rendait irrespirable l'air de la chambre. Au milieu de la nuit, Antoine s'était levé, avait marché vers la cour qui était aussi la rue, une route de terre ocre passant devant les habitations frêles. Il y avait des gens dehors. Ils riaient. La nuit avançait, se prolongeait, ils restaient *en route* comme ils disaient eux-mêmes, les bars jouant des musiques rythmées, des marchands de viande braisée proposant, à cette heure tardive, brochettes de tendons, quarts de poulet, viande de bœuf découpée en fines lamelles. Observant la faune nocturne d'Asumwè, il s'était demandé quel pourrait être le point de contact entre cette population et lui, n'en avait vu aucun. Il n'était pas de là, n'avait pas envie de trouver ses marques dans ce milieu. Antoine ne s'était jamais vécu comme noir ou même subsaharien, avant d'affronter les moqueries de ses camarades d'internat cette année-là, celle de ses sept ans. L'année du rejet, de l'isolement. Il était peut-être un Noir, mais il ne deviendrait pas un Subsaharien pour autant. C'était tout simplement exclu.

Le jour l'avait trouvé sur le pas de la porte, accroupi à l'entrée de la cabane, somnolant. Si la chose ne lui avait pas semblé impossible, il serait parti. La main ferme de la vieille l'avait transporté dans la chambre. Sa voix l'avait couvert de bavardages aigus, dans cette langue rugueuse dont la moindre syllabe lui semblait une menace, une déclaration de guerre. Il était stupéfait de découvrir l'existence d'un tel langage. Même s'il l'avait voulu, jamais sa bouche n'aurait pu prononcer ces mots-là. Il y avait comme une totale incompatibilité labiale. La grand-mère avait parlé, les autres garçons de la maison lui avaient laissé leur couche, étaient sortis de la pièce en rang d'oignons, comme une armée de petits soldats, pour *papa ndabo* – nettoyer la maison –, *janda breti* – acheter du pain –, *jokele* – prendre leur douche –, comme elle venait de le leur demander. Modi avait remplacé le drap du matelas en mousse, choisissant l'un de ceux qu'elle utilisait pour son propre lit, une immense étoffe de coton immaculé, brodée à la main de fleurs bleues et de papillons rouges. Elle l'avait couché, lui avait passé la paume de sa main calleuse sur le visage. Il s'était mis à pleurer, à hurler sans pouvoir dire ce qui le déchirait ainsi. Il refusait de s'abandonner à cette caresse, de se mettre à aimer l'inconnue chez qui on l'avait jeté comme une pelure de patate au fond d'une poubelle. Pouvait-on s'attacher au fond d'une poubelle ?

La vieille s'était assise, le serrant contre elle, chantant doucement, parlant de même. Il ne comprenait pas, mais sentait que, d'avance, elle lui pardonnait tout. Alors, ses larmes coulaient de plus belle. Si sa mère ne le trouvait pas assez bien pour le garder à ses côtés coûte que coûte, comment cette étrangère pouvait-elle l'accepter ? Il avait fini par s'endormir. À travers la fenêtre de la chambre qui donnait sur la cour arrière clôturée de bambous secs reliés par des ficelles végétales, tandis qu'elle tirait le rideau, la grand-mère avait vu une chauve-souris, tête pendue vers le bas, pattes accrochées à une branche, ailes rabattues le long du corps telle une cape bien ajustée. La bête s'endormait, elle aussi, à cette heure diurne. C'était donc pour cela que l'arbre portait des fruits rongés, des mangues qui tombaient vertes au sol. Saisie d'effroi, l'ancienne avait entendu ces mots auxquels elle n'avait plus voulu penser, mais dont le poids pesait sur ses jours depuis qu'elle avait dû s'établir à Asumwè, n'ayant nulle part où se rendre. Elle s'était souvenue que son père, le Révérend Masoma, l'avait frappée d'anathème, apprenant qu'elle était enceinte des œuvres d'un homme venu du *mbusa mundi*, l'arrière-pays.

Le pasteur Victor E. Masoma, un esprit rigide, formé par les missionnaires d'Albion qui s'étaient attaché les services d'hommes noirs venus des Indes occidentales qu'ils avaient convertis avant de s'attaquer sérieusement à l'élévation des âmes subsahariennes, était respecté pour avoir collaboré à la traduction de la Bible dans la langue des côtiers du Mboasu. On ne lui connaissait qu'un seul travers, son affection immodérée pour le rhum, breuvage qu'il avait découvert auprès des descendants de déportés subsahariens, venus au Mboasu, en compagnie des missionnaires, pour évangéliser les peuples du Continent. Il en prenait plusieurs verres par jour, mais cela ne l'empêcha jamais de tenir convenablement son ministère. Modi était son unique fille, sa benjamine, la prunelle de ses yeux. Venue au monde après trois garçons, alors que les cheveux de l'homme commençaient doucement à blanchir, elle ne devait pas connaître sa mère, morte en couches. Pour pallier ce manque, son père l'avait gâtée. Nul autre qu'elle n'avait eu le privilège de se rendre au temple le dimanche, la main glissée dans celle du Révérend Masoma. Il l'avait même envoyée à l'école, donnant ainsi l'exemple à celles des familles de la côte qui se demandaient s'il était bon de faire instruire leurs filles. Dans sa grande maison blanche à volets bleus qu'on repeignait tous les deux ans afin d'en préserver l'éclat sans cesse menacé par le climat chaud et humide de Sombé, Modi avait eu une chambre à elle, un lit, une coiffeuse, fabriqués par les meilleurs menuisiers de la côte.

La demeure de la famille Masoma se situait dans un des quartiers historiques de Sombé, non loin de la tombe du King Buma – dont ils étaient de proches parents, sur des terres appartenant à l'un des plus anciens clans du pays côtier. Pour les ressortissants du lieu, le *mbusa mundi*, la brousse, c'était tout territoire distant des berges de la Tubé, les terres les plus prestigieuses devant voisiner avec l'eau. Ils ne concevaient pas que le regard de l'Homme se porte sur autre chose que l'horizon, vivaient avec l'ailleurs ancré au fond du cœur, même s'ils n'étaient pas de grands navigateurs. C'était sans doute pour cette raison qu'ils avaient été séduits par les cultures nordistes, ce qui ne les avait pas empêchés, et ce n'était nullement paradoxal, de refuser la domination. Les côtiers du Mboasu aimaient le chapeau haut de forme, les livres, mais ils haïssaient la férule, le mépris – excepté quand ils l'exerçaient eux-mêmes, ce qui peut se comprendre. Ils aimaient l'élégance, le style, abhorraient tout autre autorité que la leur. Les rapports confidentiels que lisaient les colons concernant les peuples locaux décrivaient fréquemment l'engeance côtière comme particulièrement vive d'esprit, insoumise, ce qui, en fin de compte, n'avait pas servi à grand-chose, mais ce serait trop long à expliquer...

Lorsque la fille du pasteur Masoma apparaissait dans les rues, toujours chaperonnée par un domestique ayant reçu la mission de veiller à ce qu'elle ne soit pas importunée, on chuchotait sur son passage. Des paroles admiratives sur ses toilettes de coton, de dentelle, sur ses souliers à bride nouée à la cheville, sur l'ombrelle qui la protégeait des cuisantes exaspérations du soleil. Puis, un jour, comme elle était sortie pour participer à une réunion des femmes de son clan, le *tumba la Buma*, la jeune fille avait trompé la vigilance de son garde, s'enfuyant alors qu'il allait lui acheter un cornet de crème glacée chez un marchand hellénique – une catégorie nordiste étonnamment prompte à se tropicaliser, qui proliférait en ce temps-là au Mboasu –, comme elle le lui avait demandé. Ce jour-là, pour une fois, elle avait eu envie de se promener seule dans Sombé, comme l'adulte qu'elle était en train de devenir. C'était ce qu'elle avait fait, c'était ainsi que ses pas l'avaient menée jusqu'au carrefour dit des Consuls, parce que les consulats de l'Hexagone et d'Albion s'y faisaient face. Là, elle avait fait la connaissance d'un homme, s'en était presque aussitôt éprise. Les choses se déroulent souvent ainsi, pour les jeunes filles trop surveillées : le premier fruit défendu leur semble le plus juteux, alors qu'elles n'en savent rien. Modi n'en avait pas parlé immédiatement en rentrant sous le toit familial, l'urgence étant alors de calmer les inquiétudes, de faire en sorte que le domestique qu'elle avait trompé pour s'offrir quelques instants de liberté ne soit pas trop sévèrement châtié.

Il avait bien fallu en parler, à un moment donné, de cet inconnu qu'elle avait revu à plusieurs reprises, se découvrant maints talents pour déjouer la surveillance d'un père aimant, mais trop possessif à son goût. L'homme était venu un samedi, en fin de journée, à l'heure où Victor E. Masoma préparait son sermon du lendemain, dont le fondement devait être un texte tiré du Deutéronome, proscrivant le recours à la divination, à la magie. Il lisait à voix haute comme toujours, cherchant ainsi la manière la plus pertinente d'énoncer la Parole devant ses ouailles, dont il souhaitait marquer l'esprit. Comme elle frappait à la porte de son bureau pour y introduire son soupirant, Modi avait entendu la voix de son père : *Qu'on ne trouve chez toi personne qui fasse passer son fils ou sa fille par le feu, personne qui exerce le métier de devin, d'astrologue, d'augure, de magicien, d'enchanteur, personne qui consulte ceux qui évoquent les esprits ou disent la bonne aventure, personne qui interroge les morts*[4]*...* Un instant, elle avait songé ne pas le déranger, se ravisant parce que son aimé ne pourrait pas aisément revenir. Il menait une vie compliquée. Alors, Modi avait interrompu le travail du Révérend Masoma, pour lui présenter celui qu'elle appelait *Kingué*.

Les deux hommes s'étaient entretenus hors de sa présence. Elle était l'enfant adorée, choyée, mais une femme également, ces conversations, même si elle en connaissait l'objet, lui étaient interdites. Kingué s'était présenté pour demander sa main. Elle n'avait pas pensé que son père la lui accorde si facilement, en tout cas, certainement pas ce soir-là, mais elle avait bon espoir, durant les mois qui suivraient, de l'amadouer, de réussir à le faire fléchir. Il ne pouvait rien lui refuser. Ne voulait-il pas son bonheur avant tout ? Elle avait été surprise, alors qu'elle s'était installée sur la véranda pour attendre la fin de la discussion, d'entendre la porte du bureau de son père s'ouvrir avec violence, tandis que ce dernier chassait, en hurlant, l'homme qui était venu le rencontrer, tenant son chapeau contre sa poitrine avec la déférence due aux aînés et, tout particulièrement, à un futur beau-père. L'homme qui lui avait humblement dit, baissant la tête en signe de respect : *Père, je viens naître chez vous. Faites de moi votre fils, permettez-moi d'épouser*... Ce langage n'avait visiblement pas touché le pasteur. Il avait exhorté le visiteur à ne plus paraître devant lui, faisant appel à ses fils, à ses employés de maison, pour qu'ils le jettent sans ménagement hors les murs de sa propriété, non sans avoir au préalable ausculté ses traits, pour le reconnaître en toutes circonstances, en tout lieu.

Puis, s'adressant à sa fille, la prunelle de ses yeux, Victor E. Masoma s'était écrié que *Kingué* n'était pas le nom véritable de cet homme. Il s'était arrogé le droit de porter un patronyme de la côte, mais il était, en réalité, issu du *mbusa mundi*, et du pire endroit qui se puisse concevoir : les *Grasslands*, dont les populations étaient réputées pour leur nécrophilie, des cérémonies au cours desquelles elles questionnaient les défunts dont les crânes, les ossements, étaient conservés. Furieux, le père avait demandé : *Comment as-tu osé faire pénétrer un tel individu sous notre toit ? Est-ce chez des gens qui font l'œuvre du diable que tu désires t'établir ? Je vais te parler sans détours : une telle chose n'est pas envisageable, et si tu t'entêtes, sache que je ne te reconnaîtrai plus.* Modi avait mis ces paroles sur le compte de la colère, mais elle les avait prises au sérieux, d'un certain point de vue. Persuadée que son père ne lui tournerait jamais définitivement le dos, elle avait fourré une valise en cuir de vêtements, s'en était allée au milieu de la nuit, laissant derrière elle la maison du père, pensant y revenir lorsque l'eau aurait coulé sous les ponts. Elle avait suivi l'homme, Kingué, qui ne s'appelait pas vraiment ainsi, ce dont elle n'avait cure, le rejoignant dans le maquis. Ils devaient s'installer, non pas dans sa région natale, mais dans un village situé au bord la Ngandak, le fleuve le plus long du Mboasu. C'était dans cette zone que la rébellion anticolonialiste était la mieux pensée, organisée. Oui, Kingué venait des *Grasslands*. Oui, sa tribu, comme celles des alentours, comme les côtiers eux-mêmes, conservait des mœurs d'un autre âge. Cependant, lui ne vivait pas de cette façon, ne croyait d'ailleurs qu'à peu de chose hormis au communisme, même s'il avait gardé une pratique de la foi catholique, en contradiction avec ses convictions politiques. Les esprits, morts ou vifs, n'étaient pas sa tasse de thé.

L'homme de Modi était un révolutionnaire. Avec ses compagnons, il luttait pour un Mboasu libre, uni. S'il s'était rebaptisé pour échapper aux autorités, il avait choisi un nom côtier pour bien marquer le fait que, dans le Mboasu qu'ils bâtiraient, ses frères d'armes et lui-même, les distinctions tribales n'auraient pas cours. Tous seraient fils de ce pays fabriqué par les Nordistes, qu'il fallait maintenant investir de la vision, des aspirations de la population locale. Les amoureux avaient vécu ensemble un peu plus de deux années, une vie d'exaltation, mais aussi de terreur, à devoir se cacher, changer de lieu d'habitation, se méfier des autres. Lorsque Kingué avait été tué, Modi, enceinte, était retournée chez son père. Le pasteur Victor E. Masoma, dont les cheveux avaient complètement blanchi, n'avait plus que la peau sur les os. Il s'alimentait à peine depuis que sa fille chérie l'avait quitté, que deux de ses fils avaient perdu la vie au cours d'un soulèvement populaire contre les iniquités du système colonial. Le troisième des frères de Modi, Eithel Wondja Masoma, le plus jeune des garçons de la famille, était invalide. Le jour de cette manifestation réprimée dans une indicible violence, qui s'était achevée en véritable boucherie, une balle l'avait atteint dans la région lombaire, le privant définitivement de l'usage de ses membres inférieurs.

Son père l'avait à peine regardée, quand elle avait annoncé que Kingué n'était plus, qu'elle attendait un enfant. Assis à son bureau, les yeux rivés sur sa Bible, serrant des mains un verre de rhum comme un naufragé s'accrochant à un radeau, il lui avait dit : *Regarde-moi bien, et sache que tu seras, toi-même, ce que tu as fait de moi : un arbre qui se meurt sans voir s'épanouir ses fruits. Tes amis communistes et toi avez répandu le sang de mes fils, comme on verse de l'eau sale dans une rigole... Apprends que le sang n'est pas de l'eau. Il se venge toujours*. Contrairement à sa fille, aux maquisards parmi lesquels elle avait vécu, préférant pour cela lui tourner le dos, le pasteur Masoma n'était pas strictement opposé à la colonisation. Pas au point d'opter pour la lutte armée. Disons-le à voix basse, pour éviter le courroux des anticolonialistes tardifs qui pullulent de nos jours sur les réseaux sociaux : parmi ceux de sa génération, il n'était pas le seul. Pour lui, l'invasion nordiste avait certes ses failles, comme les églises catholiques où Noirs et Blancs n'occupaient pas les mêmes bancs, comme les quartiers indigènes, le déplacement de populations spoliées de leurs terres ou les travaux forcés. Le Révérend Masoma avait lu un ouvrage intitulé *Red Rubber*[5], trouvé chez un missionnaire venu d'Albion, alors qu'il n'était qu'un jeune étudiant en théologie. Il savait parfaitement que, à quelques kilomètres du Mboasu, des colons nordistes avaient commis massacres et mutilations pour récolter la sève d'hévéa dont ils feraient du caoutchouc. Leurs crimes étaient restés, dans les annales, parmi les pires que des humains aient perpétrés, ils avaient sans doute causé, à eux seuls, en une poignée de décennies, autant de morts que le trafic négrier avait fait de déportés. L'Éternel tardait encore à les châtier comme il se devait.

Cependant, ni l'égalité, ni la justice n'étaient des notions particulièrement valorisées dans les sociétés ancestrales que la domination nordiste était venue détruire. D'ailleurs, dans leur avidité pour s'approprier cet or végétal qu'était la sève d'hévéa, les Nordistes s'étaient assuré la collaboration de Continentaux, qui n'avaient pas hésité à martyriser leurs voisins. Alors, ils ne les considéraient pas comme des frères. Alors, ils n'avaient pas conscience d'appartenir au Continent, qu'ils ne visualisaient pas comme une entité. Tout ce qu'ils connaissaient, c'était leur tribu, voire leur clan. On leur avait donné des uniformes dans lesquels parader, des armes – les munitions étaient soigneusement comptées – pour se faire respecter, cela leur avait suffi pour se sentir puissants. Au vu de tels faits, le Révérend Masoma ne voyait pas comment se contenter d'incriminer l'occupant nordiste. Il prônait, avant l'action, avant la rébellion, une nécessaire réflexion sur soi-même, pensait qu'on s'agitait beaucoup pour éviter cela. Par ailleurs, il se souvenait que le colon hexagonal avait envoyé sur ces terres équatoriales un administrateur noir, que le peuple avait considéré comme un frère parce qu'il en avait fait autant, aussi paradoxale que cette situation ait pu paraître, puisque chacun était resté à sa place, faisant ce que son statut commandait. Enfin, il n'oubliait pas – c'était le plus important à ses yeux – que, grâce au volet religieux de la colonisation, la Parole avait retenti sur ces terres païennes du Mboasu, et le Tout-Puissant, dans Sa très grande miséricorde, ferait cesser l'oppression quand bon Lui semblerait. Il n'y avait qu'à se conformer à Ses lois, à mettre en pratique Ses préceptes. C'était à Lui, non aux hommes, qu'il appartenait de statuer. Ayant prononcé ces mots, il avait sommé sa fille, la prunelle de ses yeux, de quitter les lieux, de traverser ou de faire demi-tour si elle l'apercevait dans la rue, de ne plus jamais dire qu'elle était son enfant, d'oublier qu'elle descendait de Buma. Il était le seul parent qu'elle ait connu, mais il ne voulait plus en entendre parler. Il n'avait plus de fille, n'en avait jamais eu. En s'installant à Asumwè, un des quartiers les plus désolés de Sombé, Modi ne s'était pas fait appeler Masoma, ce n'était pas ce patronyme qu'elle avait donné à sa fille, Thamar, lorsque celle-ci avait vu le jour.

En quittant la maison familiale ce jour-là, Modi s'était dit que Victor E. Masoma appartenait à cette catégorie de personnes tellement effrayées par la mort, qu'elles étaient prêtes à subir n'importe quoi. Il était normal qu'il pleure ses fils, mais elle pensait qu'il aurait dû être fier d'eux. C'était en luttant contre l'injustice qu'ils avaient perdu la vie, pas parce qu'ils s'étaient bêtement laissé embobiner par des communistes. Ce n'était pas parce qu'ils étaient de jeunes chiens fous, mais au contraire, parce qu'ils avaient compris vers quel monde on leur demandait de s'acheminer, qu'ils s'y refusaient, ce qui était noble : n'avoir pour arme que sa conscience, ses mains nues, se dresser malgré tout contre l'envahisseur. En pensant à son père accroché à son verre de rhum, Modi avait tchipé. Cet alcool était, jadis, une des denrées favorites des négriers continentaux, qui troquaient tranquillement des hommes contre des bouteilles. La jeune femme ne comprenait pas comment un être humain ayant la peau noire, pouvait consommer ce breuvage. Qu'il la chasse donc, c'était parfait, elle n'avait pas envie d'élever son enfant sous le toit d'un homme ayant si peu de dignité, un individu à qui il suffisait d'habiter une belle maison blanche à volets bleus, de revêtir des chemises bien amidonnées, de manger avec une fourchette, pour oublier à quoi il devait cela. Les gens du voisinage avaient dardé sur elle des regards exorbités, se demandant certainement ce qu'il était advenu de l'élégante fille du pasteur Masoma. Elle était échevelée, traînait avec peine une valise en cuir qu'un domestique aurait dû porter pour elle. Son père et elle ne s'étaient pas revus. Elle n'avait même pas eu connaissance de son décès, ne l'apprenant que par hasard, bien des années plus tard, dans un taxi qu'elle avait pris, au détour d'une conversation entre deux autres passagères. L'une des femmes, qui semblait, à écouter ses propos, faire elle aussi partie de la lignée du King Buma, parlait de l'enterrement du Révérend Masoma, de la tristesse de voir qu'aucun de ses enfants n'avait enjambé sa tombe pour l'accompagner dans l'autre monde. Il ne restait au défunt qu'un seul fils encore vivant, mais il était handicapé, se déplaçait en fauteuil roulant. Il n'avait donc pas été en mesure d'accomplir tous les rites.

Modi avait arrêté le taxi, en était descendue pour continuer à pied, séchant ses pleurs le long du chemin, une tristesse se logeant en elle, si puissante qu'elle ne se résoudrait jamais à revoir la maison blanche à volets bleus, où son frère Wondja vivait encore. Personne à Asumwè n'avait vu ses larmes. Elle était rentrée les yeux secs, nul n'aurait pu deviner que la vieille Modi portait, au fond du cœur, des plaies inguérissables. La générosité dont elle faisait preuve avec la communauté qui était devenue la sienne était sa pénitence. Elle tentait, par ces gestes, d'attirer le pardon du Tout-Puissant pour des fautes qu'elle croyait avoir commises. Les derniers mots de son père à son endroit ne la quittaient à aucun moment. Elle se les répétait souvent à elle-même, inconsciemment, dans ces longs soliloques qui faisaient dire, autour d'elle : *Cette femme n'est pas simple*. La parole du père l'avait empêchée de témoigner son affection à sa fille, son unique enfant, qu'elle avait craint de voir mourir sans raison du jour au lendemain. C'était encore à ces mots qu'elle pensait, en regardant le manguier planté lors de son installation dans cette cabane, dont les fruits, rongés par une chauve-souris, n'offriraient jamais leur chair juteuse à quiconque. Personne dans le quartier, en dehors du pasteur Penda chez lequel elle emmenait régulièrement ses petits-fils pour des rituels de protection, ne se doutait que l'ancienne avait été maudite par son père, dont le verbe résonnait, s'amplifiait en elle au fil des années.

Modi s'était tournée vers le matelas de mousse posé à terre, avait tristement regardé ce gosse qui pleurait encore dans son sommeil, secoué de spasmes, exhalant dans son souffle une longue plainte. Un minuscule corps abritant de si grands tourments. Il ne serait sans doute jamais en paix, lui non plus. Il vivait dans l'espace clos de ses tempes, regard rivé en dedans, crispé sur ses manques, son malheur. Il était comme elle, comme Thamar. La vieille avait tressailli. Si la pensée avait véritablement un pouvoir, alors, celle de son père s'était insinuée dans les moindres interstices de sa vie, cela ne faisait pas de doute. Le pasteur Penda lui répétait fréquemment que les hommes n'avaient pas la possibilité d'appeler la déveine sur les créatures de l'Éternel. Les humains étaient avant tout Ses enfants, il leur suffisait de s'en convaincre pour échapper au Mal. *C'est ce que tu crois*, disait avec fièvre le pasteur Penda, *qui devient la loi de ton existence. C'est ce en quoi tu crois, qui prend forme et vie autour de toi.* Eh bien, ce que Modi croyait, c'était qu'elle était Maria Modi Masoma, fille du pasteur Victor E. Masoma, que la parole de son père terrestre était, elle aussi, sacrée. Elle avait marmonné une prière, essuyé, du plat de sa large main, le front humide de l'enfant, quitté la pièce.

Dans le hall de la gare, de jeunes filles racolaient passivement, sans en avoir d'ailleurs véritablement conscience. C'était ainsi, se dit Antoine, que vivaient les femmes. Elles avaient de ces rires aigus qui ponctuaient toujours les conversations creuses, frivoles. Le jeune homme n'aimait pas les femmes, n'aimait pas les gens en général, et, ce matin en particulier, l'espèce humaine le dérangeait au plus haut point. Il était autour de neuf heures. Il espérait ne pas en avoir pour très longtemps, se dirigea vers une cabine téléphonique. Il ne se servait de son téléphone portable que comme d'un répondeur, le laissait toujours chez lui, donnant à ceux qui tentaient de le joindre l'impression d'un quotidien trépidant, bien rempli. Des habitants de l'Intra-muros, venus rencontrer des clients dans la région ou même travaillant là, ne rentrant que le soir dans la capitale, se pressaient autour de lui. Ils avaient l'air très modérément épanouis. Antoine se demanda pour quel obscur motif le commerce du sexe était tellement décrié, quand de si nombreux individus prostituaient manifestement leur être profond en menant des existences contraires à leurs aspirations. La plupart des gens détestaient leur activité, ne s'y accrochant que pour faire partie du jeu social, gagner de quoi vivre. Vivoter, bien souvent, en ces temps aigres. Ce qu'on reprochait aux tapineuses, c'était de mettre en exergue, de manière criarde, les batailles intérieures, les assujettissements de chacun.

Antoine préférait de loin être du côté des macs : ceux qui vivaient du labeur des autres, tout simplement. C'était le seul moyen d'échapper à l'esclavage à peine déguisé qu'était le statut de salarié, dans des sociétés ayant banni la simple idée de l'équité, d'une juste répartition des richesses. Le jeune homme en savait quelque chose, puisqu'il avait occupé de nombreux emplois durant ses années d'études, qu'il avait ensuite couru le cachet en tant qu'aspirant comédien, ne réussissant alors, quand il avait de la chance, qu'à faire de la figuration. C'était la demande de Maxime qui avait mis un terme à ses souffrances, lorsque ce dernier était venu lui proposer d'utiliser sa pièce d'identité. De son point de vue, le système grâce auquel il coulait des jours si agréables n'était en rien pire que l'exploitation ordinaire qui battait son plein aux quatre coins du monde. Contrairement à d'autres, il n'avait pas de sang sur les mains, ses victimes étaient consentantes. S'il n'avait pas profité de ces occasions, un autre que lui ne se serait pas gêné. Il n'y avait donc là aucune raison de se poser des cas de conscience.

Ce matin, il était tout de même un peu nerveux. Habituellement, Staf et lui se voyaient une fois par trimestre, le premier mercredi du troisième mois. Le reste du temps, ils se parlaient au téléphone, le cas échéant. Lorsqu'ils devaient se voir, Staf prenait le train pour l'Intra-muros, ils se rencontraient dans un café proche de la gare. Cela ne durait qu'une heure ou deux. La méthode était simple : le salaire était versé par l'employeur sur un compte appartenant à Antoine, qui effectuait ensuite des virements sur des comptes postaux, l'un domicilié dans la périphérie de l'Intra-muros, l'autre en province. Maxime et Staf en détenaient les cartes de paiement, recevaient aussi les relevés mensuels, Antoine se les faisant envoyer sous leur couvert. Il s'était toujours montré très discret, le fisc ne s'était jamais intéressé à sa vie. Cela pourrait bien arriver, un de ces quatre. Déjà, son petit doigt lui disait, depuis qu'il avait ouï la voix de cette Valentine, qu'il ne contrôlait pas tout.

Le téléphone sonna. Ce fut elle qui décrocha. Il n'en fut qu'à moitié surpris, bien que fort désagréablement. Elle avait la voix haut perchée, des accents traînants qui lui déplurent souverainement, mais il glissa un sourire dans sa voix pour dire : *Bonjour, Madame, je suis Antoine. Puis-je parler à Staf ?* Elle lui apprit qu'il n'était pas là, ce qui ne l'arrêta pas. *Je pensais qu'il avait un emploi de nuit et se trouvait à la maison dans la journée ?* La situation avait changé. Staf ne travaillait plus qu'en partie la nuit, une semaine sur deux. Était-il son ami de la capitale ? *Exact*, répondit-il d'un ton aussi neutre que possible, décontenancé par la connaissance qu'elle semblait avoir de leurs arrangements. La femme poursuivit : *Il sera de retour d'ici deux heures. Le mieux est donc de le rappeler à ce moment-là. Onze heures précises, car il se mettra au lit peu après.* Antoine expliqua qu'il ignorait tout de ces évolutions dans la vie de Staf, qu'il avait donc pris la liberté de sauter dans un train, espérant faire une surprise à son vieux copain. En réalité, il téléphonait depuis la gare. La nouvelle la mit en joie. Elle l'invita chez eux, indiqua une adresse qu'Antoine ne connaissait pas, les moyens d'accès les plus simples. Avant de raccrocher, elle déclara souhaiter le connaître depuis longtemps.

Dans le métro entièrement automatisé, Antoine réfléchit à la situation. Apparemment, Staf travaillait toujours comme réceptionniste dans un grand hôtel. Seuls ses horaires avaient été modifiés. Si le salaire avait augmenté, il l'aurait su. Il gardait une visibilité assez nette sur les avoirs officiels de Staf notamment, leurs rencontres trimestrielles ayant pour but, entre autres, de lui faire tenir des copies des relevés du compte postal. Le jeune homme s'aperçut qu'on le dévisageait. Les Noirs n'étaient pas rares dans cette ville, mais peu avaient sa blondeur platine, sa haute taille, son port de tête aristocratique, le regard mordoré que lui conféraient ses lentilles jetables. Se faire ainsi remarquer lui mit du baume au cœur. En période de faible confiance en soi, comme c'était le cas ces derniers jours, il s'apprêtait avec une ardeur peu commune même pour un audacieux dans son genre, préférait des vêtements aux couleurs vives, brillantes. C'était à la fois son cocon et son armure, il se sentait protégé, capable de se défendre si nécessaire, d'attaquer le plus souvent. Il n'accorda pas un regard aux passagers, se comporta comme si cette attention lui était due, ne laissant rien paraître des angoisses qui l'étreignaient.

Le trajet était court. Il se retrouva vite dans une rue grisâtre en dépit des rayons du soleil dont la vivacité demeurait encore emprisonnée au creux des nuages, à cette heure. Il marcha d'un pas pressé, le rouge de ses vêtements lui donnant une allure de super héros en mission, ses cheveux sculptés à l'aide d'un gel à fixation forte tendus vers les quatre points cardinaux, telles de courtes antennes fluorescentes. Bientôt, son index droit, bagué d'une agate appelée *œil de tigre*, appuya sur l'interphone. Il s'annonça, elle lui ouvrit. Il fut reçu dans le salon d'un appartement assez spacieux, dont la décoration était la réplique exacte de ce qu'on avait vu, deux saisons plus tôt, dans le catalogue hiver d'un marchand d'articles pour la maison. Meubles en bois exotique, coussins de sol, poufs, lampes à abat-jour en papier de riz. S'attardant dans le hall, il avait pris soin d'inspecter les patronymes inscrits sur les boîtes aux lettres. Celui de Staf n'y figurait pas. Son *ami* créchait donc chez Valentine. Comme elle s'approchait pour lui faire la bise, il feignit de ne pas remarquer ce mouvement d'amitié qui la poussait spontanément vers lui, tendit la paume lisse de sa main manucurée. Elle dut la serrer, le fit mollement.

Il la trouva grosse, même si elle faisait une taille quarante-deux pour environ un mètre soixante-dix. Staf avait un goût subsaharien pour les femmes : chairs rebondies, courbes prononcées. Des stries qui n'étaient déjà plus des ridules lui indiquèrent d'ailleurs qu'elle avait quelques années de plus que son compagnon, qu'elle avait eu son compte de solitude, ne laisserait pas Staf lui échapper, que, sans doute, elle était du genre archi mûre pour le mariage et, très probablement, favorable à une installation dans le pays d'origine du type, si d'aventure il lui prenait l'envie d'y retourner. Il se demanda à quoi avait servi la prétendue libération des femmes, puisqu'elles se soumettaient volontiers aux servitudes dont on avait voulu les délivrer. À partir d'un certain âge, elles étaient prêtes à tout pour ne pas finir seules. Il accepta la boisson chaude qu'elle lui proposait, persuadé d'avance qu'elle reviendrait de la cuisine avec une théière dont on verrait dépasser l'étiquette en papier d'un sachet de thé. D'ordinaire, Antoine ne buvait jamais d'infusions vendues sous cette forme. Elle fit comme il avait supposé, se mit à le questionner tout en procédant au service : *Alors, comment vous êtes-vous rencontrés, avec Moustafa ?*

Antoine prit son temps pour répondre, voyant, dans l'utilisation qu'elle faisait du prénom administratif de Staf, une manière de lui envoyer un message. Il répondit, un tantinet désinvolte, comme s'il s'était agi d'une question très secondaire : *Par hasard.* Elle ne s'en tint pas là, évidemment. *Mais encore ?* Il ne lui livra pas cette information sur un plateau, elle allait devoir ramer : *Il ne vous en a pas parlé ?* L'opulente dame était opiniâtre : *Pas vraiment.* Le jeune homme avança prudemment un pion : *Pourtant, vous sembliez me connaître, tout à l'heure au téléphone.* Valentine expliqua que, sa relation avec Staf se précisant, ce dernier avait bien dû l'informer des détails de sa situation administrative. Antoine affirma trouver cela normal.

Ce qu'il désirait avant tout, c'était rendre service à son *ami*. Staf s'était retrouvé en grande difficulté, menacé d'expulsion. Il avait fallu trouver une solution. Il trempa ses lèvres dans le breuvage insipide, trop chaud, posa sa tasse sur la table basse, plongea ses yeux d'or dans ceux d'eau de Valentine, avant de poursuivre, sur un ton égal : *J'étais là, tout simplement. Quelqu'un d'autre aurait pu lui venir en aide de la même manière.* Valentine trouvait qu'ils avaient pris des risques inconsidérés, en tremblait, rien que d'y penser. À présent, il n'y avait plus à craindre quoi que ce soit. Moustafa et elle s'employaient à remettre de l'ordre dans tout cela, pour le bien de tous. C'était cette partie-là qui chiffonnait Moustafa : il était embêté à l'idée qu'Antoine soit sans ressources, du jour au lendemain. Il la rassura : *Cela ne se produira pas. J'ai mon travail. Des revenus fluctuants, je le reconnais, mais l'intermittence du spectacle est là pour me soutenir dans les périodes de vaches maigres.* Elle était ravie de l'apprendre, avoua les doutes de Moustafa à ce sujet. Antoine avala son thé sans respirer, comme il l'aurait fait d'un médicament au goût amer. Cette Valentine parlait trop, ne le portait pas dans son cœur, c'était évident. Il jeta un œil discret au cadran de sa montre, songeant qu'il ne serait certainement pas utile de voir Staf. Il n'y avait qu'à questionner cette barrique sur pattes qui ne demandait qu'à lui démontrer qu'il serait bientôt aisé de se débarrasser de lui. Elle était au moins aussi roublarde que lui-même. Puisque la joute avait commencé, le jeune homme poursuivit, à fleuret moucheté : *Prévoyez-vous d'autres changements ?* Elle se cala avec autorité dans son fauteuil, avant de lâcher : *Tout à fait.*

Valentine était heureuse de lui annoncer qu'ils allaient se marier, Staf et elle. Ensuite, lorsque son fiancé aurait terminé ses études de gestion, ils s'installeraient sur le Continent, au soleil. Antoine reposa doucement sa tasse sur la table, demandant comment le mariage pourrait avoir lieu, puisque son *ami* n'avait pas de titre de séjour. Il vit Valentine se gonfler de fierté, un sentiment de triomphe soulevant son abondante poitrine, lorsqu'elle dit : *Ce ne sera pas un souci. Mon père est le maire de W. C'est lui qui nous mariera, il n'y aura aucun problème. Contrairement à ce qu'on pense, la loi ne subordonne pas la possibilité de se marier à la régularité du séjour...* Elle ajouta que sa famille s'était posé des questions, bien sûr, au début. Maintenant, tous connaissaient la profondeur des sentiments de Moustafa, qui n'avait pas choisi de vivre dans l'illégalité. Depuis qu'ils le fréquentaient, ils avaient révisé leur jugement concernant les immigrés subsahariens. La famille de Valentine appréciait beaucoup, par ailleurs, le fait que Moustafa se soit toujours débrouillé seul, ne se laissant pas entretenir par sa compagne. Cela faisait un an qu'ils vivaient ensemble, avec la bénédiction de la smala.

Le jeune homme voulut savoir si les proches de Valentine étaient prêts à la voir s'installer sur le Continent, à quoi elle répondit qu'elle n'en avait encore parlé à quiconque, pas même à son futur époux. Elle amènerait habilement le sujet une fois la situation stabilisée. Antoine comprit, sans le dire, évidemment, que la dodue avait mis en place un plan bien huilé. Une question s'imposait donc, il n'alla pas par quatre chemins pour la poser : *Quelles sont vos motivations ?* Elle vida sa tasse en faisant de vilains bruits de gorge, avant d'éclairer sa lanterne : *Voyez-vous, j'ai été élevée sur le Continent. Papa y dirigeait une compagnie d'hydrocarbures, dans la zone équatoriale. Enfant, je n'avais aucune idée de la couleur de ma peau. Dans mon esprit, j'étais comme les autres fillettes du quartier, avec lesquelles je jouais au* mbang, *au* jakasi, *et à la poursuite. J'ai beaucoup souffert de devoir quitter les lieux pour venir étudier ici, dans la grisaille.* Tout de même, il était curieux : *Pardon de vous poser cette question, mais que faites-vous dans la vie ?* Valentine sourit, exposant de petites dents trop espacées : *Je tiens un magasin d'objets de décoration au centre-ville. Nous écoulons la production d'artisans du Continent, avec lesquels nous pratiquons le commerce équitable. Cela marche bien. C'est très tendance, vous savez.*

Les yeux plongés dans ceux de Valentine qui le fixaient également, il s'étonna qu'elle veuille abandonner un commerce florissant pour aller à l'aventure sous le Sahara. Elle rétorqua qu'il n'y avait, pour elle, aucune raison d'hésiter. Son activité était d'ailleurs toute trouvée : elle fournirait de la marchandise aux magasins de décoration hexagonaux, dont les propriétaires seraient bien contents d'avoir une intermédiaire dans son genre. *Mais pourquoi a-t-il fallu attendre Staf pour décider cela ?* lâcha-t-il, un peu plus ému qu'il ne l'aurait souhaité. Ce n'était pas ainsi que les événements s'étaient déroulés. Valentine mit les choses au point. Lorsqu'elle avait rencontré Staf, elle rentrait d'un voyage en terre subsaharienne, s'y était rendue pour prospecter de nouveaux fournisseurs. Chez des amis communs, elle avait fait la connaissance de Nasiba, la sœur de Staf, qui lui avait remis un message pour son frère, avec une vague adresse où le trouver. Cela faisait longtemps que sa famille n'avait plus de nouvelles, depuis qu'il avait raté sa licence en économie, que ses papiers n'avaient pas été renouvelés. Plus tard, Staf lui avait confié que le sentiment d'échec était si puissant qu'il avait préféré se faire oublier, vivre au Nord comme tant d'autres Subsahariens, rasant les murs d'un eldorado que les circonstances avaient transformé en tombeau. Il était l'aîné de la fratrie, le seul fils. L'obligation lui était faite de réussir pour prendre soin des autres. C'était cela, la solidarité subsaharienne, telle qu'on la lui avait enseignée : le poids de la réputation, de la prospérité d'une communauté entière, reposant sur les épaules d'un seul individu. Nasiba avait entendu dire, après plus de deux ou trois ans de silence, qu'on avait aperçu son frère ici, à la réception d'un hôtel. C'était comme cela qu'ils s'étaient connus, mais auparavant, Valentine désirait déjà s'établir là où le monde avait commencé – c'étaient ses mots. *Vous semblez vraiment tenir à lui*, constata Antoine avec circonspection.

Elle battit des paupières, mais ce battement n'avait rien à voir avec les minauderies de certaines séductrices sans imagination. Valentine voulait lui faire comprendre quelque chose, ne tourna pas, elle non plus, autour du pot. *Vous n'y êtes pas, Antoine. J'aime Moustafa. Il a besoin d'amour et de protection. Besoin de reprendre confiance en lui-même et dans la vie. Je peux lui apporter cela.* Antoine ne se laissa pas ébranler par la fermeté du ton, poursuivit méticuleusement son enquête. *Donc, Staf a repris ses études ?* Elle ne demandait qu'à lui donner le plus d'informations possible, qu'il comprenne bien qu'on se passerait dorénavant de lui, de sa nationalité. *Oui*, expliqua-t-elle alors, un paquet d'orgueil lui alourdissant la voix, *par correspondance. Cette année, il a obtenu sa licence. À mon avis, il aurait pu s'en passer, mais psychologiquement, c'était important pour lui. Les diplômes, à ses yeux, c'est presque une question d'honneur. Et vous, que faites-vous précisément dans la vie ?* Il n'hésita pas, ayant souvent fourni cette réponse à qui le sollicitait. *Mannequin, comédien... Rien de très sérieux.* Elle haussa les épaules, moyennement impressionnée. *Il faut de tout. Vous arrivez à en vivre ?* Il l'assura que oui, se demanda pourquoi elle insistait tant, au fond.

Valentine se dit bien aise d'entendre ces mots. Elle souhaitait vraiment que Staf récupère son identité propre. Les bonnes dispositions dans lesquelles Antoine lui semblait être la rassuraient énormément. D'abord, Staf se sentirait plus facilement autorisé à tourner cette page-là de son existence. Ensuite, l'attitude du jeune homme l'aidait à tordre le cou à d'anciens préjugés dont elle n'était pas parvenue à se défaire, jusque-là. Elle fréquentait depuis longtemps les milieux subsahariens de la région, savait tout des systèmes d'exploitation parfois subtils grâce auxquels les uns s'engraissaient sans vergogne sur le dos des autres. Autrefois, elle avait connu un homme vivant uniquement de ce que lui rapportait la location de son titre de séjour à des sans-papiers. C'était facile, puisqu'on prétendait encore que tous les Noirs se ressemblaient, qu'on ne prenait pas la peine de les regarder, de les connaître en tant que personnes. *Enfin... Contrairement à vous, cet esclavagiste prenait, non pas la moitié, mais les trois quarts du salaire de ses victimes.* Ayant porté cette information à sa connaissance, Valentine se racla légèrement la gorge, maintint son regard bleu enfoncé dans les pupilles étincelantes de son interlocuteur, resta silencieuse quelques minutes, dit, prenant la peine de bien détacher les mots les uns des autres : *Avant de vous connaître, je vous pensais pire que ce bandit.* Quand elle prononça le mot *bandit*, Antoine sut pourquoi ses accents traînants lui déplaisaient tant : elle avait gardé un brin de musique subsaharienne dans le parler, or, tout ce qui lui rappelait le Mboasu l'incommodait. Il se concentra néanmoins sur les propos de Valentine : *Avec votre carte d'identité hexagonale, vous êtes au-dessus de tout soupçon... Ah, j'entends Moustafa dans l'escalier. Vous déjeunez avec nous, bien sûr.*

Elle expectora un rire qui secoua globalement ses chairs, tout en se dirigeant vers la porte d'entrée. Antoine entendit la voix de Staf derrière la porte. Sa Valentine et lui se faisaient des mamours. C'était trop mignon. La femme relâcha son étreinte, revint à l'intérieur, indiquant : *Regarde, mon cœur, qui vient nous voir !* Staf darda sur Antoine un regard où défilèrent, en file indienne, étonnement, frayeur, embarras, joie, soulagement. Il fit quelques pas, serra énergiquement la main de son *ami*, s'assit face à lui dans le fauteuil chinois qu'occupait préalablement Valentine. Tandis qu'il se déchaussait, que sa compagne lui apportait une paire de babouches rouges, Moustafa tentait d'apprécier la situation. Antoine était-il là parce qu'il y avait un problème ? Comment prenait-il la découverte de ces pans secrets de son existence ? Il savait combien cela démangeait sa moitié, depuis longtemps, de le mettre au courant. Elle avait dû tout balancer.

Staf n'était pas un adepte de l'attaque frontale. Il passa par le flanc, courtoisement, demanda : *On dit quoi, mon frère ?* Antoine le suivit sur cette voie. *Rien de spécial, vieux.* Staf progressa quelque peu vers le centre : *Tu n'es pas venu là pour* rien de spécial, *pas vrai ?* Antoine le tranquillisa, souriant de toutes ses dents, celles qu'il avait d'origine et les autres. *Mais si, je t'assure. Je me disais que, pour une fois, il serait bon de te rendre visite, plutôt que de t'imposer le trajet. Je te croyais là le matin, et je voulais te faire une surprise. C'est moi, qui ai été surpris, petit cachottier !* Staf rit avec lui, se mit à chanter les louanges de sa dulcinée, comme si quelqu'un s'y intéressait. *Tu parles de Valentine ? Elle est formidable. Tu te rends compte, une femme à qui tu peux tout dire et qui te soutient !* Antoine ne put retenir une pointe d'ironie. *Un miracle, quoi.* Sa perfidie n'atteignit pas Staf, qui confirma : *Tout juste. Celle-là, je l'épouse.*

Antoine, qui n'avait plus besoin de poser cette question, le fit pour meubler : *Elle me dit que tu as repris tes études ?* Cette fois, Staf s'exprima avec un peu de gravité. *Oui. Il le fallait. J'aurais pu le faire plus tôt, mais j'avais peur de me faire choper.* En fait, le service des études à distance de la faculté ne lui avait demandé de produire aucun papier attestant de son droit de résidence. Staf s'inscrivait donc en maîtrise à la rentrée. Valentine et lui convoleraient en justes noces d'ici la fin de l'année. Il espérait que ses parents obtiendraient un visa leur permettant de faire le déplacement. Dans le cas contraire, il faudrait organiser quelque chose sur le Continent, après le mariage civil dans l'Hexagone. Antoine, désireux, malgré tout, d'en savoir davantage concernant les questions prosaïques, l'interrogea au sujet de son travail. Il voulait savoir jusqu'à quand Staf le conserverait.

Moustafa était content qu'Antoine aborde le sujet. Dans ce domaine également, des évolutions étaient en marche. Il était en cours de régularisation grâce au père de Valentine, qui le considérait comme un fils. Sa carte de résident lui serait délivrée dans six mois environ. Une fois cela fait, peut-être même avant, il y avait des chances qu'il travaille avec un ami de son futur beau-père, un homme qui tenait un cabinet de conseil aux entreprises. *Eh, vieux ! T'allais me le dire un jour, tout ça ?* s'exclama Antoine, feignant une gaieté très distante de ses émotions véritables. Valentine avait recouvert la table basse d'une nappe en batik sur laquelle des gazelles grossièrement dessinées gambadaient vers nulle part. Elle y disposa de supposés sushis, certainement achetés sous vide au supermarché. Bien sûr qu'il le lui aurait dit, assura Staf. Il ne fallait pas lui en vouloir d'avoir tardé. C'était cette vieille habitude du secret qu'il avait dû cultiver en vivant comme une ombre dans ce pays. Et puis, il devait aussi y avoir un peu de superstition. Sa mère lui avait toujours dit qu'il fallait *emmener ses enfants en Égypte*, exprimant, par cette image, l'importance de protéger ce à quoi on tenait, les projets surtout, qu'il ne convenait pas de dévoiler trop tôt. *Tout dépend du degré d'implication de ceux à qui tu te confies... Enfin je suis content pour toi.* Son *ami* tint à dissiper ses craintes : *Ne t'inquiète pas, tu auras le temps de voir un peu venir. Je ne démissionnerai pas, puisque j'ai eu des contrats à durée déterminée depuis un peu plus de deux ans. Il me suffira d'attendre que le dernier arrive à son terme, et tu toucheras la totalité de mes indemnités de chômage, soit quelques centaines d'euros de plus que ce que tu perçois actuellement.*

Assise près d'eux, Valentine se restaurait en silence, continuant de regarder Antoine dans le blanc de l'œil. Elle passa une paume tendre mais possessive sur l'épaule de Staf, avant de demander qui voulait encore du vin. Antoine songea qu'il était temps de regagner l'Intra-muros, pour réfléchir à l'effritement total de son univers.

La nuit était tombée. Il était tard. Depuis dix jours, le jeune homme se terrait dans ce logement qu'il risquait fort de devoir quitter dans un futur proche. Des pots de glace à la vanille vides, des cartons de pizza, jonchaient le sol, y côtoyant cannettes de soda, paquets de chips entamés, emballages de marshmallows fiévreusement éventrés. L'appartement, dont les fenêtres n'avaient pas été ouvertes depuis qu'il était revenu de chez Staf, sentait la tomate refroidie, le sucre, les arômes artificiels. Sa propre odeur venait se mêler à toutes celles-là, les couvrant presque, attendu qu'il avait négligé de prendre sa douche, de changer de vêtements. Lorsque son esprit faisait mine de se mettre en branle, il allumait la télévision, zappait d'un programme à l'autre, passant ainsi des compétitions culinaires aux films où des extraterrestres venaient conquérir la terre sans raison particulière, pour finir avec des émissions dédiées au *relooking* de femmes ignorant, avant d'être prises en main, quel secours pouvaient leur apporter une gaine et un bon soutien-gorge. Une fois qu'on leur avait appris à bien empaqueter leurs excédents adipeux à l'intérieur de sous-vêtements adéquats, on tentait de les persuader de se trouver belles toutes nues, ce à quoi on prétendait parvenir en les photographiant dans le plus simple appareil. C'était assez drôle, mais il ne riait pas.

Ce soir, sans trop savoir ce qui l'y avait poussé, il s'était fait couler un bain qui refroidissait à mesure que se prolongeait sa léthargie. Il ne regardait pas la télévision, préférant l'écoute de vieilles chansons de Withney Houston, *Didn't we almost have it all* et *All at once*, feignant d'oublier que Thamar affectionnait particulièrement ces titres quand il était petit. Le jeune homme se demandait comment continuer à survivre, puisqu'il n'avait jamais eu la prétention de se considérer comme un être vivant, puisque le pouvoir lui échappait, puisque Maxime et Staf s'affranchissaient des entraves dans lesquelles il pensait les avoir ferrés à vie. Il devrait sans doute trouver d'autres victimes. Simplement, le garçon n'avait jamais été un grand actif. Sa position, il n'avait pas eu à la conquérir, simplement à la saisir, attrapant au vol les opportunités qui s'étaient présentées. À la limite, son esprit retors pouvait accepter l'envol de Staf, ce bonhomme rencontré, il y avait quelques années, dans un bar qu'il fréquentait alors. Mais Maxime, que Maxime, qui était le portrait craché de Thamar, ait droit à la tranquillité... Cela le contrariait au-delà des mots. Comment faire à présent, non pas pour le détruire, mais pour lui ravir une part de lui-même, faire en sorte de pérenniser sa domination ? Plus il se posait la question, plus la réponse lui échappait. Il se rendait compte qu'il s'était bercé d'illusions. Habitué depuis toujours à se contenter de peu, à partager ce dont il disposait, son frère n'avait pas tant souffert de ses conditions de vie. Il s'en était accommodé, avait continué à former des projets d'avenir, avait eu la chance de rencontrer Édouard. Ainsi, Max ne voulait-il rien de spécial, et tout lui serait donné. Un bref instant, Antoine songea à l'empoisonner. Il revint rapidement là-dessus, cette option n'étant pas de nature à lui garantir ce dont il avait besoin. On ne pouvait rien soutirer aux morts. Au Mboasu d'où venait Max, on pensait même que les disparus étaient puissants, qu'ils étaient en mesure d'intervenir dans l'existence des vivants. Savait-on jamais ce à quoi le décès de ce frère ennemi l'exposerait... Il ne partageait pas ces croyances ridicules, mais, au fond de lui, une voix lui soufflait de ne pas courir le risque.

Antoine se fichait pas mal des autres Subsahariens auxquels il aurait pu louer sa carte d'identité hexagonale. Ils étaient nombreux, faciles à trouver, ne demandaient que cela. Les exploiter ne lui apporterait pas la même satisfaction. Quant à spolier Maxime d'une partie de ses gains tout en ayant l'air de lui venir en aide, ce n'était pas la même chose que recevoir l'argent que ce dernier lui donnerait volontairement. Enfin, il lui restait Thamar, cette loque qu'il pourrait toujours piétiner, jusqu'à ce que mort s'ensuive. Peut-être pourrait-il se contenter de cela : sa peine authentique, sa demande d'amour filial qui ne serait jamais comblée ? Il tenta de s'en convaincre. En sortant de l'eau refroidie, il se sécha mais ne se coucha pas, fit simplement taire la belle Whitney. Il était une heure du matin. Il ne dormirait plus, maintenant. Antoine pensa qu'il valait mieux sortir, chercher quelque chose, quelqu'un, là dehors, dont il pourrait user comme d'un placebo. Il rassembla les détritus épars sur le plancher du séjour, les enferma dans un sac-poubelle, entrouvrit une des grandes fenêtres pour laisser passer un peu d'air.

Une fois vêtu, il appela un taxi qui le conduisit dans un club privé où des filles n'attendaient que d'être prises, puis jetées. Il salua le portier, pénétra dans l'obscurité savamment atténuée ici et là par de petites lampes encastrées dans le bois des tables basses. On s'asseyait presque par terre, à l'orientale, on grignotait de petites choses plus colorées que savoureuses. Au sous-sol, il y avait une autre salle, plus animée celle-là, qu'il ne fréquentait guère. On s'y trémoussait. Or, il ne lui avait jamais été agréable de remuer son corps. Il n'avait ni le sens du rythme, ni la capacité de coordonner ses mouvements de manière suffisamment précise pour ne pas appeler sur lui toutes les humiliations. C'était peut-être quand il devait danser qu'il prenait conscience de son désarroi, de son inaptitude à dépasser ses vieilles blessures. Ce soir, il sentait son chagrin décupler, le serrer puissamment dans ses rets. Il reprit ses esprits, commanda un verre au bar, un cocktail très légèrement alcoolisé. Antoine n'aimait pas l'alcool, ni aucune substance susceptible de lui faire perdre le contrôle de ses pensées, de ses mouvements. Il avait assisté à de trop nombreuses beuveries, à l'époque du lycée, pour s'abandonner publiquement à de telles déchéances, préférait ne pas prendre de risques. L'image, c'était tout ce qu'il possédait, tout ce qu'il pouvait avoir de plus que les autres. Elle devait demeurer conforme à ses besoins, en imposer suffisamment pour dissimuler les failles qui le traversaient.

Méfiant, le jeune homme renifla son verre pour évaluer la quantité d'alcool, entreprit de siroter le breuvage dont il ne distinguait pas bien la couleur. Dans ces ténèbres, on ne voyait de lui que l'argent luisant de ses mocassins à pompons, l'éclat du bijou qu'il portait au poignet, le jaune étincelant des cheveux qu'il avait enduits de gel. La brillance de ces éléments ressortait d'autant qu'il s'était entièrement vêtu de noir. Autour de lui, des murmures, des rires, indiquaient que la plupart des personnes présentes frôlaient délicieusement cette sorte de perdition temporaire qu'elles étaient venues trouver. De temps en temps, des serveurs se précipitaient vers une table, ôtaient les verres, en rapportaient d'autres, et du champagne, et de petites boules supposées comestibles. Une fille gloussait, faisant mine de trouver délicieux ces mets douteux. Tandis qu'une petite fraction de l'humanité s'adonnait à la légèreté du non-sens absolu, vautrée à même le sol ou bondissant sans raison au son de musiques écrasées par les basses et les batteries, Antoine prospectait. Peut-être y avait-il, au milieu de ces êtres alanguis, une fille un peu perdue, larguée par son chevalier servant ou lasse de tenir la chandelle à des amoureux de circonstance, une femme qu'il saurait capturer du regard puis du verbe, qui serait reconnaissante d'être le réceptacle de son malaise. Il n'eut pas à attendre longtemps.

Bientôt, elle fit son apparition, brune, vêtue d'une robe vaporeuse, un poil échevelée, hagarde, perturbée à souhait. C'était sûr, elle venait de vivre un drame.

Comme elle claudiquait nerveusement vers le bar, il vit qu'elle avait, de plus, le physique requis : des os en veux-tu en voilà, des angles partout, depuis la clavicule jusqu'aux chevilles. Juste assez grande pour qu'il la domine tout de même et, surtout, la poitrine extrêmement inexistante. Il détestait que les attributs de la maternité soient trop présents sur les corps féminins. Il lui fallait des chairs sèches. Adultes, mais à l'apparence à peine pubère. Il la salua, elle balbutia en retour. Il lui offrit un verre, elle accepta confusément. Ses yeux semblaient des lacs troublés par l'imminence d'une crue. Antoine se retint de rire à tout rompre. Cette fille souffrait dix fois plus que lui, c'était une certitude. Il ne savait de quoi, mais cela lui fit un bien fou. L'immense joie qui l'envahit se raidit, comme il l'avait espéré, entre ses jambes. Lorsqu'il lui proposa de quitter l'endroit après une très brève conversation qui s'était, en réalité, limitée aux présentations, elle ne se fit pas prier. La fille était parfaite, seulement un peu trop mate, comparée à celles sur lesquelles il jetait habituellement son dévolu, mais ce n'était pas un problème. Peut-être même qu'il la garderait à ses côtés une semaine, si elle lui donnait satisfaction.

Ils marchèrent un peu, jusqu'à une station de taxis peu distante du club. Une fois dans la voiture, il prit la main tremblante de la jeune femme qui posa sa tête sur son épaule, ce qui n'était pas, pour Antoine, une nécessité objective. Il jugea l'instant propice à l'énoncé de cette phrase, devenue rituelle, depuis qu'il l'avait retenue d'un mauvais film : *Vous savez, Amalia, le fait de passer une nuit avec moi ne va sans doute pas changer votre vie, mais cela peut se révéler une expérience bénéfique.* La jeune femme lui répondit d'une voix lointaine, presque absente : *Vous changez ma vie, Snow, plus que vous ne le pensez.* Il s'étonna : *Vraiment ?* Hochant la tête, elle confirma : *Je vous assure. Il est si rare qu'un homme ne vous promette pas monts et merveilles uniquement pour obtenir vos faveurs. J'aime votre franchise.* Il savait qu'elle dirait cela. C'était ce qu'elles disaient toutes, qu'elles aimaient la franchise, que ce n'était pas la peine de promettre. Ensuite, elles voulaient vivre avec lui, le trouvaient touchant, percevaient, sous le masque froid, une souffrance inexprimée qu'elles avaient à cœur de soulager. Il devait alors les renvoyer sans ménagement d'où elles venaient, cesser de prendre leurs appels. Cela durait en moyenne quinze jours, quelquefois beaucoup moins.

Il n'aurait pas deux semaines à consacrer à cette petite. Tout ce qu'il voulait, c'était qu'elle lui offre, sans réserve, les recoins de son squelette, cette nuit, pour commencer. En fonction de ses performances, il verrait quoi en faire. Amalia dépassa toutes ses espérances, n'eut pas la moindre pudeur, aucune réticence à accepter d'entrer dans la bataille. Il lui proposait une confrontation, un choc, elle était prête. Ce fut lui qui songea au préservatif. La nuit s'acheva en contorsions et hurlements. Il lui fallait cela, pour faire fonctionner à plein régime ses cordes vocales, pousser le cri qui, autrement, ne se laissait pas expulser de ses entrailles, finissant par le brûler. Il lui brutalisa les parois vaginales, la traita de tous les noms, ce qu'elle sembla prendre pour l'expression la plus achevée du désir. Il lui appliqua même quelques tapes bien senties sur le derrière, ce qu'elle reçut avec brio. Il ne lui fit jamais face, pour ne pas voir le plaisir que sa violence lui procurait, ne pas lui faire cadeau du sien. Que chacun s'occupe de soi dans cette affaire, c'était préférable. Antoine alla prendre une douche avant de sombrer dans le sommeil, ayant pour principe de ne jamais s'endormir avec, sur le corps, l'odeur d'une autre peau. Cependant, sous les draps, il ne se reposa pas, fit un rêve dans lequel il se trouvait quelque part sur le Continent, dans ce qui semblait être une de ces concessions familiales où deux cents générations au moins vivaient ensemble depuis des millénaires, par habitude, par nécessité, rarement par amour. Sa mère y possédait une maison blanche à volets bleus, qui tranchait avec les bicoques du voisinage. Le lieu était clairement circonscrit, entouré d'une clôture de bambous séchés, assemblés à l'aide de fines lianes. Ce n'était pas bien grand, mais l'habitation était visible de loin.

Pourtant, il ne la trouvait pas, faisait en courant le tour de la concession, une fois, puis encore une, puis encore et encore. Il finissait par y arriver, la maison semblant tout à coup jaillir de terre, à un endroit où il était déjà passé, repassé. Un moment interdit, il pénétrait dans la petite cour où trônait un arbre du voyageur, passait la porte d'entrée, découvrait Thamar dans la pièce principale, allongée sur une méridienne en rotin dont les coussins indigo faisaient ressortir les couleurs de sa robe jaune, imprimée de fleurs bleues. Elle avait les yeux clos, la mine paisible, l'air de n'être qu'une enfant. Un léger sourire flottait sur son visage. Ses cheveux étaient finement nattés, comme pour une grande occasion, mais elle ne respirait pas. Elle était morte, n'en avait plus rien à faire de lui. Il ouvrit les yeux dans la pénombre, fixa le plafond sans le voir. Antoine ne faisait jamais de rêves d'aucune sorte. Il avait le sommeil opaque, s'était si bien conditionné pour ne jamais se laisser aller que, même endormi, il se maîtrisait. Ce changement, aussi impromptu que les autres, acheva de lui faire comprendre que la roue était en train de tourner, qu'elle l'écraserait au passage, s'il n'y prenait garde. Il s'interrogea sur la maison blanche à volets bleus. Elle existait dans un quartier appelé Sombé Bar, il s'y était rendu. Seulement, ce lieu n'avait rien à voir avec Thamar.

Amalia n'était plus étendue près de lui. Elle sortit de la salle de bains, toujours aussi chétive, mais sans maquillage, ses cheveux bruns tombant en longues frisettes autour de son visage. Elle se les était visiblement lissés la veille au soir et, ce matin, ils reprenaient leur texture naturelle. L'observant avec un peu plus d'attention, Antoine se dit, sans être en mesure de donner la composition du mélange dont elle était issue, que l'hybridité ethnique de la jeune femme était plus visible à la lumière du jour. Il se dégageait d'elle une énergie, une force vitale. Elle était du côté lumineux, elle aussi. Pas du sien. Elle était comme Maxime, de ceux qui, s'ils se rendent bien compte du malheur qui les accable, trouvent toujours en eux de quoi endurer sereinement la vie, de quoi espérer, de quoi créer du sens. Elle s'approcha du lit, s'assit au bord, lui passa une main douce sur la joue, le remercia pour la nuit passée ensemble, lui apprit qu'elle en avait besoin, mais qu'au-delà de ces quelques heures, elle n'avait rien à lui offrir. Pour elle, le jeune homme recherchait une chose qu'elle ne pensait pas être en mesure de donner. Détestant être ainsi analysé par celle qui ne devait être qu'une proie, un être faible qu'il pourrait malmener tout son soûl, Antoine lui rappela qu'il ne lui avait rien demandé. La belle ne s'en laissa pas conter, poursuivit, de sa voix légèrement rauque, sa lecture de l'idiosyncrasie de Snow, insistant sur le fait que son comportement, qu'il le veuille ou non, était un appel au secours. Antoine se demanda pourquoi il fallait toujours que les femmes se croient entourées d'âmes en détresse. Celle-ci au moins ne prétendait pas le secourir, ce qu'il apprécia en silence, comme elle concluait : *Écoute, hier soir, j'étais plutôt mal en point. Un ami proche venait de décéder d'un cancer et, je ne sais pourquoi, j'ai éprouvé ce désir de mourir aussi. Grâce à toi, je vais mieux.* Elle le regardait comme si une réplique à ce qu'elle venait de dire se trouvait inscrite sur sa figure. *Chouette*, siffla-t-il entre ses dents. *Ne joue pas les durs avec moi, et ne t'offusque pas de voir le pouvoir t'échapper, pour une fois*, déclara-t-elle d'un ton égal. *Je rentre chez moi, en Ibérie. L'adresse est sur la table basse du salon. Si tu passes par là un de ces jours...* Elle le laissa seul, sans autre forme de procès. Ce n'était, ni de près, ni de loin, l'issue qu'il avait prévue.

Un long dortoir. Des lits superposés s'y faisant face, par rangées de six. À cette heure où ils étaient censés dormir, des garçons, s'éclairant à la lampe torche, jouaient aux cartes. Ils perdaient tout leur argent de poche trimestriel, sans se résoudre à s'arrêter, comme hypnotisés. Celui qui encaissait les gains, fronçant ses sourcils broussailleux, ne se laissant pas distraire, était toujours le même : un négrillon charbonneux à sang froid, menteur comme un arracheur de dents, effrayé par rien du tout. Ils avaient douze ans, se connaissaient, pour la plupart, depuis l'école élémentaire. Comment était-il passé du statut de souffre-douleur à celui de caïd, aucun n'aurait pu le dire avec précision. Il tirait doucement sur le filtre d'une cigarette achetée par un autre, mais personne n'oserait le dénoncer. Lui, savait très bien comment il avait procédé, pour gagner ses galons.

D'abord, il avait mis un point d'honneur à les surpasser dans toutes les matières. Cela les avait quelque peu remis sur orbite, eux qui le prenaient, auparavant, pour un être primitif. Ensuite, toujours pour tordre le cou à cette vision méprisable qu'ils avaient de sa personne, il leur avait montré des photos de lui, devant une maison blanche aux volets bleus, à l'architecture indiscutablement tropicale, qu'il avait dit appartenir à sa famille d'aristocrates subsahariens. Pour finir, il avait épié tous les petits trafics auxquels se livraient ces gosses de riches – barres chocolatées et gâteaux secs pour compléter l'ordinaire frugal du réfectoire, cigarettes, revues pornographiques, corrigés dérobés des devoirs –, avait entrepris de les faire chanter, se procurant ainsi argent, friandises. Au début, ils avaient cru qu'un peu de violence le calmerait. Ils s'étaient trompés. Habitué à leurs brimades depuis l'enfance, il s'était forgé un bouclier mental tel qu'aucune torture ne lui faisait d'effet, en tout cas, aucune de celles que leurs esprits encore jeunes étaient en mesure de concevoir. Son endurance les avait convaincus : il valait mieux être de son côté que contre lui. Et puis, n'ayant aucun besoin de leur estime, il balançait allègrement les méfaits des uns et des autres, tout cela dans l'intimité du confessionnal, ni vu, ni connu. C'était là son plus grand plaisir : l'inviolable secret de la confession, par le biais duquel, ceux qu'il considérait comme nuisibles, se voyaient neutralisés. Car les prêtres, supposés garder pour eux ce qui leur avait été confié, n'attendaient que la bonne volonté d'éléments tels que lui, pour les aider à faire croire aux incriminés que Dieu était partout, qu'Il voyait tout, entendait tout. Antoine était le seul, ce qui avait un certain poids, dont Dieu ne voie ni n'entende jamais rien. Ils auraient pu analyser autrement cette cécité du Créateur, mais ils n'étaient encore que des enfants, quand il avait déjà passé ce cap, depuis belle lurette.

C'était le printemps. Il était heureux, pensait avoir trouvé le moyen d'échapper aux vacances sur le Continent et, peut-être, de ne plus y mettre les pieds pour le restant de ses jours. Il détestait ce territoire où tout était dégoûtant, de la plus petite fourmi jusqu'aux habitants, ne supportait pas les pluies torrentielles et sans fin, la présence constante d'autres enfants, surtout ce Maxime qui ressemblait tant à Thamar. Ne jamais plus revoir cette terre. Bien sûr, la grand-mère avait fait des efforts. Dès son deuxième séjour, il y avait vécu dans une vraie maison, avec une chambre à lui, une salle de bains attenante. Ils étaient deux à posséder une chambre : Maxime et lui. Daniel et Jérémie avaient voulu demeurer ensemble. En réalité, c'était une tout autre configuration que la vieille Modi avait prévue au départ. Trois chambres, deux pour les garçons, la dernière pour elle. Antoine avait refusé de partager les appartements de Max. Elle avait dû lui céder sa place. Il ne trouvait pas que cela ait été un si grand sacrifice. Après tout, il ne passait là que trois mois par an, on pouvait faire des efforts pour l'accueillir.

Il pensa à Pierre, le compagnon de sa mère. N'ayant pu lui imposer son autorité, il avait fait en sorte de l'écarter d'elle. Il ne leur rendait parfois visite qu'aux petites vacances, celles de Noël ou de Pâques, devait s'effacer. L'homme avait, depuis peu, des ennuis de santé, des difficultés rénales qui le clouaient au lit. Il semblait souffrir, mais tenait farouchement à ne pas mourir, s'accrochait. Sa mère, qui avait envisagé des études, des voyages, une vie normale, se retrouvait dans la position de garde-malade privée de gages. Ses sorties se limitaient aux courses, aux rendez-vous chez le médecin. Pourquoi fallait-il que les femmes croient au prince charmant ? Thamar se fanait à vue d'œil, ne demeurant aux côtés de cet homme que pour l'argent, celui qui payait le pensionnat, les billets d'avion vers le Mboasu. Elle n'avait jamais appris à taper à la machine, revêtu le tailleur bleu marine, le chemisier blanc de ses rêves. Antoine avait persuadé Benjamin, un de ses camarades, de l'inviter chez lui pour l'été. Sa famille habitait une station balnéaire cossue. Il se voyait bien dans ce décor, celui de la maison en pierres de taille qu'il avait vue en photo, partageant son temps libre entre natation et équitation. Il fallait à présent que le garçon parvienne à convaincre ses procréateurs.

Il avait choisi cette famille à dessein. Les parents étaient tous deux médecins, habitués de l'action humanitaire dans ces zones tropicales que la nature n'avait créées si belles, que pour les charger de parasites divers. Le père avait contribué à la formation du personnel soignant d'un dispensaire au Sulamundi, il y avait peu. Ces gens connaissaient donc les Noirs, ne les détestaient pas tout à fait. D'ailleurs, Benjamin était le seul à avoir toujours pris la défense d'Antoine, face aux injures des autres gamins. Il était devenu son *ami*, dans la mesure des aptitudes affectives d'Antoine. Il écrasa sa cigarette, attendit que les autres abattent leurs cartes. Pourrait-il faire en sorte de se rendre chez Benjamin tous les ans ? Si cela se révélait impossible, il avait un plan B. Dans le cadre des cours de langues, il leur avait été attribué des correspondants étrangers.

Peut-être pourrait-il se rendre chez le sien ? Tout valait mieux que le Continent, ses nuées de moustiques, sa population bruyante, remuante, ses rigoles pleines d'une eau verdâtre, malodorante.

Maxime avançait d'un pas vif, un pli soucieux lui barrant le front. Il devait retrouver cette femme aperçue un soir en sortant de chez son ami Édouard, dans la partie chic des quartiers situés au nord de l'Intramuros. Elle était assise, soûle, devant une supérette. Ses cheveux crépus, qui n'avaient plus rencontré le peigne depuis des temps immémoriaux, s'emmêlaient à certains endroits, se cassaient à d'autres. Sa peau, saturée de crasse, avait maintenant une étrange teinte grise, qu'on ne connaissait à aucun groupe humain. Entre deux gorgées de vinasse, elle se grattait furieusement la tête, les bras, du bout de ses ongles noircis. Il était passé devant elle comme on passe devant ces gens-là, sans trop y faire attention. Puis, tandis qu'il s'éloignait, il l'avait entendue chanter : *A tete nyasu nye mogn, dina longo di dubabe, janea longo di ye*, avait reconnu les premiers mots du Pater Noster, chanté dans la langue des siens. Son cœur s'était serré. Ce chant l'avait propulsé loin de là, vers le Mboasu, où les femmes, bien souvent, n'avaient d'autre recours que celui de la religion, pour trouver de quoi supporter l'existence. Elle n'était certainement pas la seule à être venue de Sombé pour se perdre ici, à la recherche d'une autre destinée. Alors, pourquoi le son de sa voix lui triturait-il ainsi l'âme ? Elle fredonnait en lui depuis ce jour-là, à chaque instant. Cela faisait bien soixante-douze heures. Il voulait la retrouver, lui parler, même s'il ignorait pourquoi. En la voyant, il saurait.

Il traversa la rue, descendit l'escalier qui se trouvait tout près de la station de métro, tourna à droite. Son cœur battait follement dans sa poitrine. Il faillit rebrousser chemin. Une sorte d'instinct l'en empêcha. Il parvint au seuil du magasin. Elle n'était pas là. Il entra, demanda au patron s'il la connaissait, s'il savait quelque chose. L'homme, occupé à ranger des boîtes de petits pois sur un rayon, le gratifia d'un long regard en coin, avant de répondre que la femme en question s'appelait Thamar, qu'elle venait du Continent, un pays appelé Mboasu, croyait-il. Le souffle court, Maxime demanda si elle venait souvent. *Tous les jours, mais pas à la même heure, Cousin*, lui répondit-on. Elle ne s'était pas encore présentée aujourd'hui, Max avait donc toutes ses chances, tant que la boutique était ouverte. Lorsqu'il s'enquit des horaires du jour, l'homme lui adressa à nouveau un regard suspicieux, avant de rétorquer que les heures d'ouverture étaient affichées à l'entrée. *Qu'est-ce que vous lui voulez, à Thamar ?* interrogea-t-il. *Si je le savais... Tout ce que je peux vous dire, c'est que ce prénom n'est pas courant, même au Mboasu.*

La bourgeoisie bohème, les mamies à chien, les prétendus artistes, toutes les catégories sociales représentées dans ce quartier entraient et sortaient de la supérette. Il lui sembla qu'un temps fou s'écoulait. Le temps de revivre les détails les plus insignifiants de son existence, le temps d'avoir quinze, seize attaques cardiaques, le temps aussi de décamper, de se montrer raisonnable comme il l'avait toujours fait, de se dire que ça ne pouvait être elle. Puis, il la vit, traînant la patte, vêtue d'un grand T-shirt, d'un pantalon à la coupe masculine, les yeux baissés, ne semblant pas voir les chaussures d'homme fatiguées qu'elle portait, qui bâillaient à l'avant. Sous sa chemise, le jeune homme sentait un filet de sueur glacée lui couler entre les omoplates. Pourquoi avait-il eu besoin d'enfiler ce costume ? Il ne le portait que pour rencontrer ses clients, les grands comptes dont il avait la charge. Or, il n'en avait vu aucun aujourd'hui. Elle pénétra dans le magasin, acheta de ce mauvais vin commercialisé dans des bouteilles en plastique, s'assit dans un coin, à gauche de l'entrée. Qu'allait-il lui dire ? Comment l'aborder ? Elle leva les yeux vers lui, comme si les questions qu'il se posait lui étaient parvenues, sourit. *N'auriez-vous pas une pièce ou deux, monsieur.* Il lui en donna deux, resta planté comme un piquet devant elle. La femme leva de nouveau les yeux, lui fit signe de s'écarter un peu pour ne pas gêner ceux qui voudraient, eux aussi, lui donner de la monnaie. Il s'accroupit, approcha son visage du sien, ne sentit pas la puissante odeur acide qui se dégageait du corps de la malheureuse, ce fumet de sueur rancie, de mauvais alcool. Posant ses mains sur les épaules de la clocharde, il dit : *Vous allez me prendre pour un fou...*

Il lui parla dans la langue de l'estuaire par lequel les Nordistes avaient jadis pénétré la côte de ce qui deviendrait le Mboasu, la pria de ne pas prendre ombrage de sa démarche. Il ne voulait en aucune façon lui manquer de respect. Pourquoi répondit-elle à ses questions, elle qui n'avait plus parlé à personne depuis si longtemps, qui n'y tenait pas jusque-là ? Elle dit son nom. Celui de sa ville natale. Celui de son ethnie. Celui de sa mère. Oui, elle avait eu une mère. C'était loin. Si loin. La voix tremblante, le regard plongé dans celui de la femme, Maxime dit seulement son prénom. Ils pleurèrent. De honte. De chagrin. De joie. D'une folle espérance : celle d'une seconde chance. Ils marchèrent en se tenant la main, ne se souciant pas du regard des gens sur l'assemblage de mauvais aloi qu'ils formaient tous deux : une femme sans âge, sale, portant des vêtements masculins, chaussée de vieux derbys, un grand jeune homme, élégant dans son costume trois pièces. Ils prirent le métro jusque chez Max, qui s'autorisait à emprunter les transports en commun, puisque son départ était programmé. Lorsque Thamar s'asseyait, on se levait. On s'éloignait. On n'osait se pincer le nez, mais on prenait résolument ses distances. On ne voulait pas se trouver si près de la misère, des poux, des punaises, de tout ça. On ne voulait pas songer à ce qui pouvait faire déraper l'humain – soi-même, donc – jusque-là.

Maxime, lui, ne voyait plus la malpropreté, ni les cheveux que l'absence de soins avait asséchés, ni les ongles noirs qui agrippaient encore le goulot de la bouteille en plastique vert. Il la voyait comme au jour de son départ. Jeune, jolie. Il n'avait aucun reproche à lui adresser. Elle se les était tous faits. Aucune faute à lui pardonner. Thamar ne se pardonnait pas à elle-même. Son existence n'était qu'une longue autoflagellation. Il eut envie de la serrer contre lui, de rire. Ils étaient vivants. Ils étaient ensemble. Ils allaient pouvoir s'aimer, peut-être encore mieux qu'ils ne l'auraient fait par le passé. Maxime prit dans ses mains la paume grise qu'elle tenait appuyée sur le haut de sa jambe malade, ferma les yeux. Il sentait encore suffisamment de force en lui pour l'aimer. Elle lui avait tellement manqué, cette maman que tous prenaient pour sa sœur aînée, tant elle était jeune à sa naissance. Lorsqu'elle avait disparu de sa vie, il avait quatre ans à peine, mais il se l'était rappelée à sa manière, son absence lui avait pesé. Bien sûr, il n'en avait jamais parlé. Personne ne disait rien d'elle, en dehors des ragots colportés par les mégères d'Asumwè. On ne se plaignait pas, chez Modi. Ce n'était pas le genre de la maison. La grand-mère avait eu raison de proscrire les lamentations. La vie était souveraine. La vie remportait toujours la victoire.

Bientôt, ils arrivèrent chez lui. Alors qu'elle prenait une douche, la première depuis elle ne savait plus quand, Thamar s'aperçut qu'elle n'avait pas tout à fait envie de mourir. Ce qu'elle avait tant cherché était là : un regard. De l'intérêt. L'amour. Celui qui accepte. Celui qui ne juge pas. Celui qui vous élève. Maxime avait jeté ses hardes, lui avait prêté un ensemble de sport dans lequel elle reprenait peu à peu figure humaine. Ils iraient plus tard lui acheter des vêtements. Ses cheveux, on ne pouvait rien en tirer. Il lui posa une serviette sur les épaules, commença à les lui couper pour ne laisser qu'un court afro qu'il enduisit d'huile de palma-christi. Elle s'était lavé la tête, mais il y avait toujours, sur son cuir chevelu, des plaques blanchâtres, une sorte de mycose qu'il faudrait soigner. Ils ne disaient rien. Quelle question y avait-il vraiment à poser ? Ils auraient le temps de parler. De tout. Ultérieurement. L'essentiel ne résidait pas dans les éventuelles explications. Il se demanda si elle voudrait bien venir au Mboasu avec lui. Maintenant qu'il l'avait retrouvée, il ne souhaitait plus s'en séparer. Dans un murmure, elle prononça le nom de Daniel. Il dut lui apprendre sa mort, à la suite d'une crise de paludisme particulièrement violente, alors qu'il n'avait que seize ans. Il avait été enterré dans le cimetière situé face à la cathédrale de Sombé, à deux pas du collège des Jésuites. Lorsqu'elle formula le regret de ne pouvoir se rendre sur sa tombe, il lui dit qu'il devait quitter l'Intra-muros d'ici une semaine, qu'il serait très heureux qu'elle accepte de l'accompagner.

Thamar aurait pu prendre cette décision il y avait longtemps, mais le courage lui en avait manqué. Le gouvernement hexagonal proposait un pécule aux immigrés désireux de débarrasser le plancher avant de subir l'humiliation d'une expulsion. Cependant, les politiques n'avaient pas suffisamment d'argent pour racheter leur honneur perdu, ils ne pouvaient payer assez cher les rêves brisés, les ambitions périmées, la jeunesse enfuie et, avec elle, la beauté, la vitalité. Comme de nombreux Subsahariens qui s'étaient brûlé les ailes aux scintillements du Nord, Thamar avait songé qu'il était impossible, inadmissible, de retourner chez soi en vaincue. Être partie si loin, si longtemps, rentrer les mains vides. Pourtant, aux côtés de Maxime, tout semblait possible. Elle ne put retenir des larmes, songeant qu'il était l'enfant du viol, celui qu'elle avait voulu oublier pour ne pas devoir songer à son géniteur, à la folie brutale dans laquelle il s'était jeté sur elle, à même la terre rude du chemin, un jour qu'elle s'en était allée acheter du maïs à une vieille qui en faisait pousser dans sa cour. Elle ne savait même pas qui était cet homme. Il n'était pas du coin. Elle se revoyait, des brins d'herbe sèche coincés dans les mèches de ses cheveux ébouriffés, s'égratignant les pieds en courant le long des routes de terre, tandis qu'un filet de sang lui coulait le long de la face intérieure des cuisses, le jour de son agression. En pleurs, elle s'était jetée dans les bras de sa mère, avait tout raconté.

Heureusement, Modi l'avait crue. Elle n'aurait pas supporté d'être soupçonnée de mensonge, mais la mère n'avait pas non plus été tendre. Elle n'avait pas pleuré avec sa fille, sa petite de quatorze ans, se contentant de déclarer : *Cela fait partie d'un itinéraire de femme, mon enfant.* Lorsqu'on avait découvert sa grossesse, Modi avait rappelé : *Souviens-toi seulement que le bébé n'y est pour rien.* Baissant les yeux en signe de respect pour la parole de l'adulte, l'adolescente avait tout de même dit : *Ce que tu me demandes, est dur à accepter.* Modi avait conclu : *Nos vies sont rudes. Dieu sait ce qu'il fait.* Thamar pensa qu'elle n'avait pas connu son père, qu'il n'en avait jamais été question, que sa mère avait pu vivre une expérience similaire, que, malgré tout, elle ne l'avait pas abandonnée. Frappée d'opprobre par les siens qu'une grossesse hors mariage déshonorait, Modi, fille d'un pasteur baptiste, de la lignée du King Buma lui-même, avait quitté sa famille pour s'installer, un nouveau-né sous le bras, dans un quartier populaire. C'était l'histoire que Thamar avait entendue, celle que racontaient les commères à voix basse sur son passage, quand elle était gamine. On disait également que sa mère avait appris dans les livres, fait partie des maquisards, à l'époque des grandes contestations. Était-ce bien la vérité ? Elle n'en savait rien, n'ayant jamais eu cette conversation avec Modi, qui ne se laissait pas questionner sur ces sujets, disant toujours : *Notre histoire, c'est ce que tu vois ici. Notre vie, c'est celle que tu connais.* Ce dont elle était certaine, c'était que sa mère n'avait plus connu d'homme, n'avait plus parlé la langue des Nordistes, n'avait plus ouvert un livre, s'était battue pour survivre, inlassablement. Vivait-elle encore ? *Oui*, répondit Maxime, *Grand-mère va bien. Jérémie, que tu n'as pas connu, veille sur elle. C'est un petit qu'elle a recueilli et élevé avec nous. Il n'a pas voulu la quitter pour venir étudier ici. Bien sûr, elle souffre des maux de l'âge, mais elle tient bon.*

Oui, elle vivait, évidemment. C'était un tel roc. Comment l'égaler ? Comment ne pas lui faire honte ? Thamar n'avait pas su affronter l'existence comme l'avait fait sa mère, les pieds fermement rivés au sol. Elle avait toujours eu des lubies, la tête dans les étoiles, regardant le monde qui l'entourait comme si elle y avait été placée par méprise, appartenant, en réalité, à des sphères inconnues. Les autres gamines d'Asumwè ne l'aimaient guère, la trouvant hautaine, se réjouissant de ses mésaventures. Au début, elle n'avait trouvé, pour laver ses plaies intimes, que l'avilissement. Ainsi, elle s'était mise à courir les garçons, ceux qui n'étaient pas de son milieu, se faisait offrir des cadeaux, remettre de l'argent, s'ils voulaient la toucher. Puis, elle avait connu le père d'Antoine, s'était mise à rêver. Quand le petit était venu au monde, qu'il avait fallu l'élever seule, elle avait tenté de discipliner son caractère, de limiter sa propension à divaguer. Cela avait duré cinq ans. Cinq années de droiture, d'abnégation. Et là, Pierre était apparu, charriant le rêve à nouveau. Une autre vie. Jamais elle ne s'était faite aux aspérités du destin, avait toujours voulu plus de douceur, plus de chaleur, plus de confort, plus de raffinement, plus de liberté. Ne plus nettoyer la crasse des autres. Ne plus sous-louer une chambre sans commodités. Ne plus avoir peur. Ne plus avoir faim. Ne pas voir son enfant grandir dans la misère qu'elle avait connue sur le Continent.

Si Antoine était devenu cette plante à la fois épineuse et vénéneuse, c'était parce qu'elle ne lui avait transmis que ses propres défauts. Tout était sa faute, elle devait demeurer ici, sur les trottoirs de l'Intramuros, à cuver pour expier jusqu'au dernier souffle. *Je ne peux te suivre au pays, fils. Antoine est ici. Il a besoin de moi.* Maxime crut avoir mal entendu, faillit renverser la théière qu'il apportait de la cuisine, sur un plateau. *Que dis-tu là ?* Thamar s'expliqua plus clairement : *Je ne peux pas abandonner ton frère. Ton petit frère.* Maxime demanda alors si elle voyait Antoine, ce qu'elle confirma : *Tous les dimanches.* L'homme s'assit sur le canapé convertible, tentant, craignant de comprendre. Il n'avait pas envie de blesser sa mère qu'il venait à peine de retrouver, mais il ne put réprimer les paroles qui lui vinrent : *Il disait que tu lui avais tourné le dos, qu'il ignorait où te trouver. Nous plaisantions parfois sur la vie qui devait être la tienne, quelque part, avec ton mari, cet aventurier...*

Thamar expliqua que Pierre n'avait jamais été son mari. Ils avaient vécu l'un à côté de l'autre, c'était tout, on ne pouvait même pas dire qu'ils avaient été l'un avec l'autre. Il n'y avait eu ni grands voyages, ni vie de rêve. L'homme était tombé gravement malade et, pendant des années, elle lui avait tenu lieu d'infirmière. À son décès, sa famille, qu'elle n'avait jamais rencontrée auparavant, l'avait mise à la porte. C'était là qu'elle se trouvait depuis : à la porte. *Antoine sait-il tout cela ?* interrogea Maxime, incrédule. *Oui, bien sûr, mais il faut le comprendre. Je ne me suis pas occupée de lui comme je l'aurais dû.* Maxime soupira : *D'aucun de nous, mère. Pourtant, je ne t'aurais jamais laissée dans une telle situation. J'ai tout pardonné à Antoine, mais cela, je ne peux l'accepter.* Thamar plaida : *Tu es plus fort que lui. Il a tant souffert de mes défaillances... Son âme s'en est trouvée toute tordue. Il ne sait vivre que de la douleur, de l'humiliation des autres. C'est ma faute.* Max faisait les cent pas dans la petite pièce, n'en croyant pas ses oreilles, haussant le ton pour demander à Thamar si elle comptait donc rester là, pour payer inlassablement cette dette morale. *N'élève pas la voix, fils. À toi aussi, je dois demander pardon, je le sais. Je ne mérite même pas de me tenir ici à tes côtés.* Il tenta de comprendre : *Mais que crois-tu lui apporter ?* Elle répondit que, même si c'était absurde, elle donnait une raison de vivre à Antoine. Il lui importait énormément de faire quelque chose pour lui, elle ne savait quoi lui offrir d'autre.

L'aîné des fils de Thamar demanda : *Est-ce important au point que je doive toujours me passer de toi ?* Il avait posé cette question d'une voix douce, dénuée de reproche, encore une fois. Thamar en eut les larmes aux yeux. Elle ne lui avait rien donné. Elle ne l'avait pas emmené partout avec elle quand il était petit, convaincue que nulle autre ne saurait veiller sur lui. Elle murmura faiblement : *Comment faire autrement ? Écoute*, la pressa-t-il, *viens à Sombé avec moi. Ensuite, si tu y tiens toujours, je te promets de te laisser... Je n'ai qu'une parole.* Thamar le regarda un instant en silence, avant de dire qu'on voyait bien qu'il avait été élevé par Modi. De là où elle se trouvait, elle entendait la voix de sa mère, qui répétait souvent : *La parole fait l'homme.* Il lui proposa de lui préparer quelque chose à manger, mais elle n'avait pas faim, seulement sommeil. Maxime déplia le canapé convertible. Elle s'y coucha en chien de fusil, s'endormit presque aussitôt. Il l'observa un moment encore. Devait-il dire à Antoine qu'il l'avait retrouvée ? Devait-il lui demander pourquoi il la lui avait cachée, comment il avait pu supporter de la regarder sombrer ainsi ? Maxime était comme sa grand-mère, tout de rectitude et de principes. Cette histoire dépassait son entendement, lui *fumait la tête*, comme on disait au Mboasu. Il fallait y mettre un terme, tout de suite. Il prit le téléphone portable qu'il avait laissé sur son bureau, un épais plateau de verre que supportaient des tréteaux, composa le numéro de son frère. Il allait organiser in extremis un conseil de famille, voulait voir Antoine immédiatement, pendant que Thamar se trouvait encore là.

Demain, il serait trop tard. Il irait travailler, elle aurait tout loisir de prendre la poudre d'escampette, il pouvait ne jamais la revoir. Il voulait les sauver d'eux-mêmes : le fils qui se prenait pour la Justice, la mère qui se laissait crucifier. La sonnerie retentit, plusieurs fois, ne rencontrant que le vide. Il rappellerait jusqu'à ce qu'on décroche.

Antoine entendit sonner le téléphone. Il se trouvait dans la salle de bains, le bras levé, une bande de papier transparent couverte de cire dépilatoire fermement appliquée au creux de l'aisselle. Appréhendant le moment où il faudrait tirer dessus, il avait seulement tendu l'oreille, pour essayer d'entendre le message qu'on lui laisserait. Il n'y eut rien, que des bips. Il se concentra sur la nécessaire torture qu'il lui fallait s'infliger, afin d'être en mesure de revêtir décemment un débardeur doré, moulant à souhait. Son épiderme se devait d'être lisse. C'était ce soir qu'il se rendait à la soirée qu'ils avaient évoquée, Bérengère et lui, il y avait quelques jours. Il se disait toujours que cette femme ne lui servait à rien, mais c'était tout de même grâce à elle qu'il avait reçu, dans sa messagerie électronique, une invitation en bonne et due forme. C'était une fête donnée par un créateur de mode. Il espérait y rencontrer le réalisateur d'une sitcom. On lui avait dit que l'homme cherchait un comédien noir. La mode était à *la diversité*, à la représentation du pays réel, c'était bon pour ses affaires. Il pensait avoir toutes ses chances, essentiellement grâce à son physique, même si de nombreux acteurs noirs, formés à l'art, probablement plus doués que lui, se démenaient pour travailler. Le jeune homme n'en avait rien à faire. La méritocratie ne comptait pas au nombre des lois de ce métier, lui aussi avait connu la galère, à une époque où il sautait pratiquement au plafond lorsqu'il décrochait un rôle de figurant.

Il poussa un hurlement en détachant la bande de cire de sa peau. Quelques gouttes de sang s'étaient mêlées aux poils arrachés. Il passa une crème apaisante, parfumée au lotus, sur sa peau endolorie. L'effet fut quasiment instantané. Antoine traversa le séjour afin de regagner sa chambre. Si l'appartement se situait dans un quartier élégant, l'agencement de ses pièces n'en était pas pour autant cohérent. Le téléphone sonna de nouveau, il décrocha cette fois, agacé. C'était Maxime. Qu'y avait-il encore ? Son frère voulait le voir immédiatement, affirmait qu'il serait peut-être trop tard le lendemain. Antoine dit qu'il avait un rendez-vous. Max insista : *Ne peux-tu décaler de quelques instants ? Anton, na sosimedi...* Il n'avait pas vraiment le choix. Lorsque Maxime lui parlait *la langue*, c'était très mauvais signe. La chamade s'installa dans sa poitrine. Le souffle se mit à lui faire défaut. Il dut s'asseoir, respirer un bon coup, tenter de se calmer, détestant se rendre compte de l'emprise sur lui de cette famille honnie. Ce n'était pas parce que tout foutait le camp depuis quelques jours que le Jugement dernier était imminent. Pour se rassurer, il se dit que les projets de départ de Maxime étaient certainement compromis, ce qui eut pour effet de l'apaiser. Il contempla son image dans la glace du dressing, ce qui le réconforta tout à fait. Snow était beau : lisse, brillant.

La rue l'accueillit. Il prit un taxi pour ne pas perdre de temps. Comme la voiture avançait, il se passa mentalement la bande du discours qu'il tiendrait sous peu au réalisateur de séries télévisées, arriva à destination avant d'avoir tout à fait achevé de composer sa tirade. Se félicitant d'avoir opté pour ce mode de locomotion qui lui permettait de descendre au pied de l'immeuble, lui évitant ainsi d'avoir à chatoyer sous le regard de la grappe de jeunes gens qui vivaient debout dans cette rue, il appuya sur l'interphone, poussa la lourde porte en bois dont la peinture verte s'écaillait un peu. Max lui ouvrit, le fit entrer dans le vestibule. Dans un silence qui ne lui était pas habituel, la mine peu engageante, il invita Antoine à le suivre à l'intérieur de son studio. Une personne était couchée sur le canapé déplié. De temps en temps, un souffle imperceptible faisait bouger le drap qui la couvrait jusqu'à la tête. Ce n'était pas le genre de Max, le convoquer chez lui quand sa petite amie se remettait de leurs ébats. Antoine se dit que son frère avait sans doute de graves problèmes, ce qui l'égaya.

Il dissimula son bonheur, parla à voix basse, l'air de ne pas vouloir déranger la dame. *Alors, mon vieux, de quoi s'agit-il ?* Son frère lui répondit sur le même ton, ne le quittant pas des yeux : *J'ai retrouvé maman.* Un instant, Antoine ne saisit pas ce à quoi Maxime faisait allusion. *De quoi parles-tu, grand-mère... C'est de notre mère que je te cause, frangin*, précisa Max. *Et elle est étendue sur ce lit.* Antoine crut défaillir. *Tu veux dire...* L'aîné des garçons hocha la tête, en signe d'assentiment : *Exact. Elle est mal en point. Elle m'a assuré que vous vous voyiez fréquemment, et je ne comprends pas que tu ne m'en aies jamais soufflé mot.* Antoine n'était pas du genre à vaciller en pareil cas. Il réfléchit rapidement, comme à l'époque des parties de cartes au pensionnat, abattit son jeu sans sourciller. *Je t'ai dit tout ce que je savais. Je n'ai pas revu la personne en question depuis des années. À la mort de son compagnon, elle s'est mise à errer, à boire. Au début, je l'ai suivie. Puis, un jour, elle s'est enfuie d'un centre de désintoxication, et j'ai perdu sa trace. Je me suis retrouvé seul, à devoir travailler pour payer mes études.* Max ne mit pas en doute sa parole, demandant simplement ce qui pourrait pousser Thamar à mentir. *Si tu es certain qu'il s'agit bien d'elle, je ne vois qu'une réponse : elle perd la boule.* Maxime acquiesça d'un mouvement de la tête. Il n'était pas convaincu de la bonne foi de son cadet, mais préférait éviter une dispute. *Bien. Je lui ai proposé de me suivre au pays. Elle a accepté. Enfin, presque. Elle pense que tu as besoin d'elle.* Tout en s'exprimant, Max gardait les yeux fixés sur le visage de son frère, traquant les signes d'une émotion, quelle qu'elle puisse être. Il n'y en eut aucun. Antoine soutenait son regard, sans animosité particulière, sans avoir l'air de le défier. S'il mentait, c'était un excellent comédien. Il haussa les épaules : *Tu vois, elle est malade. En quoi pourrais-je avoir le moindre besoin d'elle après tout ce temps ? Tu peux l'emmener où bon te semble.* Maxime approuva ces derniers propos, mais de son point de vue, Thamar avait besoin d'être persuadée. C'était pour cette raison qu'il avait souhaité voir son frère. Antoine devait parler à leur mère.

Max secoua doucement Thamar. Elle ouvrit des yeux rougis par l'épuisement, baissa le drap qui lui recouvrait le visage. Antoine la vit, propre, coiffée. Elle ressemblait effectivement à sa mère, celle qui l'avait rejeté. Elle murmura son prénom. Il resta de marbre. Les pupilles sur lesquelles il avait appliqué des lentilles mordorées glissèrent sur la femme, comme sur une vitre transparente. Maxime prit la parole : *Maman, j'ai fait venir Anton pour qu'il te dise, comme il vient de me l'affirmer à moi, qu'il ne voit aucun inconvénient à ce que tu rentres au Mboasu. Tu verras, tu iras mieux là-bas.* Thamar continuait à fixer des yeux Antoine, son petit prince, qui la regardait lui aussi, froid comme un iceberg. Tapi au fond d'elle, un résidu de cet orgueil propre aux côtiers du Mboasu en eut assez de cette haine. Il ne voulait pas qu'elle s'en aille, mais se tenait là, comme si rien n'avait réellement d'importance. Alors, elle partirait avec Maxime. Elle n'en pouvait plus de ce gosse, de sa dureté. Se couvrant de nouveau, elle lui donna le dos.

Antoine interrogea Maxime : *Vas-tu la garder ici ?* Son aîné espérait que Thamar reste, effectivement, jusqu'à leur départ pour le Continent. Antoine le mit en garde : *Ça va te coûter cher en entretien... Ça,* *comme tu dis*, l'interrompit Max, *n'a pas de prix à mes yeux.* Antoine haussa les épaules. Ce n'était pas son affaire, il devait se dépêcher pour ne pas être en retard : *Je file. Le taxi m'attend.* Il sortit du pas le plus assuré possible, descendit par quatre les marches de l'escalier. Il remonta dans le véhicule, donna la direction au chauffeur, sentant en lui, non pas ce désespoir diffus qui l'avait étreint le jour où Max lui avait appris qu'il partirait bientôt, non pas l'intense contrariété mêlée de dégoût que lui avaient inspirée le bonheur de Staf, ses nouvelles perspectives d'avenir, mais une sorte de rage, d'irrépressible fureur. Après tout, ces gens ne lui étaient rien. Il n'avait nul besoin d'eux, avait eu la présence d'esprit de faire quelques bons placements, ce qui lui laissait le temps de voir venir. Le destin le poussait à fournir les efforts nécessaires pour pénétrer le monde de l'image. Il s'était un peu laissé vivre, finissant par croire, à force d'être recalé lors des auditions, qu'il n'avait aucun talent. Il ne se l'était pas vraiment avoué jusque-là, mais c'était cela, la vérité. Il avait perdu confiance en lui, au bout d'un certain temps passé à tirer si violemment le diable par la queue, sans voir son destin de vedette prendre tournure.

Les études d'architecture l'avaient beaucoup intéressé, mais il s'était rendu compte, en passant son diplôme, que la profession en elle-même ne lui disait rien, qu'il n'avait, de toute façon, aucune envie de s'échiner à faire exploser le plafond de verre. Cherchant alors un autre domaine où il lui serait possible de se réaliser, dans un pays où les Noirs ne pouvaient prétendre qu'à la position d'amuseurs publics, il avait passé en revue ses atouts, s'était rendu à l'évidence : il était grand et beau, c'était tout. Il ne savait même pas danser. Seuls les métiers d'image semblaient à sa portée. Un physique, de l'allure, c'était ce dont la nature l'avait doté. Lorsque Maxime lui avait proposé ce marché, il avait vu là le moyen de longer les marges du monde de l'image auquel il avait désiré appartenir, était devenu un visage habituel dans la foule des fêtards chics, s'était contenté de faire semblant d'avoir un métier. À présent, il se disait que cela ne coûterait rien d'essayer vraiment, de tout mettre en œuvre pour décrocher un rôle, une campagne de pub. Son unique revanche, le plus sûr moyen de les piétiner tous, serait de briller, de devenir une vedette, une vraie. Il allait brûler les écrans hexagonaux de son incomparable phosphorescence. Ils n'avaient qu'à rentrer au Mboasu, ce pays pluvieux où l'on suffoquait. Ils auraient de ses nouvelles grâce aux antennes paraboliques, qui diffusaient l'éclat du Nord auprès des damnés de la terre.

Un instant, il eut en tête la figure de sa mère et, au cœur, une espèce de crampe. Cela ne dura pas. Lorsqu'il descendit du taxi, la faune de noctambules qui flânaient le long de la rue où logeait Herbert La Barrière, faiseur de tendances vestimentaires, furent un instant frappés de tétanie. La tenue d'Antoine luisait assez implacablement. Sans se soucier des regards, le jeune homme gagna le hall de l'immeuble, tel un Hélios déterminé à éclipser les astres de la nuit. Une femme, vêtue d'une robe conçue par HLB, se trouvait là. Sa toilette était transparente, habilement trouée autour d'un sein et d'une fesse. Ces déchirures, bordées de broderies exécutées à la main, étaient, plus encore que la totale opalescence de l'étoffe, une marque de misogynie pathologique. Ce La Barrière méprisait superbement les femmes. Pourtant, elles en redemandaient, payant des fortunes pour arborer les crachats qu'il leur lançait à la figure. Antoine se dit qu'il fallait en prendre de la graine : HLB avait tout compris, il avait le pouvoir le plus absolu, puisque ses esclaves étaient volontaires. C'était à ce résultat que le jeune homme se faisait fort de parvenir. Ils montèrent dans l'ascenseur, la femelle percée et lui-même, sans se dire un mot, chacun se contemplant dans la glace, tandis que l'engin les conduisait directement dans le séjour tout à fait bondé d'Herbert La Barrière. Ils étaient venus, ils étaient tous là. Au sortir immédiat de l'ascenseur, un maître d'hôtel en livrée, dont la tenue conventionnelle tranchait avec les robes diaphanes, les vestes pailletées, récupérait les cartons d'invitation. Il n'allait pas jusqu'à annoncer les convives. Cela aurait été peine perdue. La pièce, bien qu'immense, était noyée dans le brouhaha des voix, dans les battements percussifs d'une musique appelant à la transe.

Lucide sur la valeur intrinsèque de ceux qui se massaient là, Antoine n'en était pas moins fasciné. Il voulait être des leurs, posséder un peu de tout cela. Ce milieu était le plus indiqué pour un être tel que lui. Ici, personne n'était l'ami de personne, on se taillait des croupières avec le sourire, on ne s'associait que pour détruire quelqu'un d'autre. HLB avait fait venir un groupe de musiciens subsahariens en vogue. C'étaient eux qui produisaient l'assourdissant tintamarre qui l'avait assailli à son entrée dans les lieux. Au commandement du chanteur, sorte de maître de cérémonie s'illustrant sur le mode de l'aboiement, l'assistance pratiquait joyeusement le *s'envolement*, ce qui signifie que les danseurs fouettaient l'air de leurs bras, comme s'ils tentaient de prendre leur envol. Ensuite, ils se laissaient entraîner dans un *Guantanamo*, mimant la posture du prisonnier menotté, ce qui suscitait leur hilarité. Pour finir, ils s'adonnaient au *travaillement*, jet désinvolte de billets de banque, que nul ne s'abaissait à ramasser. Observant ce spectacle surréaliste, Snow s'en voulut intérieurement d'avoir douté de ses possibilités. On pouvait tout obtenir de l'espèce dont les spécimens les plus performants, les plus fortunés, étaient réunis là, si on n'avait pas froid aux yeux. Certains Nordistes tenaient si fermement à se démarquer de leurs ascendants qui avaient colonisé, spolié le Continent, qu'ils étaient prêts à faire un peu n'importe quoi dans ce seul but. Nombre de Subsahariens savaient déceler cette faille, cette manifestation de la culpabilité nordiste, n'hésitaient pas à en abuser, ce que Snow n'aurait pas songé à leur reprocher, chacun s'accommodant comme il le pouvait de sa douleur. L'audace était, en fin de compte, ce qui lui avait manqué. Il allait se glisser dans un coin pour ne surtout pas finir sur la piste de danse, à obéir aux consignes farfelues du chanteur, quand une main l'empoigna.

Surgissant de nulle part, vêtue d'une création HLB trouée autour du nombril, des genoux et des coudes, Bérengère lui agrippa le bras. Elle se hissa sur la pointe des pieds pour lui appliquer deux bises à la commissure des lèvres, le gratifia d'un regard mouillé par les quelques verres qu'elle avait déjà descendus, l'entraîna pour lui présenter *du monde*, disant qu'il était temps pour elle de le prendre en main. Le garçon haussa les épaules, peu convaincu. *Si tu le dis. Absolument, mon cher*, insista-t-elle. *Beau et racé comme tu l'es, il est proprement incompréhensible que tu sois encore dans l'ombre. C'est sans doute une question de couleur*, plaisanta-t-il à peine. *Imbécile, tu sais très bien que le* black *est tendance. Et puis*, ajouta la femme en laissant glisser ses yeux le long du corps moulé d'or du garçon, *tu sais parfaitement associer ombre et lumière ! Je me débrouille*, murmura Snow. Ayant fendu la foule, traversé cette pièce qui était, à elle seule, un continent, ils arrivèrent à la hauteur de deux individus de sexe masculin, qui n'étaient de toute évidence ni des hommes, ni des messieurs. Ils avaient transcendé ces notions depuis longtemps, représentaient incontestablement une sorte d'avant-garde, la préfiguration de très sensibles mutations dans le genre. Snow reconnut un animateur de télévision devenu célèbre en présentant le premier *Real tv show* qui se soit donné à voir dans le pays. L'autre, il ne l'avait jamais vu, mais il s'en souviendrait longtemps, c'était pour le rencontrer qu'il s'était décidé à rompre avec la mélancolie.

Il gelait. Le jeune homme sautilla sur place quelques instants, pour tenter de faire monter la température de son corps. En vain. C'était l'hiver le plus rigoureux que le pays ait connu depuis longtemps. L'école d'architecture dans laquelle il s'était inscrit en octobre coûtait la peau de quelque part, cet emploi de veilleur de nuit était indispensable pour se la payer. Il se demandait s'il tiendrait ce rythme jusqu'à la fin de l'exercice universitaire : l'école le jour, le travail la nuit. Entre les deux, des heures consacrées à l'étude. Il tentait de lire le soir également, mais dans cette espèce de cage en verre, sans chauffage, sous-alimenté comme il l'était, la tâche se révélait ardue. Il avait beau faire pour se concentrer, il ne pensait qu'au froid, à la fin de son service. Il aurait deux ou trois heures de sommeil, avant de foncer pour assister aux cours. Il avait encore passé l'été dernier avec Benjamin, celui d'avant avec William, son correspondant d'outre-Manche. Rien de cela ne serait plus possible. Benjamin venait de quitter le Nord pour l'Ouest. William, lui, avait pris une année sabbatique pour faire le globe-trotter, finir, il l'espérait, par trouver de l'intérêt à une profession quelconque. Pour couronner le tout, sa mère, dont le compagnon venait enfin de passer l'arme à gauche, se retrouvait à la rue, sans même une poignée de pièces jaunes en poche. Antoine exagérait à peine. Thamar n'avait rien épargné, ne disposait pas de compte bancaire à son nom, ne possédait pas l'ombre d'une boîte en fer contenant un peu de monnaie, quelques vieux billets.

Antoine avait dû demander une bourse. Il l'avait obtenue, mais elle couvrait à peine ses besoins alimentaires mensuels, ses frais de déplacement. N'ayant pu se voir attribuer de chambre en résidence universitaire, il avait dû se loger dans le privé, sans caution solidaire, sans fiches de paie. Tout se serait révélé impossible, sans l'aide des parents de Benjamin, qui l'avaient recommandé à des amis possédant des chambres de bonne qu'ils louaient au noir. La location était illégale, le loyer élevé. Antoine s'était lié d'amitié avec un voisin, un vieux monsieur, un peu tailleur, un peu costumier pour le théâtre, une vieille folle d'outre-Manche qui appréciait de pouvoir s'exprimer dans sa langue maternelle avec un garçon plutôt joli à regarder. Il ne faisait pas d'avances au jeune homme, mais le couvrait de cadeaux, des vêtements qui ne serviraient plus, qu'il avait repris pour les ramener aux mensurations d'Antoine, des accessoires aussi : chapeaux, gants, écharpes. C'était ce qui motivait l'intérêt du jeune homme. Autrement, il n'aurait pas eu les moyens de se vêtir correctement. Bien sûr, il feignait l'embarras, chaque fois que de nouvelles tenues lui étaient proposées. *You don't have to do all this for me,*

Arthur. L'homme le faisait taire d'un geste de la main : *Of course I have to. Who else will ?*

Arthur disait sentir, chez Antoine, une aspiration à la paix intérieure. Ne pouvant la lui apporter, il tenait au moins à habiller son corps fabuleux comme il le méritait. Aussi, le garçon était-il toujours tiré à plus de quatre épingles, avec un brin de fantaisie dans le choix des coloris. Seules ses chaussures auraient pu le trahir, dévoiler le sévère dénuement dans lequel il se débattait. Là aussi, il avait eu de la chance. Avant de s'en aller trotter autour du globe, William lui en avait laissé quelques paires dont il n'aurait pas l'usage dans les steppes de Mongolie, sur la poussière du Kalahari. Cependant, le pire pouvait toujours advenir. Le décès d'Arthur, par exemple. De temps en temps, le vieil homme était la proie de fièvres qui le clouaient au lit, le faisaient délirer. Dans ces moments-là, Antoine, qui ne se souvenait pas avoir aimé un jour un autre être humain que sa mère, se rendait compte qu'il avait, pour ce vieux monsieur, plus d'amitié qu'il ne l'aurait reconnu. Sans pouvoir en parler, sans que cela se voie, le garçon ressentait un profond sentiment d'insécurité. Sa confiance en lui n'était pas ce qu'il semblait à première vue. Ce serait un miracle, pensait-il, de pouvoir à la fois conserver cet emploi jusqu'à la fin de l'année, et réussir ses examens. Il allait fêter ses vingt ans début novembre, se sentait bien plus vulnérable que dans son enfance. Un jour viendrait où Thamar paierait pour tout cela. On n'avait pas le droit de mettre un enfant au monde pour le laisser ainsi, livré à lui-même. On ne pouvait donner la vie à un être, puis, tout faire pour la lui ôter.

La petite sauterie chez HLB avait porté ses fruits. Ils étaient plus juteux, plus abondants qu'il ne l'avait escompté. Snow avait décroché un rendez-vous pour un casting. Grâce à l'inconnu que lui avait présenté Bérengère – pas si inutile que cela en définitive, mais il pensait que c'était parce qu'elle avait bu –, il allait faire des essais pour une série télévisée intitulée : *La cité*. On ne lui avait rien promis, mais c'était déjà ça. Une séance de photos était prévue, par ailleurs, avec HLB lui-même, qui ne laissait personne immortaliser ses nouveaux mannequins. Toutes les images de ses collections qui paraissaient dans la presse étaient ses propres œuvres. C'était aujourd'hui, en fin de matinée, que Snow devait se faire tirer le portrait. La journée commençait mal, il n'avait pratiquement pas dormi de la nuit, l'anxiété lui avait entortillé les boyaux, serré le cœur. Ce serait la toute première fois qu'il ferait une véritable séance de ce genre. Jusque-là, les seules photographies existantes de lui, prises par des types qu'il avait fallu rémunérer, avaient servi à l'élaboration d'un prétendu book jamais utilisé. Le jeune homme quitta le lit, se rendit dans la salle de bains afin d'ausculter son visage. Heureusement, il n'avait pas la peau blanche, sa carnation ténébreuse le préservait des ravages de l'insomnie. Il prit une douche, prodigua d'indispensables soins revitalisants à son épiderme facial.

Comme il n'avait pas faim, une sorte de nœud ayant pris place au creux de son estomac, il se contenta d'avaler un thé. Antoine sortit plus tôt que prévu, fit quelques pas dans la rue, la poitrine écrasée par une peur qu'il ne parvenait pas à maîtriser. Il éprouvait ce sentiment d'insécurité totale qui l'avait possédé toute sa vie, avant qu'il soit en mesure de prendre les dispositions nécessaires à son abolition. Il était le premier surpris de constater qu'il s'était seulement mis en sursis, pendant toutes ces années. Il souffrait encore. Toujours. Tellement qu'il songea ne pas se présenter au rendez-vous. Puis, il se raisonna. Il devait atteindre le statut d'image qui le vengerait, le protégerait. Antoine lisait très clairement en lui-même. S'il apportait tant de soins à sa plastique, à sa mise, c'était par crainte de devenir invisible aux autres, inexistant, comme aux yeux de sa mère.

Après avoir vomi son thé noir d'Orient au coin d'une rue, il se rendit dans le quartier où HLB possédait ses studios, ses bureaux. En sortant du métro, il fut confronté à un attroupement de Subsahariens hélant leurs congénères pour les entraîner, de gré ou de force, dans l'un des salons de coiffure qui abondaient là. Ils s'exprimaient dans un parler rêche qui lui fit prendre un aller simple pour le rude Mboasu de son enfance. À leur vue, il rendit à nouveau tripes et boyaux. Il n'y avait plus, dans ses entrailles, qu'une salive mêlée de bile, dont l'acidité lui brûla la gorge. Les Subsahariens s'écartèrent, non sans l'avoir copieusement houspillé : *Eh, pardon ! Quitte-là avec ta malchance. Ça c'est la vraie sorcellerie même. Comment un gars sort du métro pour vomir comme ça sur les pieds des gens ? Aaaah, va loin !* Ils avaient de la chance. Il ne se sentait pas en état de leur répondre. Autrement, il les aurait lavés, rincés et essorés, en quelques paroles. Habituellement, il n'était pas le dernier, quand il était question d'injurier son prochain. Il arriva, sans trop savoir comment, sur les lieux du rendez-vous, d'anciens ateliers d'assemblage de structures métalliques utilisées dans l'industrie du bâtiment. Ils avaient été commués en lofts. Les pièces s'enfilaient, immenses, colorées, les unes derrière les autres. Des êtres longilignes se hâtaient d'un bout à l'autre de cette vaste contrée, sans le voir. Il put apostropher une de ces créatures, dire, en dépit du vertige qui le faisait tanguer, qui il était, ce qu'il venait faire.

On lui indiqua une lointaine galaxie, aux confins de cet univers, tout en haut d'un escalier aux marches de Plexiglas. Il lui semblait qu'elles allaient céder sous son poids, tant il se sentait lourd. Des mots lus, il y avait longtemps, dans un livre déjà ancien, lui revinrent en mémoire : *ils ne t'aimeront jamais ils ne t'accepteront jamais comme un des leurs et tu vivras longuement parmi eux le sachant le cachant*[6]... Il n'avait jamais vraiment oublié ces lignes qui résumaient ce qu'il pensait de ses relations avec la société du spectacle dont il côtoyait de loin les dignitaires. Il parvint à la hauteur de HLB, qu'une nuée de criquets affairés entouraient. Cet accès de lucidité lui avait redonné des forces. Il n'avait nul besoin de leur amour, ni de celui de quiconque. Ce qu'il voulait, c'était le pouvoir de l'image. Dans un monde où même les hommes politiques ne se battaient plus sur le terrain des idées mais sur celui de la communication, où il suffisait de passer à la télévision pour avoir des foules à ses pieds, devenir une image était l'unique objectif sensé. Il n'était plus question de penser, d'admirer, d'inventer, d'édifier. Tout cela était ringard, réactionnaire. Il n'y avait plus, partout, que des tonneaux vides, des rois borgnes au pays des aveugles. Il pouvait faire comme eux, y parviendrait. La visibilité était la clé.

Son trac avait disparu, il se sentait prêt à jouer le jeu. N'était-il pas sur une scène en permanence ? HLB lui baisa les joues, ce à quoi il ne s'attendait pas, mais il évita de battre en retraite, de se frotter la peau avec un mouchoir en papier qu'il jetterait vite à la poubelle, comme il mourait d'envie de le faire. Il accorda toute son attention à l'hominidé. C'était un genre de gnome biscornu, petit, ses jambes torses moulées dans on n'osait savoir quoi, sinon que la chose flamboyait au-delà de ce que Snow lui-même se serait autorisé – et ce n'était pas peu dire, comme vous le savez. Les cheveux longs du couturier lui balayaient les épaules, il se dégageait de sa personne, disons de son enveloppe, un parfum de fraise fort inapproprié à son aspect. Comme son nom l'indiquait, rien ne justifiait son accent rhénan. Pourtant, cela ne semblait pas le gêner. Il avait la consonne gutturale ou aspirée, c'était selon, la voyelle très discutable. Tout cela devait, sans doute, lui conférer une stature internationale. En l'observant de près, Snow se dit que rien ne s'opposait objectivement à ce qu'il se fasse une place dans cet environnement. À première vue, les hémisphères cérébraux de HLB faisaient l'objet d'un déséquilibre, il souffrait certainement de troubles plus violents que ceux auxquels le jeune homme était en proie depuis toujours. Cette certitude le galvanisa. Il ferait les plus belles photos qu'on ait vues récemment. Thamar et Maxime verraient combien la vie lui était douce, sans eux. La voix de HLB le tira de ses réflexions. Le créateur avait pensé à Snow pour une campagne particulière, le clou de sa collection hiver : *Le serpent*. Le jeune homme recula, étonné. Il bafouilla : *Le serpent ?*

HLB se lança dans une tirade explicative. Cet intitulé ne serait pas divulgué, mais il était important que tous ceux qui participeraient, de l'intérieur, à l'élaboration de ses éléments visuels, mesurent la profondeur du concept. Sans ça, ils diffuseraient une mauvaise énergie, perturberaient l'harmonie de la création. *Oui. Tu l'ignores certainement, mais je suis un mystique. Un mystique rationnel.* HLB se mit à discourir sur le sens caché de son travail de styliste. Ayant reçu une éducation religieuse contre laquelle son esprit n'avait eu de cesse que de se rebeller, tout en aspirant profondément à l'élévation, il produisait à présent une œuvre visant à questionner les dogmes. Ainsi, sa précédente collection avait-elle été le fruit d'une méditation créative sur le thème de *L'immaculée conception*. D'où sa série de robes trouées, les déchirures représentant des hymens déflorés, les stigmates de la féminité. La couleur rouge, prépondérante, figurait le sang de la condition féminine : menstruation, parturition. *J'aime profondément les femmes, sais-tu ?* susurra Herbert La Barrière. *Dans ma précédente incarnation, j'en étais une. Précieuse et délicate, une Extrême-Orientale. Connais-tu l'Extrême...* Snow ne put s'empêcher de répondre un peu sèchement. Ce qu'il venait d'entendre le dérangeait un peu. Il ne s'y attendait pas, ne savait quoi penser, ce qui le mit sur la défensive. *Non. Je ne voyage que dans des pays dont je comprends la langue ou les usages. L'Extrême-Orient n'entre pas dans ces catégories. Et alors, que questionne Le serpent ?*

HLB prit place sur un coussin de sol, devant une table ultra basse qui semblait être son bureau. Ses petites mains voltigeaient comme des sauterelles dans la pièce, l'approchant régulièrement pour faire contrôler les détails d'une finition. Des croquis s'éparpillaient sur la table qui, pour se trouver au ras du sol, n'en était pas moins immense. Cette fois, la collection posait la question suivante : *Pourquoi Dieu avait-Il châtié le serpent, le frappant de reptation, le vouant à la détestation et au mépris éternels des humains qui n'auraient de cesse que de lui donner la mort par écrasement de sa tête sous leur talon, alors que, dans Son omniscience, Il ne pouvait ignorer que l'animal corromprait Ève ?* Le couturier eut besoin de reprendre son souffle après la formulation de l'énoncé. Il poursuivit : *Vois-tu, je veux mettre en exergue la perversion de Dieu.* Snow fit mine de s'intéresser à tout cela, d'admirer le soubassement cérébral et spirituel des travaux de HLB. En réalité, il se disait seulement que, s'il laissait filer cette occase, un autre que lui saurait en tirer profit. Aussi, murmura-t-il, sur le ton de celui qui entrait à son tour en méditation créative : *C'est curieux, je ne t'ai jamais entendu communiquer sur cet aspect de ton travail.*

Le couturier décréta que les journalistes ne comprenaient rien à rien, ne fournissaient pas le plus petit effort pour tenter de saisir le fond de son propos. Pour eux, ce qu'il faisait participait d'une forme de surréalisme textile. Certains évoquaient une relecture du baroque. Ce n'était pas en les écoutant parler ni en lisant leurs articles, qu'on pouvait se faire une idée claire de sa création. Rétifs à inventer un nouveau vocabulaire si c'était nécessaire, ils se limitaient aux termes qu'ils connaissaient, tentant de les appliquer à une réalité sans rapport. D'ailleurs, il n'était pas rare que ces crétins crient au génie dès lors que des choses leur paraissaient impénétrables, qu'ils craignaient de passer à côté d'une nouveauté. HLB ne s'intéressait donc pas à l'espèce médiatique, n'avait rien à lui dire. S'il s'ouvrait à Snow, c'était parce qu'il avait besoin que ceux qui devaient l'interpréter saisissent la signification de son esthétique. Il n'attendait pas que le jeune homme partage sa vision, mais qu'il la serve valablement, pendant un court laps de temps. Finalement, Antoine songea que ce HLB n'était pas si stupide, même s'il était très certainement dérangé. Au moins, vivait-il le plus possible dans sa propre réalité, ce que le jeune homme respectait.

Ils regardèrent ensemble les images de femmes vêtues de fourreaux les obligeant à se planter là comme les arbres du jardin d'Éden. Elles portaient des chapeaux à branches avec, au bout, des pompons symbolisant le fruit défendu. Des hommes, arborant collants et justaucorps en peau de python véritable, se tenaient debout près d'elles. Quelques images plus loin, ils rampaient à leurs pieds. Elles étaient devenues des sortes d'amazones vêtues de cuir, de métal, armées de fouets pour châtier le serpent. Parfois, elles étaient des nymphes inoffensives, un homme surgissait sans bruit derrière elles, toujours vêtu d'écailles, rampant, qui leur mordait sournoisement le talon. HLB expliqua que le serpent était, en réalité, tel que le projet divin l'avait conçu. Il ne pouvait être tenu pour responsable du mal qu'il faisait. Snow incarnerait le reptile sur les photos et lors du défilé. Comme toujours, HLB ne révélerait pas le sens ésotérique de sa création, laissant la presse libre de l'analyser à sa guise.

En y réfléchissant, Snow n'était pas sûr de vouloir jouer le premier rôle d'une farce, aussi métaphysique soit-elle. Il demanda : *Pourquoi m'avoir choisi ?* HLB répondit sans détour : *Je te sens proche de cette figure. Quelque chose dans tes yeux indique une froideur en toi, que tu n'as pas créée.* Le jeune homme se crispa : *J'ignore comment prendre cela...* Le gnome partit d'un rire silencieux qui secoua ses épaules étroites, fit flotter sa crinière, tandis que sa bouche s'ouvrait grand, s'étirait sur les côtés, sans laisser échapper le moindre son. *Accepte mon offre ! Accepte-toi ! Nous allons faire un malheur avec ça. On y verra un plaidoyer féministe, je le sais d'avance, mais toi et moi saurons ce que cela cache.* Souriant malgré lui, Snow demanda : *Serais-tu un genre de crapule, Herbert ? Dis-moi que ça te déplaît !* lança le grand couturier. Pour la première fois de son existence, Antoine rit d'autre chose que du malheur des autres. C'était si bon d'être face à quelqu'un d'honnête. Le gnome était laid, mais il lui trouvait, à présent, plus de beauté qu'à quiconque : il allait lui ouvrir les portes de la célébrité.

Bientôt, on vit Snow en première page des journaux, sur les podiums des défilés où ses performances dans le rôle du serpent furent très applaudies. HLB venait encore de frapper un grand coup, avec cette parade mise en scène par une sommité du théâtre, présentée comme une pièce dont les tableaux successifs émouvaient, dérangeaient. C'était de l'art, incontestablement. Comme prévu par le créateur, certains osèrent même prononcer le mot de *génie*. Les journalistes firent de l'événement la lecture qu'ils purent : celle envisagée par HLB. Des actrices d'ici et d'ailleurs supplièrent, par la voix de leur agent, pour se faire prêter des robes. Toutes firent sensation dans les festivals, sur les planches des scènes où elles se produisirent. Des femmes fortunées venues de l'Ouest, de l'Extrême-Orient, achetèrent ces vêtements trop conceptuels pour les épouses des dictateurs subsahariens qui se rabattirent sur les accessoires, foulards laqués de feuilles d'or, pendants d'oreilles en forme d'arbre de la connaissance du Bien et du Mal.

Pour ces clientes particulières, venues de pays où la mondialisation n'avait pas aboli les croyances anciennes – que seules les méchantes langues qualifient de superstitieuses –, HLB avait conçu un discours commercial présentant l'iboga, bien connu dans les forêts équatoriales du Continent, comme étant l'arbre de la connaissance. Elles n'y virent que du feu, se procurèrent encore plus de ces articles célébrant leur patrimoine culturel, la proximité naturelle de leurs peuples avec le divin dont ils étaient les fils, quand d'autres n'étaient que Ses créatures. Une partie de la collection fut assouplie, afin de créer quelques séries de vêtements prêts à porter, pour le plus grand bonheur des victimes consentantes de la mode, qui dépensèrent allègrement leur salaire minimum, leurs allocations chômage, puisque c'était la crise et qu'il fallait tout de même consommer ou périr. Chacune voulait s'offrir une parcelle de paradis. Contre toute attente, ce furent les femmes qui portèrent les collants en peau de serpent, les hommes se limitant aux vestes cintrées, aux pourpoints du vingt et unième siècle, ce qui nécessitait déjà d'avoir été doté d'une belle assurance.

L'hiver arrivait à grands pas. Snow avait loué les services d'un *coach* pour travailler son rôle dans *La cité*, une comédie réaliste qui passerait bientôt à la télévision. Le jeune homme avait conservé son appartement, commencé à l'acheter, prévoyant même des travaux d'embellissement. Débarrassé de sa tignasse d'or, il portait désormais les cheveux courts, crépus. Dans *La cité*, il campait Murdock, un ancien délinquant désireux de changer de vie par amour. Ayant quitté l'école en classe de cinquième, ne s'étant pas occupé d'affaires scolaires pendant des années, il passait néanmoins son bac du premier coup, créait une web radio associative en compagnie d'ex-voyous eux aussi rangés des voitures. Les parents d'Octavie, sa dulcinée des beaux quartiers – pour s'en sortir, Murdock ne pouvait s'éprendre d'une banlieusarde, chacun le comprenait –, avaient cessé de voter à droite du jour au lendemain, allant jusqu'à investir dans l'achat d'équipements pour la radio, vite devenue première sur le créneau des musiques dites urbaines, catalyseur d'une nouvelle conscience politique chez les *jeunes des quartiers*, comme on appelait ceux qui, d'ici quinze, vingt ans, constitueraient le plus gros de la population hexagonale.

Le Tout-Intra-muros s'était mis à écouter les émissions interactives de cette station, sur les ondes de laquelle on s'apercevait que les temps avaient changé, que les sauvageons de *La cité* ne prévoyaient pas de quitter le territoire, ne se laisseraient pas chasser de leur pays. Murdock, qui ne portait que du rouge, à l'instar de Dare Devil, ce héros de bande dessinée dont il avait emprunté l'identité civile, se présentait comme candidat aux élections municipales, les remportait. Snow s'adonnait à ses activités sans perdre de vue son principal objectif. *La cité* ne l'intéressait pas le moins du monde, il ne se reconnaissait pas dans son personnage, trouvait la trame trop pleine de bons sentiments, tirée par les cheveux, n'était pas de ceux qui croyaient au triomphe du Bien, ni à l'avènement d'un monde meilleur si le Bien venait vraiment à l'emporter : la nature humaine viendrait toujours déjouer les plus beaux projets.

Néanmoins, la série lui permettrait d'être vu, cela valait son pesant d'or. Il le savait, plus personne au Mboasu ne regardait les programmes médiocres de la télévision locale. Il en avait eu confirmation par les courriels de Maxime, lorsque ce dernier lui écrivait pour l'avertir d'un transfert d'argent *via* la WU, lui communiquer le code de la transaction. Au Mboasu, la télévision du service public servait de planque à des proches du pouvoir, qui pouvaient ainsi être payés à ne rien faire ou, plutôt, à faire n'importe quoi. Des organes concurrents se créaient, apparemment plus prisés des téléspectateurs, mais ils avaient peu de moyens, proposaient des programmes de moindre qualité, beaucoup de talk-shows, parce qu'il suffisait pour cela d'installer une table, des sièges, de convier quelques bavards, engeance que le Mboasu produisait en abondance. Le Nord faisait plus que jamais fantasmer. Grâce aux antennes paraboliques qui avaient fleuri jusque dans la poussière des quartiers populeux, on regardait les télévisions nordistes, si bien que c'était désormais au Nord que les chefs d'État du Continent finançaient, avançant à peine masqués derrière leurs prête-noms, des chaînes dédiées aux Subsahariens. D'ailleurs, les dernières salles de cinéma de Sombé avaient fermé, laminées par le succès fulgurant du câble, par le déferlement des Églises dites de réveil, qui voulaient bannir tout divertissement.

Antoine attendrait la diffusion du premier épisode de la série pour faire savoir qu'il n'avait plus besoin d'aide, ôter à Maxime les prérogatives du droit d'aînesse. D'ici là, il lui plaisait de continuer à soutirer un peu d'argent à son frère. Le jeune homme avait cru que cela ne lui apporterait rien, mais si : il était toujours agréable de recevoir de la monnaie sans l'avoir méritée. Il se rendrait au Mboasu, quelques jours, pas plus, pour regarder de haut sa famille sans en avoir l'air, ne prêterait aucune attention à Thamar, se contenterait de la laisser le contempler, le voir s'éloigner définitivement. Elle souffrirait probablement plus de son indifférence que de ses méchancetés. Tant qu'il s'appliquait à la haïr, il lui conférait une place de choix dans son cœur. Il devait se détacher d'elle, ne même pas la mépriser, ne plus lui adresser une parole, ne plus la voir, tout simplement. C'était ce qu'il aurait dû faire depuis longtemps. Il faisait le pari que l'affection de Max, une vie confortable au Mboasu, ne suffiraient pas à apaiser sa mère. Après tout, si Antoine avait pu la martyriser, l'humilier comme il l'avait fait, c'était aussi parce qu'elle s'était prêtée au jeu. Elle éprouvait donc un profond sentiment de culpabilité, que le jeune homme comptait bien entretenir, tout en la tenant à l'écart, mais en faisant en sorte de se rappeler régulièrement à elle.

Ayant une fois de plus relu son texte, il s'habilla, sortit. C'était bientôt l'heure de sa séance quotidienne de répétition. La production lui avait dit qu'il n'était pas nécessaire de répéter autant, dans la mesure où on ferait toujours plusieurs prises. Cependant, il y avait tenu. Pour lui, le personnage de Murdock était un rôle de composition. Non seulement parce qu'il ne partageait pas ses références culturelles – *wesh* ne ferait jamais partie de son langage, par exemple – mais aussi parce que Antoine ne croyait pas à la rédemption. Si les acteurs devaient puiser en eux pour incarner des personnages, leur donner de l'épaisseur, force lui était de constater qu'une sévère et définitive impossibilité l'handicapait. Rien de ce qu'il avait vécu, rien de ce à quoi il aspirait, n'était en mesure de le rapprocher de Murdock. L'envie de tomber amoureux, de s'investir dans des actions citoyennes, ne l'avait jamais effleuré. Antoine ne croyait pas que l'humain vaille tous ces efforts.

Il faisait chaud. On ne se pressait pas dans les rues de Sombé, loin de là. Au contraire, on se déplaçait à l'allure de l'escargot, pour éviter de macérer dans sa sueur. Thamar n'avait pas ce problème. Elle se faisait conduire, en voiture climatisée, partout où il lui plaisait de se rendre. Aujourd'hui, elle faisait un saut au Marché floral de Sombé, non loin du Centre artisanal où les touristes venaient s'offrir des souvenirs, des objets typiques. Pendant que Thamar effectuait ses achats, le chauffeur l'attendait, garé à l'ombre d'un flamboyant, papotant avec une marchande d'arachides grillées. Dans la soirée, la famille ferait une petite fête afin de célébrer le soixante-neuvième anniversaire de Modi. Il fallait des fleurs. Roses porcelaines, becs-de-perroquet, arums, peut-être quelques oiseaux-de-paradis, si elle en trouvait, des jaunes. À l'heure qu'il était, Ernestine, la bonne à tout faire, devait se trouver au Marché central de la ville, slalomant entre les étals de plantains, de tubercules, de *bepa* et de *belolo* séchés, pour dénicher les meilleurs produits. Quelques-uns des ingrédients nécessaires à la préparation de la sauce aux gombos manquaient : le poisson fumé, les crabes fraîchement pêchés. On dégusterait cela avec du riz acheté dans une de ces épiceries tenues par des Orientaux qui avaient désormais un quasi-monopole, concernant l'approvisionnement alimentaire de la population. Seules les cultures vivrières leur échappaient, sans doute plus pour très longtemps, puisque le gouvernement leur avait vendu des terres agricoles, allant jusqu'à exproprier des cultivateurs locaux.

Dans leur propre pays, les habitants du Mboasu ne possédaient rien de signifiant, on pouvait penser que l'air lui-même serait bientôt rationné. Les richesses minières et forestières avaient été bradées aux pays du Nord. Les dividendes de ces opérations lucratives, confisqués par une élite gloutonne, dormaient sur des comptes numérotés, pendant que le petit peuple crevait la bouche ouverte. Les voleurs n'auraient pas assez de plusieurs vies pour dépenser le produit de leurs détournements. Dans les entreprises étrangères ayant des filiales à Sombé et à Nasimapula, les cadres expatriés se voyaient remettre, en plus de leur salaire, un copieux pécule en liquide, pour se divertir durant le week-end. Ils recevaient donc, chaque semaine, pour leurs virées au bord de l'océan, une somme supérieure au salaire d'un grand nombre de leurs collègues embauchés sur place. Les compagnies pétrolières du Nord n'étaient pas tenues de communiquer leurs résultats d'exploitation, s'opposaient à ce que le pétrole du Mboasu soit raffiné sur place, employant pour cela les méthodes les plus abjectes. Au vu de ces éléments, on s'effarait de l'acharnement que mettaient les puissances nordistes à refouler les Subsahariens désirant s'établir chez elles, quand elles s'échinaient, avec autant d'énergie, à tout faire pour les conduire à désespérer du Continent. La morale aurait commandé de leur dérouler le tapis rouge, purement et simplement, parce que aucune politique de codéveloppement, aucune ambition de commercer équitablement avec le Continent, ne pourrait tenir lieu de compensation acceptable, face à des siècles de spoliation, de mépris. Tant qu'on ne serait pas tout à fait quitte, les rapports humains seraient souvent faussés, les Subsahariens n'approchant les Nordistes que dans le but – avoué ou non à soi-même – de se faire rembourser d'une façon ou d'une autre. C'était rude pour ceux des Nordistes qui recherchaient des relations plus fraternelles que celles instaurées par leurs ancêtres, mais c'était éminemment compréhensible, les compteurs n'ayant pas été remis à zéro, ne pouvant aisément l'être.

À son retour sur la terre de ses pères, Thamar avait compris combien la crainte du rejet avait été une sottise. Au Mboasu, elle était à la maison. Elle était une personne. Ce n'était pas seulement le Pays Premier, c'était Le pays. Son nom, même s'il n'était pas glorieux, y signifiait quelque chose, avait sa place, après une liste d'autres, avant ceux qu'il précédait, dans une lignée qui ne s'éteindrait pas de sitôt, puisqu'elle avait des fils, qui enfanteraient à leur tour. En réalité, elle connaissait peu l'histoire de ses ascendants, Modi ne s'étant pas appesantie sur le sujet, et ne pouvait vraiment se prévaloir d'une longue généalogie, mais elle se disait que sa présence ici avait du sens. Si elle n'était pas riche sur le plan matériel, elle avait une expérience à partager. Nombreuses étaient celles qui, parmi les jeunes femmes défavorisées de ce pays, étaient prêtes à tout pour s'en aller. Traverser le désert jusqu'aux limites du Continent, tenter leur chance là-bas. De l'autre côté. Au Nord. Là où, disait-on, l'âme des Subsahariens avait été emprisonnée dans des musées, dans des collections privées, dans des coffres de banque, depuis des générations. Ces femmes, dont le désir le plus cher était de plier bagage pour s'établir au Nord, incarnaient un peuple auquel on avait enseigné la honte de soi, auquel on avait dit que tout valait mieux, plutôt que d'être un Subsaharien vivant sur le Continent.

Les filles du Mboasu, la tête farcie de délires chimériques, squattaient les web cafés de Sombé ou de Nasimapula, s'inscrivaient sur des sites de rencontre à la recherche de l'homme blanc, se faisaient créer des pages sur la toile. On les y voyait, parfois dans le plus simple appareil, adoptant des poses lascives ou vraiment provocantes, on se demandait qui avait inventé le mythe de la pudeur subsaharienne. Ce n'était pas seulement la pauvreté, ni même l'amour du sexe, qui les poussait. C'était aussi, et même surtout, l'idée qu'elles se faisaient à présent du peuple dont elles étaient issues, d'elles-mêmes, donc. Elles voulaient s'en aller, tenter de devenir autres. Les ruelles des quartiers populaires comme Osikékabobé, Embényolo, Asumwè, étaient pleines d'enfants abandonnés par de jeunes mères s'étant enfuies à la poursuite du rêve. Quelques-unes, celles qui avaient eu de la chance et surtout peu d'enfants, avaient réussi à faire venir ces petites marmailles auprès d'elles, au Nord. Le plus souvent, elles ne revoyaient jamais leur progéniture. Ces gamins n'avaient pas toujours la chance qu'une grand-mère comme Modi veille sur eux.

Dans les zones urbaines du Continent, la vie était devenue carnassière, c'était chacun pour soi, comme partout ailleurs. Les pauvres hères qui fouillaient dans les poubelles, à la recherche de leur pitance, n'avaient jamais entendu parler de la solidarité subsaharienne, une légende de plus. Thamar ne jugeait pas les jeunes femmes du pays, connaissait par cœur le mal dont elles souffraient. Jamais on ne les avait célébrées, regardées avec amour. Jamais on n'avait cherché à les connaître, à les comprendre. En chacune, elle se revoyait au même âge, blessée, perdue, sans personne à qui ouvrir son cœur. Avec Modi qui l'avait accueillie sans un reproche, sans une parole amère, elle se lançait dans cette aventure difficile. Il n'était pas simple de convaincre cette nouvelle génération, qu'il pouvait y avoir pire que la faim vous triturant les boyaux, pire que la crasse des quartiers misérables, pire que les maladies liées à la pauvreté, pire que la corruption généralisée, pire que les rafles injustifiées, pire que les viols en plein jour, pire que les braquages à toute heure, pire que la privation de liberté, pire que l'interdiction de rêver, pire que l'ignorance, pire que le mépris. Quand on leur disait que, dans l'indigence, les Nordistes aussi étaient sales, qu'ils étaient parfois corrompus, que leur police non plus n'était pas bienveillante, qu'ils violaient également et braquaient de même, que, chez eux comme ailleurs, le dénuement le plus extrême existait, qu'il était un enfermement, une répudiation hors du corps social, elles répondaient que tout cela devait se manifester de manière tout de même moins rude. Par-dessus le marché, les Nordistes avaient l'école gratuite, la sécurité sociale, les allocations familiales, ce qui, pour les candidates à la traversée, pesait plus lourd dans la balance que le plafond de verre, l'injonction d'assimilation ou le libéralisme forcené. Elles étaient prêtes à baisser la tête, à suer, jusqu'à ce qu'elles se trouvent un mari à la peau couleur de neige.

Si Thamar leur disait que les avantages sociaux étaient en voie d'extinction, si elle leur rappelait que le Nord était maintenant déterminé à limiter le nombre de Subsahariens sur son sol, les filles se mettaient en colère, la toisaient du regard en tchipant longuement. Ce n'était pas parce qu'elle, Thamar, avait échoué, qu'il fallait venir décourager les gens. Dieu seul connaissait l'avenir. D'ailleurs, ajoutaient-elles, Thamar n'avait pas tout raté : son fils Maxime, qu'on avait vu patauger enfant dans la boue d'Asumwè, occupait maintenant un poste de Blanc dans une entreprise hexagonale, la gâtait. N'était-ce pas son chauffeur qui la conduisait partout ? Thamar réfléchissait au moyen de se faire entendre de ces gamines qu'on voyait souvent, en plein jour, se déshabillant au milieu de carrefours noirs de monde, parce qu'un gourou leur avait certifié que cela attirait la fortune. Le problème n'était pas seulement matériel. La détresse des jeunes femmes du Mboasu était celle de peuples entiers, dont l'estime de soi avait été laminée, qui avaient basculé, du jour au lendemain, dans un mode de vie qu'ils ne comprenaient pas vraiment, la plupart du temps. Le monde ignorait cela. Sa condescendance souvent méprisante pour les populations subsahariennes ne lui permettait pas de les connaître, de savoir combien l'Histoire les avait assommées, meurtries. On leur avait coupé les ailes alors qu'elles allaient prendre leur essor, puis, on les avait figées dans une altérité négative, tant et si bien qu'elles ne savaient plus rien d'autre d'elles-mêmes.

Thamar se souvenait avec amertume de sa relation avec Pierre, qui n'avait été attiré que par la couleur de sa peau. Il l'appelait sa *panthère noire*, son *sucre brun*, sa *contrée mystérieuse*. Jamais elle n'avait été, à ses yeux, simplement une femme, mais une curiosité à exhiber, un élément de son costume d'aventurier : une Noire à son bras, cela lui donnait du caractère, du style. Malade, il était devenu exécrable, sa fascination pour le teint sombre de sa compagne se muant en comportements dominants. L'injure n'était jamais loin, Thamar devenant alors empotée, indolente, imprécise dans ses gestes, incapable de faire marcher sa cervelle. Rien qu'une Négresse, en somme. Il n'y avait pas eu d'amour entre eux, chacun ne faisant que se servir de l'autre pour se sentir exister. Elle était aussi fautive que lui. Parce qu'elle avait traversé cela, Thamar comprenait aujourd'hui ce qu'elle observait autour d'elle. Dans tous ces désordres, ces aberrations, c'étaient les plaies de l'âme subsaharienne qui s'épanchaient sans fin. Thamar sentait monter en elle la force de participer à l'œuvre de guérison. Elle trouverait un moyen, s'y consacrerait, quitte à ne pas voir de ses yeux le rétablissement de la justice, de la vérité, le retour de l'amour-propre.

Une seule ombre ternissait encore l'éclat de sa nouvelle existence : Antoine était loin d'elle. Thamar n'en avait que des nouvelles vagues. Elle avait besoin de lui parler, de lui demander pardon. Elle n'aurait pas dû quitter l'Hexagone sans le revoir en tête à tête, mais il l'avait mise en colère, avec cet air supérieur qu'il avait cru devoir arborer chez Maxime. Comment faire, à présent, pour avoir une explication avec lui ? Elle pouvait lui écrire, même si cela faisait des lustres qu'elle n'avait plus tenu un stylo. Ce ne serait pas la même chose que de l'avoir face à elle, de le regarder dans les yeux. Or, Thamar n'avait aucune envie de retourner au Nord où elle avait tant souffert, où une part d'elle-même avait péri. Comment faire alors pour qu'Antoine, qui détestait Sombé, accepte d'y venir même quelques jours seulement ? Comment restaurer un lien entre eux ? Devait-elle laisser la vie le lui rendre, s'en remettre au destin ? Compte tenu du caractère de son fils, cette dernière solution risquait fort de ne donner aucun résultat... Elle remercia le jeune homme qui venait de lui composer de si jolis bouquets, le guida vers la voiture pour qu'il les dépose sur la banquette arrière. Il ne s'agissait pas d'une berline, comme les véhicules dans lesquels roulaient les parvenus qui avaient pris la place du colon, exerçant sans retenue leur violence, leur arrogance, sur le peuple. Ce n'était pas le genre de Maxime, ce n'était pas conforme à l'éducation que lui avait donnée sa grand-mère. Il disposait d'un break pas du tout glamour, mais qui roulait bien sur les ornières, ne se fracassait pas au fond des énormes trous dont les rues étaient criblées. Ces routes seraient réparées un jour prochain, si des dignitaires étrangers venaient visiter le Mboasu. On ne faisait jamais rien pour le bien-être de la population locale.

Les nantis se barricadaient derrière les clôtures de leurs villas munies d'alarmes, gardées par des chiens méchants, par des hommes qui mâchaient de la kola pour ne pas fermer l'œil de la nuit. On s'étonnait de voir le banditisme se développer, quand il y avait tant de pauvres pour contempler l'absurdité qui les narguait. Maxime, d'ailleurs, n'avait pas pu se faire d'amis, parmi ses collègues originaires du Mboasu. D'abord, ils se méfiaient souvent des cadres subsahariens dont l'embauche s'était effectuée au Nord, qui n'avaient pas, contrairement à eux, dû passer par un institut de formation du personnel bancaire hérité de la colonisation, dont les méthodes restaient basées sur des présupposés datant de cette période. Ensuite, ils étaient à l'image de ceux de leur caste. Lorsqu'il leur parlait d'œuvres sociales, de projets éducatifs, ils se moquaient. Tout ça, disaient-ils, c'étaient des soucis de Blanc. Au Mboasu, on ne s'intéressait qu'à ce qui rapportait, gros de préférence, et vite. Donc, ses histoires de bibliothèques pour démunis, de parrainage d'enfants pauvres, de services rendus à la communauté, ce n'était pas leur affaire. Il n'avait qu'à soumettre ces idées à des bailleurs de fonds du Nord ou de l'Ouest, qui voyaient dans de telles actions le moyen de soulager un peu la mauvaise conscience liée à leur passé esclavagiste et colonial. Au Mboasu, c'était clair, on n'avait pas l'intention d'aimer son prochain comme soi-même, sans doute parce qu'on voyait en lui son propre reflet. En dépit de ces freins, Maxime n'avait pas baissé les bras. Il comptait apporter son soutien financier à Thamar et Modi, les aider dans leur entreprise caritative.

Les deux femmes souhaitaient créer un espace où accueillir, quelques heures par jour, les enfants défavorisés. Elles serviraient un repas, animeraient des ateliers autour des cultures locales, solliciteraient des professeurs, des instituteurs, pour assurer, bénévolement, des cours de soutien scolaire. Ce dernier objectif serait sans doute assez difficile à atteindre, étant donné les maigres salaires que touchaient les enseignants du Mboasu. Il faudrait tenter de convaincre des retraités ayant encore un peu de tonus, espèce rare dans un pays qui vous mettait sur les rotules avant le demi-siècle. Dès que ce serait possible, elles mettraient des livres à la disposition des enfants. Concernant cet aspect des choses, Modi avait insisté pour que la priorité soit donnée aux textes écrits par des auteurs subsahariens. L'Hexagone disposait déjà d'espaces culturels au Mboasu. Sa domination sur le Continent touchait à sa fin, mais on n'en effacerait pas totalement les traces.

La voiture hoqueta devant la maison de Modi, la demeure qu'elle s'était fait construire il y avait déjà des années. Jérémie l'avait agrandie, lui avait ajouté un étage qu'il occupait avec sa femme Philomène et leur fils. Il se tenait devant le portail, le nourrisson dans les bras. Le jeune homme rentrait chaque jour à l'heure du déjeuner, ne lâchait plus l'enfant, jusqu'au moment où il lui fallait repartir pour la société qu'il avait créée avec un de ses camarades de l'école polytechnique de Nasimapula. Il n'était pas à plaindre, son plus grand bonheur se trouvait dans ses bras.

Thamar descendit de voiture, embrassa le fils adoptif de sa mère. Elle ne vivait pas dans cette maison.

Maxime louait un logement au coin de la rue, tout près du lieu-dit *Montagne du prince de la côte*. En réalité, il s'agissait d'une colline, mais la ville de Sombé ayant été bâtie sur une plaine, la moindre dune prenait des allures de Kilimandjaro. Maxime espérait pouvoir acheter la demeure pour la transformer à sa guise, l'imaginant toute blanche, avec des volets bleus. Quand elle lui avait demandé pourquoi ces couleurs, il avait raconté qu'un jour, quand il était encore à la petite école, la maîtresse avait demandé aux enfants de la classe de dessiner la maison de leurs rêves. Il n'avait jamais eu beaucoup d'imagination, c'était Modi qui l'avait aidé, lui décrivant avec précision une jolie maison blanche à volets bleus. Depuis, cette maison existait dans son esprit, comme celle dans laquelle ils pourraient tous être heureux. Bien sûr, il savait qu'ils ne vivraient pas ensemble. C'était compliqué à mettre en place de nos jours, compte tenu du prix des terrains à Sombé. Il tenait, malgré tout, à ce que la famille loge dans le même périmètre, chacun sous son toit, mais côte à côte, à défaut de posséder une concession suffisamment vaste pour abriter plusieurs habitations.

Modi était dans la cuisine où elle déchargeait Ernestine de ses courses. C'était une adolescente de Losipotipè, qui s'était présentée un après-midi, faisant du porte à porte pour proposer ses services comme coiffeuse à domicile : tresses, coupes de cheveux, tissage, défrisage. Si on le souhaitait, elle s'occupait aussi de beauté des pieds, de manucure. Les clientes devaient seulement se procurer les produits nécessaires aux soins qu'elles désiraient. Modi l'avait reçue dans le salon, lui avait servi de la citronnelle, des chips de plantains frits salés, légèrement saupoudrés de piment séché. Elles avaient bavardé, aimé la compagnie l'une de l'autre. Depuis, Ernestine venait aider l'ancienne, faisant les commissions, le ménage une fois par semaine, pour une modeste rétribution. Le reste du temps, elle poursuivait son activité de coiffeuse. Lorsque Thamar les rejoignit, le regard de sa mère, une fois de plus, lui déchira le cœur, bouscula tout en elle. S'en serait-elle allée si seulement une parcelle de cet amour lui avait été perceptible ? Pas un reproche, pas une parole amère au jour de son retour. Des larmes de joie. Des louanges au Très-Haut pour avoir permis les retrouvailles. Modi avait parlé, la lèvre tremblante, l'œil humide. Elle avait dit ses regrets : *Je me suis montrée si dure avec toi... Sais-tu que nous n'aurions pas cette maison aujourd'hui si tu ne m'avais pas envoyé d'argent ? Il a fallu des années pour la terminer. Lorsque nous y avons emménagé, tout était encore en chantier, mais c'était mieux que la cabane d'avant.* Thamar n'avait su quoi répondre. Elle rentrait au pays, les entrailles nouées par la peur d'être repoussée. Au lieu de cela, on la fêtait. On ne lui demandait pas ses diplômes, le montant de ses avoirs. Et ce soir, on allait célébrer la mater familias. Le pilier. L'armature, l'armure de la famille. Saurait-elle tenir cette place, lorsque Modi ne serait plus ?

Elle embrassa sa mère, lui ordonna de s'asseoir, remerciant intérieurement la vie qui leur avait permis de se témoigner leur affection. Les années écoulées avaient au moins servi à cela : les rendre capables de s'approcher l'une de l'autre sans fard. Pour ne pas se laisser submerger par ses émotions, Thamar tenta de mettre un peu d'autorité dans sa voix, lorsqu'elle s'adressa à l'ancienne pour lui dire qu'il n'était pas question de la laisser travailler le jour de son anniversaire. Modi protesta, plus amusée que vraiment fâchée : *Je fais mieux la cuisine que vous deux. Vous allez empoisonner mes petits-fils.* Sa fille l'assura qu'elle serait surprise : elle allait manger la meilleure *supa kingan* qu'il lui ait été donné de savourer en soixante-neuf ans. Modi ne s'en laissa pas conter si aisément : *Hum, hum. On verra bien. Et qui va la préparer ? Toi, Ernestine ?* interrogea la vieille, moqueuse. *Nous allons nous y mettre ensemble, Ernestine et moi*, répondit Thamar. Modi haussa les épaules en s'esclaffant : *En tout cas, Dieu protège les innocents. Je ne crains rien. Puisque vous me chassez, je vais m'asseoir un peu au salon. Il y aura bien un film où des Blancs se mangent la bouche.* Elles rirent. La vie semblait douce. Elle pourrait l'être vraiment, pour Thamar, si Antoine acceptait de lui parler, de la connaître pour la comprendre, lui pardonner.

Antoine tenait à passer la soirée seul. Par chance, HLB s'était déniché un meilleur ami tout neuf, ce qui était le cas avec chaque nouvelle collection. La télévision du service public allait diffuser le premier épisode de *La cité*. Il ne souhaitait la présence de personne à ses côtés. Pour le moment, il s'agirait d'un feuilleton en huit épisodes. On en écrirait la suite si l'audience était bonne. Le chiffre huit n'avait pas été choisi au hasard, le responsable des divertissements de la chaîne étant un fervent adepte de la numérologie. Or, selon cet art divinatoire – auquel des personnes éminentes de cette société cartésienne recouraient régulièrement et à tout propos –, si la face lumineuse du huit était celle du succès, de l'argent, de la puissance, son côté sombre était tout l'inverse. L'entreprise était donc hautement périlleuse : ce serait banco ou banqueroute. Antoine n'avait pas cherché à comprendre. Dans tous les cas, il serait rémunéré pour son travail, d'autres opportunités se présenteraient. Déjà, on parlait beaucoup de lui. Il avait tout fait pour cela, ne refusant aucun entretien à la presse, fréquentant toutes les soirées où ceux qui comptaient se devaient d'être vus, se montrant affable, drôle. Il travaillait dur, lui qui était pourtant si réfractaire à l'effort. À aucun moment il ne se demandait s'il avait du talent. Il lui suffisait de savoir qu'il ne voulait pas manquer d'argent, que pour en gagner il n'aurait guère exercé une activité conventionnelle. Faire l'acteur, tout comme se pavaner sur les podiums, c'était échapper à sa vie, fuir le mal, devenir, par le regard des autres, une image, mais surtout, une valeur. Contrairement à ce que disaient d'autres personnes qui s'illustraient également dans ces domaines, il ne tenait pas tant à être aimé qu'à être vu, reconnu dans la rue, envié, sinon admiré.

Sur le petit écran, le journal de vingt heures exposait les merveilles que les humains avaient créées sur terre : attentats, accidents nucléaires, plans sociaux, récidives de délinquants sexuels, suicides au travail, enlèvements d'Hexagonaux sur le Continent. En réalité, ce qu'on racontait au journal du soir n'avait aucune importance. Ce qui comptait, c'était la publicité. Le commerce. L'oseille. Le jeune homme pensait les programmes conçus en fonction des annonceurs qu'on souhaitait attirer, le choix des sujets d'information lui semblait en rapport avec l'air du temps. C'était pour cette raison que les gros titres étaient les mêmes, quel que soit le support, ce qui donnait l'impression que rien ne se passait dans le monde, en dehors des nouvelles que diffusaient les médias. Antoine, assis en tailleur devant son écran plat dernier cri, vêtu d'un vieux T-shirt et d'un pantalon de jogging qu'il ne s'était pas acheté pour faire du sport, se délectait d'un repas hyper protéiné : une poudre d'aspect terreux qu'il fallait mélanger à du lait écrémé. *Goût chocolat*, indiquait la mention mensongère figurant sur l'emballage. Il ne se nourrissait que de cela, depuis qu'il avait commencé le tournage, prenant parfois des fruits pour faciliter le transit. La gamme de ces produits était vaste. Il y avait de prétendues omelettes, de soi-disant soupes... L'entremets au chocolat s'était révélé l'unique préparation qu'il puisse avaler sans regretter amèrement d'avoir l'obligation de s'alimenter pour ne pas décéder. Il trichait un peu, ajoutait une cuillère à café de fructose pour sucrer le succédané de crème. Autrement, c'était infect.

Le personnage de Murdock, le réalisateur en avait décidé ainsi, devait être filiforme. Long, sec, nerveux, avec un brin de *groove* dans la démarche. C'était en ces termes que l'homme l'avait décrit. Antoine avait eu du mal à trouver la cadence adéquate, ne l'ayant ni dans la peau, ni ailleurs. Il avait dû louer tous les films de *blaxploitation* disponibles dans l'Intra-muros, s'était entraîné, des heures, tout seul, pour être capable de marcher comme un Noir authentique et, puisque personne ne savait, au fond, ce que cela pouvait bien vouloir dire, la dégaine qu'il s'était forgée avait été acceptée. Pendant ses entraînements, il avait souvent pensé à ses frères, songeant qu'ils auraient réussi cela les doigts dans le nez, quand lui se prenait lamentablement les pieds dans le tapis. Le douloureux exercice de devoir faire émerger son être noir l'avait fait voguer vers les rives de la Tubé, le fleuve gris qui traversait la ville de Sombé. Il avait revécu des moments passés, enfant, sur ces berges. Ses frères et lui avaient été autorisés à faire une promenade au bord de l'eau. Les autres, qui habitaient leur corps avec aisance, dansaient en chantant les tubes locaux qu'on entendait toute la journée à la vente à emporter proche de la maison de Modi. Ensuite, ils nageaient à la poursuite des pirogues, frêles embarcations de pêcheurs aux filets si usés qu'il était miraculeux de voir des poissons s'y prendre. Lui trouvait cette eau sale, rien à voir avec les mers bleutées des Indes occidentales, demeurait là, assis sur un rocher, à cuire sous le soleil qui trouait parfois le ciel en cette saison pluvieuse. Sous cette chaleur, sa tête devenait une bouilloire. Dans l'ébullition, le rire de sa mère lui parvenait, sa joie de pouvoir vivre enfin sa vie, sans lui. Tous les ans, le garçon passait des mois à faire des cauchemars d'incarcération à vie sur le Continent. Lorsque venait la fin des vacances, comme une remise de peine inespérée, il prenait l'avion du retour vers l'Hexagone, gardait l'œil ouvert sur le hublot, jusqu'à l'apparition des lumières de l'Intra-muros. Alors, il recommençait à respirer.

À présent, ils se trouvaient tous ensemble, là-bas, dans leur pays. Il se rendait compte qu'en dehors de ces anciennes douleurs qui l'attachaient à eux, il n'avait personne, n'avait jamais cherché personne, jamais cru pouvoir être proche de personne. Finalement, il ne les avait pas appelés pour s'assurer leur présence devant le téléviseur, ne se rendrait pas, non plus, au Mboasu. Il était temps d'en finir avec cette haine, avec eux, avec cette mort perpétuelle en lui. Il était un arbre se desséchant sur pied, pourriture apparemment vivante, moisissures camouflées sous les apprêts cosmétiques. Il ne téléphonerait pas. N'irait pas. N'accepterait plus l'argent. Tout cela ne lui avait procuré qu'une consolation passagère. Ce soir, il couperait le cordon, le jetterait aux ordures. Ensuite, il verrait comment faire face à sa vie. Le générique se mit à défiler, après deux écrans de publicité dissimulés derrière des programmes d'information destinés aux consommateurs. Il fallait bien ruser, depuis que la réclame avait été bannie de l'antenne du service public passé vingt heures. Ces sujets étaient entrecoupés par la météo, les informations routières, puis, la série commençait. Des images défilaient, rapides, sur une musique saccadée, dénuée d'harmonie. On voyait son visage en gros plan, avec *Snow est Murdock* écrit dessous, celui des autres acteurs, qui avaient tous un prénom, un patronyme. Le morceau de rap choisi pour accompagner tout cela était convenu, se voulant contestataire, quand son auteur n'avait à proposer que les antiennes bien connues, des refrains dans lesquels le terme de *ghetto* n'était employé que pour ses sonorités. Antoine attendait encore qu'un seul rappeur contemporain écrive des paroles, des vraies, vives, contondantes, mais les rappeurs n'avaient pas de mots, ne disposant que de ce qu'ils appelaient des *lyrics*, postillonnées, sans portée ni intensité.

Ils n'avaient pas de poésie, rien qu'un besoin pressant de garnir leur compte en banque, ce qu'ils faisaient à coups de rimes faiblardes qui se laissaient oublier dès qu'on les avait entendues. Antoine comprenait aisément qu'on veuille remplir son portefeuille, pas qu'on fasse passer la médiocrité pour de l'art. Depuis que ces gars-là farcissaient les oreilles des pauvres gens de leurs bavardages, le monde ne leur appartenait toujours pas, ils n'avaient rien à lui dire. On ne pouvait même pas critiquer leur travail : le rap étant devenu un ascenseur social, émettre la moindre critique à son endroit, c'était empêcher un jeune défavorisé de sortir la tête de l'eau, le contraindre, pour vivre, à pousser des palettes dans la remise des hypermarchés. Cela pouvait même passer pour du racisme. Il fallait donc aimer le rap, supporter de voir ses adeptes bondir de-ci de-là, faire des contorsions dans leurs vêtements trop grands. Ils *représentaient*, c'était ce qu'ils disaient. Lui, personne ne le représentait. Chacun roulait pour soi. Il n'était pas utile d'aller inventer des fraternités là où il n'y avait, de toute évidence, aucune communauté de rien du tout. C'était ce que pensait Antoine, alors que Murdock subissait un interrogatoire de police musclé. Il observait le personnage avec curiosité, ne comprenait pas le malaise qu'éprouvaient les acteurs à se voir, à se regarder jouer. Ce type, ce n'était pas lui. Il était étonné d'avoir si bien fait semblant. Alors, il était possible d'être un autre. Peut-être qu'en y mettant du cœur, il deviendrait réellement quelqu'un d'autre.

Maxime aimait traîner dans la rue à la tombée de la nuit, mais ces temps-ci, c'était plutôt déconseillé. La vie avait bien changé, à Sombé. Le soir, après sept heures, à cause de la prolifération d'Églises de réveil, des chants religieux se faisaient entendre. C'était terrible, pourtant, il y avait plus grave. Les armes à feu prenaient la parole çà et là, à travers la ville. Pas de manière intempestive, non. On n'entendait pas encore le long crépitement de mitraillettes automatiques comme dans les films venus de l'Ouest. Ici, il y avait simplement, par moments, une détonation sèche qui mettait un terme aux souffrances d'un frangin ordinaire qui n'avait rien fait, ne possédait rien de spécial. Un bonhomme qui ne s'était pas préparé à voir arriver sa fin. La mort encerclait la ville de son étreinte encore lâche, jusqu'au jour prochain où elle resserrerait son emprise, comme la corde au cou du suicidé. On ne pouvait plus prendre un taxi le soir, sans craindre d'être entraîné quelque part à la sortie de la ville, où on se ferait détrousser, avant d'être abandonné à son sort. Dans les cimetières aussi, on rôdait. Pas pour invoquer les esprits, mais pour exhumer les cadavres, les dépouiller de ce dont ils n'auraient pas l'usage dans l'au-delà. Tout s'était durci. Plus aucune douceur de vivre. Partout, ce n'étaient que machinations, malveillances en tout genre. Partout, la misère enflait, prospérait. Tout était devenu trop cher depuis que la monnaie avait été dévaluée. L'ancienne puissance coloniale en avait décidé ainsi.

La monnaie locale, toujours frappée au Nord, restait une production hexagonale, ne servait pas les intérêts des habitants du Mboasu. Cela devait changer. Comment faire ? Comment combattre la paupérisation qui, associée aux blessures de l'Histoire, plongeait les gens dans une sorte d'hébétude ? Comment soutenir les petites initiatives comme cette association que Thamar et Modi souhaitaient créer ? Chaque fois qu'il en avait parlé à des personnes importantes de la société dite civile, on lui avait ri au nez. *Rien à faire. Mal nécessaire.* C'était ce qu'ils disaient. Les bourgeois du Mboasu étaient là, à se remplir la panse, à envoyer leurs enfants à l'école hexagonale, à les mettre au monde au Nord ou à l'Ouest. Après les repas bien arrosés de vin importé – certains producteurs proposant des cuvées spéciales pour ce pays de poivrots patentés –, ils parlaient de Négritude, de renaissance, de fierté, de racines, de mémoire, de diaspora. Ils ne lisaient rien qui se rapporte à ces thèmes, se contentant d'en parler. Au moins, avaient-ils cela de véritablement nègre : la maîtrise de la parole. La tchatche. La grande gueule. Ils savaient leur mode de vie obscène, injurieux pour le petit peuple. Alors, ils se payaient des gardes du corps. Pas tous. Seulement les plus avisés. Les autres ne voyaient pas où était le problème. Ils n'allaient tout de même pas s'excuser de gagner de l'argent, après toutes ces années passées à étudier au Nord pour le bien du pays. Ils ne voyaient pas ce qu'il y avait de gênant dans tout ça, même s'ils avaient été engendrés par des individus peu recommandables ayant profité de leur statut, de leurs relations, pour s'assurer un train de vie confortable, leur payer les meilleures écoles à l'étranger.

C'était Dieu qui déterminait la place de chacun sur terre. Il avait choisi ceux auxquels Il permettrait de s'enrichir, même par des moyens malhonnêtes – le don de la magouille n'étant pas accordé à tous, on le voyait bien –, et ceux qu'Il laisserait dans le malheur. Maxime n'était pas d'accord. Pour lui, si Dieu existait, ce dont on était parfois enclin à douter, Il donnait le choix à l'Homme. Au moins celui de sa conduite. Ils avaient donc choisi, ceux-là, ne vivaient que pour l'argent, le sexe, frénétiquement. Sombé, qui avait toujours été un peu canaille, était à présent un gigantesque bordel, au propre comme au figuré. L'élite de ce pays était tragiquement dépravée, faisandée jusqu'à la moelle. Il n'y avait rien à en tirer. Au bureau, il en voyait les représentants, vautrés dans leur incompétence, comprenant à peine les tâches qui leur incombaient, touchant cependant des salaires indécents. On se demandait, à les voir opérer, comment empêcher les Nordistes de rire sous cape, de se dire que leur hégémonie, même malmenée par les Orientaux, avait encore, sous ces latitudes, de très beaux jours devant elle. Pour bien des gens, au Mboasu, le destin n'était pas une chose qu'on pouvait, ne serait-ce qu'en partie, forger par ses propres efforts. Le destin ne faisait que vous arriver, s'écouler indépendamment de votre vouloir. On n'osait alors s'interroger sur leur vision de la liberté, dans la mesure où cette dernière ne pouvait s'entendre sans esprit de responsabilité. Tout se passait comme si les habitants les mieux lotis du Mboasu refusaient, en fin de compte, de s'approprier leur pays, le considérant encore comme le bien de ceux qui l'avaient créé. Ce territoire ne leur était rien, qu'une casserole pleine à même laquelle ils se remplissaient l'estomac, ayant pour objectif de la briser quand ils en auraient raclé les bords. Après eux, le déluge.

L'obscurité se déployait sur les environs. La Compagnie nationale d'électricité du Mboasu venait d'être privatisée, comme l'avaient été l'essentiel des services de ce type, quand un pays en construction comme le Mboasu ne pouvait se permettre une telle politique. La Compagnie nationale d'électricité, qui appartenait maintenant à un groupe industriel de l'Ouest, faisait des économies, n'était pas pressée de construire de nouveaux barrages. De vingt à vingt-trois heures, sans compter les innombrables coupures qui se produisaient dans la journée, un quartier de la ville était plongé dans les ténèbres absolues. Tout pouvait arriver. Tout arrivait. Sans témoins ni preuves. Assise sur une chaise à bascule, sa mère fredonnait une chanson d'amour oubliée. C'était pour Antoine qu'elle chantait, Maxime le savait. L'ombre l'avait surprise en plein travail de broderie : une nappe qu'elle voulait offrir à une jeune fille du quartier, une mère esseulée. Bien sûr, Thamar était contente d'être là, mais elle n'était pas heureuse. Elle lui était reconnaissante, infiniment, mais elle ne l'aimait pas. Tout son amour était pour Anton. Quelque chose le lui indiquait dans la manière un peu formelle dont elle lui servait ses repas du soir, lorsqu'il rentrait de la banque. Elle le faisait sans la chaleur de Modi, comme si ces gestes ne lui semblaient pas naturels. Bien sûr, elle ne s'en rendait pas compte, mais de son côté, il avait du mal à goûter ses plats. C'était pour un autre qu'elle aurait voulu cuisiner.

Maxime ne se demandait pas pourquoi les choses étaient ainsi. C'était la partie de sa vie sur laquelle il ne pourrait jamais vraiment influer, quoi qu'il fasse. Eh bien, il se consacrerait dorénavant au reste. Tant de choses restaient à faire ici. Il l'interrompit en douceur. Voulait-elle boire quelque chose, avait-elle besoin de quoi que ce soit ? Elle ne désirait rien. Rien d'autre que cet enfant laissé au loin. Ce n'était pas grave. Il l'aimait, voulait la voir sourire. Il irait le lui chercher, son petit, ne dirait rien. Il n'avait jamais rien dit. L'aîné ne se plaint pas. Il montre l'exemple, protège. Il est le gardien de ses frères. Maxime irait en Hexagone fin mars. Ce serait le printemps. Il verrait Édouard, son unique ami, ramènerait Antoine.

La série réalisait d'excellents scores d'audience, raflait les parts de marché. Le huit avait comblé les attentes de la chaîne, on avait entamé le tournage des épisodes suivants, ceux où les personnages devenaient des gens normaux, se fondant dans un idéal ordinaire d'embourgeoisement. Snow faisait ce qu'on attendait de lui, patientait des heures sur les plateaux fourmillant de salariés précaires, monteurs, scriptes, preneurs de son, qui cachetonnaient, ne savaient rien du lendemain. Snow parlait peu, passant pour lunatique, caractériel, pouvait se le permettre. Il jouait le rôle principal. Le public l'adorait. On allait faire confectionner des T-shirts à son effigie. Le succès, comme prévu, était tout à fait transversal. Chacun y trouvait de quoi alimenter sa fantaisie. Le jeune homme donnait des interviews laconiques, n'affirmant jamais rien de péremptoire, refusant de répondre aux questions trop personnelles. À présent qu'il était devenu ce qu'il avait tant souhaité être, du moins en apparence, il n'avait plus aucun désir, plus de raison, même factice, de continuer à vivre. Il n'y avait aucune chance d'habiter réellement une autre identité, il serait toujours limité à son histoire, circonscrit aux contours étriqués de son être. C'était en lui. Le passé. Cette immense déchirure. Au début, il avait aimé être envié, adulé, demandé sur les plateaux de télévision. Cela n'avait pas duré, n'avait rien rempli, rien remplacé, rien arrangé. Il ne sortait plus le soir, ne cherchait même plus d'exutoires sexuels. La dernière fois qu'il avait essayé de se soigner ainsi, il s'était retrouvé avec une fille si stupide que l'érection s'était catégoriquement refusée à lui. Vivre était un épuisement, il en avait assez, n'attendrait pas plus longtemps. Dès ce soir. À l'instant même où il passerait la porte de son appartement. Dans le plus grand silence. Il n'y avait rien à attendre. Personne non plus.

Le jeune homme se souvenait de ce jour où, rentrant au petit matin, il avait découvert le corps inanimé d'Arthur, en robe de chambre sur le sol du couloir, serrant dans son poing un sachet de papier qui contenait des viennoiseries qu'ils ne mangeraient plus ensemble. Les pompiers avaient été appelés, la dépouille du vieux monsieur emportée. Après cet événement, Antoine n'avait plus donné de nouvelles à quiconque. S'attacher aux gens, c'était risquer de souffrir quand ils vous feraient défaut, ou lorsqu'ils passeraient l'arme à gauche. Exit donc, le camarade d'internat, le correspondant d'outre-Manche. Ne lui étaient restés que les liens du sang, un chagrin incurable, des chaînes inextricables. Il les briserait ce soir, enfin. Cette seule pensée le rasséréna. Une fois la vie interrompue, il n'y avait aucun autre monde. L'enfer était sur terre. Après, il n'y aurait plus rien en lui, il ne resterait rien de lui, que des chairs à pourrir, puis des os. Il ne sentirait même pas cette mutation. Il n'y avait pas d'âme. L'âme, c'était un mot pour les critiques musicaux à court de vocabulaire. L'âme, ce n'était qu'une formule, une périphrase, une figure de style, une billevesée. Un instant, il se demanda ce que deviendrait tout cet argent qu'il avait gagné, ce qui prouvait que la vie ne se laissait pas faire si facilement, se défendait, tentait de le séduire encore. Il remporta la bataille, apportant à cette question une réponse si simple qu'elle en devenait sans appel : son argent serait à qui le voudrait.

Le tournage se poursuivit jusqu'à la nuit tombée, Snow travailla le cœur léger. Il ne serait plus là, demain. D'abord, on croirait à un retard. Ensuite, on se mettrait à casser du sucre sur son dos à jamais tourné, on dirait qu'il *se la pétait*, que les *vraies stars* avaient plus d'élégance, de modestie, que, décidément, les temps avaient changé. On ferait sonner tous ses téléphones, on lui laisserait des messages fielleux et mielleux tour à tour, on finirait par avoir les pires chocottes de sa vie, parce qu'on avait quand même *mis un maximum de thunes* dans cette histoire, parce que les scores d'audience feraient un beau gadin, sans lui. Combien de temps mettraient-ils à découvrir ses restes ? Qu'écriraient-ils dans leurs journaux, sur ce beau Noir qui avait conquis l'Hexagone ? Personne ne savait rien de lui. Aux journalistes, il avait toujours répondu de manière évasive : né dans l'Intra-muros, envoyé enfant et adolescent dans un pensionnat, tombé en amour pour le métier de comédien, fait le mannequin pour gagner sa vie en attendant. *Full stop*, ils étaient contents, croyaient partager quelque chose avec lui parce qu'il les recevait dans un restaurant qu'il appelait *sa cantine*, mangeaient plus qu'ils ne parlaient. En général, de retour au journal, l'investigateur *people* se rendait compte qu'il n'avait pas grand-chose à mettre dans son papier, s'aidait de ses impressions pour dessiner un portrait généralement flatteur, le cœur rempli de ce besoin de se faire croire à soi-même qu'on était du bon côté de la barrière : celui de ceux qui aiment les minorités, les sous-Hexagonaux, les refoulés de la promesse républicaine. Comme si cela avait un sens. Comme si ces affects suffisaient à régler les problèmes. Dès ce soir. À l'instant même où il passerait la porte de son appartement. Ne pas brouiller l'image, l'effacer. Une image, c'était glacé, déjà mort, il le comprenait à présent.

Le jeune homme fit bande à part une fois de plus, prétextant un rendez-vous. Les autres allèrent tous dîner, dans l'entre-soi agité, bruyant, d'une équipe exerçant un métier branché. Dans leur uniforme de jeans industriellement délavés, de chaussures de sport devenues de ville, ils prirent leurs scooters, leurs voitures, tandis qu'il hélait un taxi. Il n'avait le permis de conduire aucun véhicule motorisé. Cela ne l'avait jamais intéressé d'en posséder un, de devoir s'inquiéter de l'usure des pneus, du niveau d'huile, du carburant. Il se fit déposer dans une rue de son quartier. Marcher un peu. Faire une halte chez le pâtissier. S'offrir ce que sa grand-mère appelait des *sucreries*, dans la langue hexagonale un peu vieillie dont elle rassemblait les résidus qui lui restaient en mémoire, lorsqu'elle voulait lui parler. Il avait envie de gâteaux.

Un bail qu'il n'avait plus eu, sur les papilles, le goût de la vraie crème, d'une authentique pâte à choux. Et puis, non. Le sucre, le beurre, c'était la vie. Une tromperie. Une tentation... Allez, si. Une toute dernière fois. Pets-de-nonne ou éclairs ? Profiteroles. On les lui servit, non sans le reconnaître, non sans l'abreuver d'un flot de paroles banales qui ne lui firent ni chaud ni froid. Il signa les petits bouts de papier, inscrivant quelquefois le nom de Laurence Fishburne ou celui de Denzel Washington à la place du sien, prit tranquillement la tangente. Et ceux-là, que diraient-ils lorsqu'ils sauraient ? Ils auraient de quoi causer un peu, entre gens n'ayant, à part ça, rien de fondamental à se dire. Il créerait du lien social, à lui tout seul.

Comme quoi, on pouvait faire le Bien sans le vouloir. Quand on le désirait, non seulement on y parvenait rarement, mais en plus, c'était souvent pour de mauvaises raisons. Forcément. Personne n'était bon, ce n'était pas humain, la bonté. Si... Il existait un homme bon. Un qui avait peut-être bien une âme, un qui avait du cœur, le sens du devoir, un qui n'élevait jamais la voix, ne se plaignait jamais de rien. Un héros. Et cet homme sortait de l'immeuble, de son immeuble, lui tombait dessus dans la rue, fier comme un prince subsaharien des temps précoloniaux, sachant, évidemment, naturellement, marcher comme un véritable Noir. C'était ce sentiment que Max lui avait toujours inspiré, celui d'une forteresse imprenable. Son frère avançait vers lui dans cette majesté qui s'imposait parce qu'elle s'ignorait, le ratatinait en deux enjambées. Il posa sa main si terriblement ferme sur l'épaule d'Antoine, qui sut faire ce qu'il avait toujours fait : ne pas se laisser impressionner. *Qu'est-ce que tu fiches ici ? Je viens te voir*, répondit simplement son aîné. *Nous devons parler.*

C'était la première fois que Maxime venait le chercher chez lui. Il avait toujours respecté la distance qu'Antoine avait mise entre eux. Il y avait donc quelque chose de grave. Encore. L'ayant fixé des yeux un instant, il l'invita à le suivre, l'interrogeant sur le moment de son arrivée. *Cet après-midi. J'ai tenté de te joindre.* Antoine soupira : *J'ai eu une longue journée. Et comme j'avais oublié mon portable chez moi... Je t'aurais attendu, de toute façon*, fit Max. Antoine ne put s'empêcher de demander, acerbe, si quelqu'un était mort, là-bas, au Mboasu. Son aîné posa sur lui un regard incrédule, n'osant croire ce qu'il venait d'entendre. *Mais non, voyons. Bien sûr que non. Anton... Ne sois pas comme ça, toi aussi.* La voisine du premier attendait l'ascenseur, son chien mutant reniflant ses bas de contention. Elle manqua s'évanouir en les voyant s'approcher, deux grands hommes indiscutablement noirs, à moins d'un millimètre d'elle. Qu'il y en ait un en permanence dans le bâtiment lui donnait déjà de l'urticaire. Lorsque l'ascenseur fut là, Antoine s'adressa à elle sur le ton habituel, discourtois : *Madame, je ne crois pas que vous supporteriez de voyager en notre compagnie. Nous vous renverrons l'ascenseur.* La femme soupira bruyamment, marmonna ce qu'elle avait à marmonner et dont Antoine se fichait bien. Maxime ne dit rien en découvrant tout cet espace, ces meubles de marque, ces objets onéreux. Il s'assit, accepta un jus de fruits. Comme Antoine l'interrogeait du regard, il trempa ses lèvres dans le verre, entreprit de lui expliquer le motif de sa présence. Il trouvait son frère changé, la mise indéniablement plus sobre. Il ne portait plus ces vêtements extravagants qui témoignaient de son angoisse d'être ignoré. Ses cheveux n'étaient plus ni blonds ni défrisés, même si sa peau lisse indiquait qu'il n'avait pas encore renoncé aux soins esthétiques.

Antoine écoutait, apparemment agacé, mais pas le moins du monde agressif. En temps normal, il aurait déjà coupé court aux explications de Max. Il écouta son frère jusqu'au bout, répondit calmement qu'il ne comprenait pas qu'on le regarde en face pour formuler semblable requête à son endroit. C'était sans doute important pour Maxime, mais à lui, cela ne ferait aucun bien. Qu'on lui apprenne que Thamar ne buvait plus, qu'elle avait cessé d'affabuler, rien de cela ne le touchait, encore moins le fait d'entendre dire qu'elle avait besoin qu'il lui accorde son pardon. Une telle chose n'était pas envisageable. *Ce n'est pas grave*, insista Maxime, *laisse-la demander, reconnaître ses erreurs*... Antoine cracha : *Tu veux dire ses fautes. Mère, c'est un titre de noblesse. Je ne sais même pas comment, toi, tu peux lui pardonner*. Pour Maxime, la question ne se posait pas en ces termes. Thamar ne le lui avait jamais dit, mais il connaissait l'histoire de sa naissance. Au Mboasu, rien n'était secret.

Un jour où Modi avait refusé de la fournir en *koti-mandjo*, la vieille Dallé était venue le trouver. Elle lui avait tout balancé à la figure : que Daniel et lui étaient issus de viols, que *muna mukala*, comme elle disait pour parler d'Antoine, était le seul enfant que leur mère ait choisi de mettre au monde, le seul dont elle ait aimé le père. Max affirmait que Thamar aimait Antoine, même si elle s'y était mal prise, même si elle s'y prenait mal. C'était bel et bon, mais une telle démarche était tout simplement au-dessus de ses forces. Il avait trop haï cette femme et, si sa propre colère commençait à le lasser, il n'avait pas envie qu'on vienne lui *prendre la tête* avec des histoires de ce genre. *Écoute*, proposa Max, *je te laisse réfléchir. Je suis venu exprès pour te ramener avec moi, mais comme tout le monde me croit ici pour affaires, personne ne sera surpris de me voir rentrer seul. Je pars dans trois jours. Je suis chez Édouard. Je t'ai laissé ses coordonnées et mon numéro de portable. Tu écouteras tes messages.*

Voilà. On ne pouvait pas le laisser en finir sans venir l'enquiquiner jusqu'au dernier moment. Il se dit que les profiteroles ne suffiraient pas, qu'en même temps la pâtisserie devait avoir fermé, que, de toute façon, il n'avait pas envie de redescendre. Il avala en deux bouchées les gâteaux qui lui restèrent comme un bloc de ciment sur l'estomac. Même pas de plaisir. Il était en plein tournage. Que croyait Maxime ? Il ne pouvait pas quitter son travail comme ça. Il avait une vie, tout de même. Certes, il n'en voulait plus, de sa vie, mais c'était son problème, cela ne regardait que lui. Compte tenu de la manière dont Max avait présenté les choses, il lui était difficile de dire non. Il n'avait jamais eu le dessus face à son frère aîné, sans savoir pourquoi. Il avait bien pu lui faire des coups en douce, mais quand il s'agissait de l'affronter véritablement, quelque chose en lui s'affaissait, baissait la tête.

Le tournage serait interrompu dans quinze jours, pour une semaine. Il irait donc. Faire savoir à Thamar qu'il ne lui pardonnait pas, qu'elle pouvait l'oublier, faire une croix sur lui. Puis, il reviendrait dans l'Hexagone. À son retour, il ferait ce qu'il avait décidé ce soir, lâcherait une fois pour toutes les manettes. Trois semaines de plus à tanguer sur le pont de ce navire sans destination qu'était son existence. Après cela, plus aucune main ne retiendrait son bras. Il se coucha, resta les yeux ouverts dans la pénombre. Des souvenirs affluèrent encore, du temps où Daniel et Jérémie, qui formaient une espèce d'association de malfaiteurs en culottes courtes, le pourchassaient pour se moquer de sa manière de parler, de se tenir, de faire les choses ou, plutôt, de ne pas arriver à les faire : fabriquer une voiture avec des boîtes de lait concentré sucré, planter un morceau de bambou au bon endroit pour transformer une feuille de manguier en hélice qui tournait dans le vent, se confectionner une fronde à l'aide d'un bout de branche sur lequel on fixait un morceau de caoutchouc, grimper au tronc rugueux et couvert de fourmis des arbres pour attraper des mangues dans l'arrière-cour d'une maison voisine. C'était toujours Maxime qui le défendait. Maxime qui avait abrité en lui l'origine des drames, la genèse du malheur. Maxime, dépositaire des liens, de la clé. Maxime qui ne demandait habituellement rien. Soit. Il irait chez eux, au Mboasu. Puis, il reviendrait, transgresserait les lois du sang, de la vie, puisqu'il n'avait jamais rien su faire d'autre.

Maxime raccrocha le téléphone, décida de faire confiance à Antoine qui promettait d'être à Sombé, dès le 15 avril au soir. Il avait déjà retenu sa place dans l'avion, payé son billet. Il resterait six jours pas un de plus, descendrait au *Prince des côtes*. Maxime rejoignit Édouard qui l'hébergeait durant ce court séjour au Nord. Dans la cuisine, ce dernier faisait tout juste sortir du four les deux perdreaux qu'il avait préparés à la manière de sa région natale, avec des pommes reinettes, du calvados, de la crème pas allégée. Ensuite, ils feraient un sort à la charlotte aux poires de la veille dont ils avaient pu sauver la moitié, au prix de douloureux efforts. Posant le plat sur le plan de travail de la cuisine, Édouard interrogea son ami sur l'évolution de ses affaires familiales. En s'asseyant à table, Maxime dit espérer la venue de son frère au Mboasu d'ici quelque temps.

Une fois encore, ils parlèrent de l'énergie que Max consacrait à ces questions, Édouard lui reprochant amicalement de chercher à donner du sens à ce qui n'en avait pas. La famille, ce n'était pas une somme d'obligations constantes. Quand il n'y avait pas d'affection véritable, d'affinités entre les êtres, il n'y avait pas de raison de s'y accrocher. Maxime, lui, pensait que les liens familiaux ou même amicaux, n'étaient pas le fruit du hasard, à quoi son copain rétorqua que son côté mystique le rattrapait toujours. *Dans ce cas*, s'enquit Max, *comment expliques-tu que je sois tombé sur toi, que tu aies découvert mon secret et l'aies protégé toutes ces années en prenant tant de risques ?* Édouard haussa les épaules : *J'étais simplement pragmatique.* Il reconnut aussi que, curieux, il s'était demandé ce qu'il se passerait, ce qu'il découvrirait sur Maxime, qui l'avait intrigué lors de l'entretien. Alors, il l'avait embauché, observé. *Je te reçois quand au Mboasu ?* demanda Max pour changer de sujet. Édouard viendrait l'inspecter en juin, un audit de la maison mère étant prévu dans toutes les filiales du Continent. Il était vraiment content que Maxime puisse enfin mener une vie normale. *Moi aussi. Le petit n'a plus besoin de moi sur le plan matériel. Oui*, confirma Édouard, *je sais. Je l'ai vu dans le feuilleton qui casse la baraque là...* La zone, *un truc comme ça.*

Ça s'appelle La cité, corrigea Max. *Il incarne Murdock.* Son ami pouffa : *Tu te rends compte... Le rôle de Murdock dans* La cité ! *D'après ce que je sais, tout ça est très loin de son tempérament.* Édouard était la seule personne sur terre à avoir jamais vu Maxime plié en deux de rire comme en ce moment. À lui, il pouvait révéler ses doutes, les contraintes de sa position dans la famille, lui avait tout raconté. Sa mère, sa grand-mère, ses petits frères, et même, les révélations de cette mégère de Dallé, ou les séances de prière chez le pasteur Penda, durant lesquelles les garçons, agenouillés, récitaient des passages de la Bible, pendant que l'homme de Dieu pratiquait une imposition des mains. Ils ânonnaient : *Le passereau s'échappe, l'hirondelle s'envole, ainsi la malédiction gratuite n'atteint pas son but*[7]. *Voici que je vous ai donné le pouvoir de fouler aux pieds serpents, scorpions, et toute la puissance de l'ennemi, et rien ne pourra vous nuire*[8]. Maxime n'avait rien oublié de ces paroles terrifiantes pour les enfants qu'ils étaient alors. Antoine seul se refusait à les répéter, disant que Dieu n'existait pas, qu'il n'accepterait pas de se ridiculiser ainsi sans savoir pourquoi. Il en voyait déjà des vertes et des pas mûres au pensionnat, en matière de religion, il était hors de question d'en rajouter durant les vacances. Maxime aurait également aimé recevoir quelques explications, ne pas trembler sans raison, apprendre à prier autrement que pour conjurer les mauvais sorts, chasser la peur, vaincre des ennemis sans nom ni visage. À l'une de ces occasions, alors qu'il était âgé de dix ou onze ans, il se souvenait d'avoir entendu le pasteur parler à sa grand-mère d'un ton ferme : *Maria* – Penda était le seul à appeler Modi par son prénom chrétien que Max entendit cette nuit-là pour la première et dernière fois, ne sachant ensuite s'il l'avait imaginé –, *je t'interdis de raconter ces fadaises à tes petits. Comment crois-tu élever des enfants en leur expliquant que des ombres planent sur leur tête ?* Maxime n'en avait pas entendu davantage, mais il n'avait cessé d'observer Modi, tentant de comprendre ce qu'elle leur cachait. Il n'avait rien trouvé, mais quand son frère Daniel était mort, qu'après l'enterrement il avait vu sa grand-mère dans les bras du pasteur, qui pleurait en disant : *Je te l'avais bien dit, Penda. Je te l'avais bien dit... Tu le vois, cette histoire va dévorer mes petits*, l'idée d'un mal courant dans la famille ne l'avait plus laissé en paix. Les liens du sang étaient les seuls que nul n'avait le pouvoir de défaire.

Il avait été un grand frère aimant, protecteur, un petit-fils studieux, serviable, responsable, persuadé, comme un enfant pouvait l'être, que son bon comportement éloignerait la menace. Jamais il n'avait rien dit de cela autour de lui, ni à Modi, pour ne pas l'embarrasser avec des sujets qu'elle ne souhaitait pas aborder, ni à ses frères, pour ne pas les inquiéter. Avec les années, il n'avait plus tellement songé à ces paroles mystérieuses, mais la vie, pour lui, s'était résumée au souci de bien faire, de prendre soin des autres, d'être présent pour eux. Il ne désirait rien pour lui-même. Son ami avait toujours trouvé injuste, cruel, qu'il ait dû porter tout ce poids sur ses épaules, surtout en ce qui concernait Antoine qui, après tout, n'avait aucun souci de santé, pouvait très bien se débrouiller seul. Maxime répondait invariablement que le plus fort devait soutenir ceux qui l'étaient moins, leur pardonner les faiblesses qu'ils ne pouvaient combattre, dépasser. Elles faisaient partie de leur identité. C'était ainsi que sa grand-mère avait vécu, sans amertume, sans rancœur. Peut-être avec, comme lui, de petits pincements de frustration au cœur, mais toujours en accord avec ses principes. Il ne voulait pas se plaindre. La vie n'avait pas fait que le maltraiter, puisqu'elle lui avait donné un ami véritable, au moins une personne à qui parler, sans avoir à s'interroger sur la conformité des confidences qu'il lui faisait avec les propos autorisés par sa classe d'âge, sa position dans la fratrie. Édouard était son appel d'air.

Il était onze heures du soir. Cela faisait une demi-heure que le vol en provenance de l'Hexagone avait atterri. Antoine n'apparaissait pas encore. Il y avait seulement des frangines dodues à faux cheveux collés sur le crâne, seulement elles, leurs sacs remplis de victuailles achetées à prix discount : poulet industriellement fumé, vins et fromages hexagonaux. Elles avaient aussi des cadeaux pour la famille, de la camelote bien souvent. D'autres catégories arrivaient maintenant, des femmes recouvertes de grandes marques. Pour elles, le bon goût, c'était cela : la griffe. Sacs de chez H. Chaussures de chez D., dans lesquelles elles avaient les orteils pliés en six, autrement, leurs immenses pieds ne s'y seraient pas glissés. Il y avait de prétendus hommes d'affaires portant mallette, journal plié sous l'aisselle, vêtus de costumes trop chauds pour les températures subsahariennes, suant abondamment, trimballant fièrement leur bedaine. Ils étaient *bien nourris* parce qu'ils en avaient les moyens, il ne fallait pas s'en cacher. Ceux qui attendaient se sentaient importants, eux aussi. Le simple fait de se trouver là signifiait qu'ils avaient de la famille au Nord, qu'un morceau d'Hexagone leur appartenait, qu'ils étaient *en haut de en haut*, de vrais *ndoss*.

Maxime se dit qu'il patienterait encore un quart d'heure avant d'aller voir ce qu'il se passait. Il était inquiet. Thamar avait tenu à les attendre à la maison, Antoine et lui. C'était la semaine où l'obscurité recouvrait le quartier pendant trois heures la nuit, mais elle n'avait pas voulu se rendre chez Modi. Il avait attendu la dernière minute, le coup de fil d'Antoine indiquant l'heure de son arrivée à Sombé, pour lui annoncer sa venue. Dès qu'elle avait su, elle s'était transformée en minette à la veille d'un premier rendez-vous. Mon Dieu, c'était demain, la tresseuse ne passerait pas avant plusieurs jours, elle n'aurait jamais le temps de tout préparer, comment avait-il pu lui cacher ça... Vite composer un menu, sortir la nappe, celle tissée à la main par des artisans dans les *Grasslands*, les serviettes assorties. Est-ce qu'on avait des couverts assez honnêtes ? Non. Bien sûr que non... *Mon Dieu, demain, jamais le temps... Me cacher ça...* Puis, elle avait pleuré, d'euphorie, d'incertitude, d'une espérance qui ne s'osait pas encore. La vie lui offrait-elle vraiment une seconde chance ? Maxime avait insisté pour qu'elle ne reste pas seule pendant qu'il se rendait à l'aéroport, n'avait pu la convaincre.

Elle avait promis de ne pas faire un bruit, de sorte que personne ne se douterait de sa présence. Pour Maxime, ce n'était pas plus rassurant. *Ne t'inquiète pas, fils*, avait-elle insisté. *Tout va bien se passer. Je ne peux pas sortir... Le poisson est en train de cuire.* Il avait tout de même demandé : *Tu vas cuisiner à la lumière d'une lampe à gaz ? Mais oui, et c'est déjà bien*, avait-elle confirmé. *Comment nos ancêtres s'y prenaient-ils ?* À court d'arguments, il avait baissé les bras. *Bon. Je vais demander à Maboa, le fils de Maa Sisi, de rester devant le portail. Jérémie est à Nasimapula mais Philomène et le bébé sont chez grand-mère. Tu aurais pu aller cuisiner là-bas, entourée de la famille.* Déjà sur son petit nuage, Thamar avait déclaré, des rires dans la voix : *Appelle Maboa, si tu veux. Moi, j'attends mes garçons ici, chez toi.*

Il était sorti, après avoir glissé quelques billets dans la main de Maboa, le fils de la voisine, un bonhomme aussi costaud qu'un mur d'enceinte, rude comme ses congénères du coin, avec un regard perçant, une voix pouvant porter par-delà la frontière unissant le Mboasu et le Yénèpasi. L'électricité serait rétablie vers les onze heures, mais Maxime le pria de bien vouloir attendre son retour. Le break avait roulé dans l'obscurité presque totale, les phares de la voiture étant la seule source de lumière. Quelques centaines de mètres plus loin, le courant n'avait pas été coupé, mais les réverbères arboraient parfois des ampoules grillées. On ne se bousculait pas dans les rues, à cette heure. Maxime avait été pratiquement seul sur le chemin, aux prises avec les immenses fissures fendant la chaussée. Il s'était félicité d'avoir opté pour un véhicule fonctionnel.

Antoine se demandait si oui ou non il allait se laisser aller à cette furieuse envie d'étrangler le gars, le type-là, qui fouillait, refouillait dans sa valise, dont il connaissait par cœur le contenu, qu'il ne s'était pas gêné pour mettre sens dessus dessous. Vingt minutes qu'il s'amusait à ce petit jeu. Il lui dit, le plus calmement possible, mais aussi très clairement, qu'il n'était pas un terroriste, que les extrémistes de tous bords n'en avaient rien, mais alors rien à faire du Mboasu, qui pouvait bien disparaître de la surface du globe sans qu'on en fasse grand cas, et que, si d'aventure il s'était trouvé en possession d'un objet contondant, il en aurait usé afin de percer ce crâne d'œuf certainement vide. L'homme darda sur lui un regard tel, qu'il eut le sentiment qu'on lui pressait la lame effilée d'un poignard sur le cou. Le jeune homme déglutit péniblement, songea qu'il en avait peut-être trop fait, demanda, un peu plus poliment, qu'au moins on ait la bonté de lui expliquer ce qui n'allait pas. On ne lui répondit qu'en réitérant la question : *Je dis, hein, qu'est-ce que vous venez faire au Mboasu ?* Il n'y avait pas à dire, les procédures d'accueil, dans ce pays, visaient à vous faire regretter d'avoir eu l'idée saugrenue d'y venir. Le légendaire sens de l'hospitalité des Subsahariens n'avait pas cours au Mboasu, où les gens souhaitaient manifestement rester entre eux, à se tirer dans les pattes. Comme on allait lui indiquer une chaise où patienter, quelqu'un éleva la voix, depuis le fond de la file de gens excédés qui grognaient dans son dos, avec leurs sacs, leurs nourrissons : *Donne l'argent, mon frère. Tu perds le temps de nous tous ici.* D'autres voix prirent le relais : *Oui, dis donc. Si tu n'as pas les fafiots, remonte dans l'avion une fois. Ils ne vont pas te laisser komot de l'aéroport. Ici, c'est le mboa, le pays, man ! Aboule le fric, frangin. Donne-lui au moins cinq kolo, un billet de cinq mille. Il faut participer.*

C'était donc cela, la version contemporaine de la solidarité subsaharienne : le versement de bakchichs aux agents du service public. Il aurait suffi de le lui dire franchement, on n'en serait plus là, l'employé des douanes aurait déjà récolté la *participation* des autres, qui trouvaient normal de s'acquitter de l'impôt – prélevé à la source au Mboasu – et de devoir encore payer chacun des fonctionnaires croisés le long du parcours. Antoine n'avait sur lui que de la monnaie de l'*Union des pays du Nord*, le bureau de change installé non loin de là était fermé à cette heure. Aucun problème. Le fonctionnaire, qui souriait maintenant de toute sa large bouche – il n'avait cependant pas les lèvres épaisses et rouges –, acceptait sans distinction les devises qu'on lui versait. Il se rendrait, le lendemain, dans un quartier du centre-ville, où les opérations de change s'effectuaient dans la rue, devant un vieil hôtel qui n'avait plus de palace que le nom : Buma Palace. Antoine sortit enfin, sous les nombreux quolibets. En gros, on le traitait de faux frère, de *bounty*, de type qui pratiquait le racisme à l'envers, c'est-à-dire à l'égard des siens. Il ne voyait nulle part les siens dans cette foule, et quand bien même il aurait reconnu ces gens pour proches de lui de quelque façon, il n'aurait pas cautionné ces pratiques. Ils se trompaient de combat. Cela faisait partie des choses qu'il ne comprenait pas chez les Subsahariens : ces arrangements qu'ils faisaient avec l'insupportable, avec le pire, le peu de cas qu'ils faisaient d'eux-mêmes. Cela devait bien venir de quelque part.

Le Continent était le seul espace connu des humains, où un brin de morale puisse venir à l'esprit du jeune homme, tant les désordres qu'on y rencontrait surpassaient ceux auxquels il était en proie. Il y avait longtemps qu'il n'y était pas venu, ayant fait en sorte d'y échapper dès l'année de ses douze ans. Pourtant, quelque chose le frappait, qui ne semblait pas avoir changé depuis lors. Ce n'était que maintenant qu'il pouvait mettre des mots dessus, parce qu'il était assez grand pour le faire, mais c'était bien ce qu'il avait toujours perçu, au contact de cette population : au Mboasu, les gens vivaient comme hors du monde ou, plutôt, comme s'ils avaient été téléportés, du jour au lendemain, dans un univers étranger, hostile, qu'il leur fallait dompter avec les moyens du bord, n'ayant pas été dotés des instruments adéquats. Ils devaient suivre un chemin qu'ils n'avaient pas tracé, dont l'aboutissement ne les intéressait pas, mais la machine étant lancée, ils n'avaient pas le temps de se demander où ils souhaitaient se rendre, ni ce qu'ils feraient une fois arrivés à destination. Rien ne pouvait avoir de sens, dans un tel contexte. Ils avançaient dans l'existence mondialisée qui était devenue la leur, comme des pantins engoncés dans des vêtements d'emprunt qu'il leur fallait conserver pour ne pas exposer leur nudité, leur fragilité, au vu et au su de tous. Il ne leur était laissé de choix que celui d'épouser un système qui avait durablement travaillé à leur anéantissement, ou de disparaître. De telles perspectives ne pouvaient engendrer qu'un gigantesque chaos, c'était évident. Dans le fond, ce n'était guère réjouissant. Cependant, ce n'était pas son problème, chacun portait sa croix, il avait fort à faire.

Il aperçut Maxime, se dirigea vers lui. Ils se serrèrent la main, quittèrent l'aéroport. Ils roulaient depuis trente secondes à peine, quand Antoine lança : *Et toutes vos routes sont comme ça ? Arrête, Anton*, le pria son frère, mais il poursuivit : *Je détestais ce bled quand j'étais gosse, mais je dois reconnaître qu'à l'époque, il ressemblait un peu à quelque chose, dès qu'on sortait d'Asumwè, du moins. L'aéroport avait presque de la gueule. Là, on dirait que tout a explosé, que vous vivez sous les ruines d'un monde qui aurait été détruit avant d'avoir véritablement existé... C'est vrai qu'il y a eu la guerre, mais c'est fini depuis un moment, non ? On pourrait penser que vous ne voulez pas de ce pays, ce qui est somme toute assez normal, puisque vous ne l'avez pas créé, même pas imaginé.* Antoine n'était pas très à l'aise, il se sentait étrangement ému. Trouvant cela déplaisant, il se défendait comme il le pouvait, lançant piteusement des piques à

Maxime qui n'était pourtant pas responsable de l'état du Mboasu. Son frère ne répondit pas à ses provocations. Le silence s'installa un instant. Il n'était pas utile de dire toutes les choses qu'Antoine dissimulait derrière son agressivité, de commencer à parler du passé, des raisons pour lesquelles ils se retrouvaient ensemble dans cette voiture. Leur histoire, ils la connaissaient par cœur, continueraient de la vivre, qu'ils le veuillent ou non.

Antoine souhaita d'abord se rendre au *Prince des côtes* pour déposer sa valise, voir la chambre, des fois qu'il faille en trouver une autre sur-le-champ. Maxime acquiesça, précisant qu'il fallait faire vite. Il n'aimait pas savoir Thamar seule chez lui. Antoine suggéra qu'il devrait peut-être attendre le lendemain pour la voir. Il était tard, il se sentait fatigué. Son aîné lui expliqua que c'était impossible, leur mère ayant préparé de quoi nourrir une armée, ce qui ne réjouit pas exactement Antoine, qui s'enquit, soupçonneux, des plats au menu. *Des choses que tu aimais enfant. Je me souviens que grand-mère avait réussi à te convertir au poisson braisé et aux* misole *frits.* Antoine reconnut que leur grand-mère avait été gentille avec lui, malgré tout. *Personne n'a choisi tout ça, tu sais*, lui fit remarquer son frère. *Si*, lança-t-il sèchement. *C'est Thamar qui a choisi pour nous.* Max trouvait le raisonnement un peu court, mais il n'avait pas envie d'en discuter maintenant, demanda simplement à Antoine de se dépêcher.

Une fois son frère sorti de la voiture, Maxime sentit encore une fois ce fol espoir l'étreindre. La famille sortait d'un cycle de chagrins, chapelet de peines individuelles qui les étouffaient encore. Il imagina l'avenir. Les liens se resserraient. Ils devenaient vraiment des frères, se parlaient comme des frères, avaient enfin une mère, se rendaient ensemble sur la tombe de Daniel, profitaient du temps que Modi avait encore à vivre. Antoine reprit place dans le break une dizaine de minutes plus tard, et Max lui sourit, heureux comme un jour de grande célébration. Il ne ressentait plus la haine de son cadet. Dans ses paroles tranchantes, sa propension à critiquer absolument tout ce qu'il voyait, il retrouvait ce trait de caractère propre aux côtiers du Mboasu : *la bouche*, comme on disait familièrement, un goût pour la joute oratoire, le sarcasme, voire la polémique. Le petit ignorait à quel point il appartenait à cette région du monde, cette côte chaude, humide, cette poussière, le mouvement particulier du vent dans les branches des arbres, son souffle, comme une voix chuchotant des secrets millénaires. Peut-être allait-il enfin découvrir ce qui était dans son sang, la nature plus métaphysique que biologique du sang. Peut-être allait-il finir par accepter la vie, ceux qui lui avaient été donnés pour l'entourer durant son passage sur terre. Peut-être. Son cœur tressaillit. C'était la première fois, et c'était bon. Bientôt, ils n'auraient pas souffert en vain. Ils auraient appris la valeur des choses, se sauraient précieux les uns pour les autres. Lorsque Modi s'en irait, il ne serait pas le seul à enjamber sa tombe.

Thamar plaça deux gros morceaux de *makabo* dans une assiette en émail décorée de fleurs, y ajouta quelques généreuses cuillérées de *mwanja moto.* C'étaient les restes du repas qu'elle avait préparé la veille pour Maxime qui avait décidément un appétit d'oiseau, dès lors que c'était elle qui lui apportait à manger. Il s'était mis à se masser le ventre après trois bouchées, disant qu'il avait perdu l'habitude de ces repas copieux. C'était surtout l'huile de palme contenue dans le *mwanja,* avait-il expliqué, qui le dérangeait. Elle l'avait affectueusement traité de *petit Blanc*, remporté le plat à la cuisine, sans exprimer le fond de sa pensée. Ce que Thamar s'était dit, sans le faire savoir à son fils, c'était qu'il n'aimait pas sa cuisine, lui préférant, bien entendu, celle de Modi. Si sa grand-mère lui avait proposé du *mwanja* ou même des *miele ma sese*, plantains verts longuement cuits à l'eau, revenus hors du feu, dans un peu de leur eau de cuisson agrémentée d'une bonne dose d'huile de palme, il ne se serait pas contenté de picorer de la sorte. Elle savait bien qu'il s'arrêtait en chemin le soir, avant de rentrer à la maison. Faisant halte dans un des nombreux circuits de Sombé, il s'y gavait de bouillons aux viandes de brousse, avant de venir se masser l'estomac quand elle lui offrait à manger. Parfois, il n'hésitait pas à lui dire, au moment de la quitter pour se rendre à la banque le matin, de ne pas s'embêter à préparer le repas du soir. Il achèterait des beignets et des haricots. Désirait-elle qu'il lui rapporte une portion de beignets de maïs ? Un peu de *paf* ?

En dehors de cela, elle n'avait rien à redire au comportement du jeune homme. Et même cela, elle ne le lui reprochait pas vraiment. C'était nouveau pour lui, la cuisine de sa mère. Cela devait même avoir quelque chose d'inquiétant, comme toutes les grâces dont on avait longtemps rêvé, et qui se trouvaient, tout d'un coup, à portée de main. De plus, Maxime avait grandi avec les petits plats de Modi, avec ses saveurs à elle, ses secrets de cuisinière émérite. Il avait plus que tout souhaité la présence de Thamar à ses côtés, mais ils devaient encore apprendre, tous les deux, à être mère et fils. Ce n'était pas si simple. Il y avait, d'ailleurs, quelque chose de douloureux dans cet apprentissage, parce qu'il était incongru, déplacé. Comme le fait de devoir étudier une langue qu'on aurait dû savoir parler. On n'y parvenait jamais vraiment, même si on la comprenait. Les mots ne franchissaient pas aisément la barrière des lèvres, on se sentait mal à l'aise, comme à côté de soi-même. Ils auraient besoin de temps, d'infiniment de patience. Pour elle, la situation était véritablement compliquée. Elle s'étonnait, en le regardant, de ne plus voir sur sa figure, comme c'était le cas lorsqu'il était petit, des traits qui lui paraissaient être ceux de son violeur. À présent, elle avait beau l'observer, c'était son propre visage qu'elle contemplait, tandis qu'un vieil adage de la côte lui revenait en mémoire : *L'enfant ressemble toujours au parent qui le refuse*. Elle y avait souvent pensé, concernant Antoine, qui était, quant à lui, le portrait craché de son géniteur. D'ailleurs, il ne lui était jamais venu à l'esprit que *le parent qui refuse*, ce puisse être la mère. Elle se souvenait de Maxime petit, le revoyait cherchant à la suivre partout où elle allait, trébuchant, se relevant sans pleurer. Elle n'avait aucun mal à le semer, mais le trouvait étrange, ce gosse qui n'émettait pas un son quand il se faisait mal, qui la regardait comme s'il avait quelque chose à lui dire. Bien sûr, elle le fuyait avec autant de détermination qu'il recherchait sa proximité, ne supportait pas de l'avoir ainsi à ses trousses. Et c'était lui qui l'avait tirée de la boue où elle s'était enlisée, y plongeant les deux mains pour l'en extirper, comme un chercheur d'or ayant aperçu une pépite au fond de la vase.

Comme elle sortait de la cuisine, traversait la salle de séjour puis le jardin pour rejoindre Maboa, le fils de Maa Sisi, à qui elle destinait les restes de la veille, Thamar fit de son mieux pour chasser de son esprit ces idées sombres, la crainte qui croissait en elle, insidieusement, qu'il ne soit jamais possible que Maxime et elle se rapprochent. Dans l'obscurité due à la coupure d'électricité, elle heurta un gros caillou, jura. Bien entendu, elle avait oublié de se munir d'une lampe torche, ce qui ne serait jamais arrivé à Modi. Elle haussa les épaules. Il était trop tard pour devenir une autre, sa mère elle-même ne le lui demandait pas. Il lui revenait de se frayer un chemin dans la vie, avec ce qu'il lui restait pour cela. Personne ne pouvait rien pour elle. Personne n'était responsable de ses choix, de ses erreurs, de l'absurdité de l'existence. Arrivée devant le portail, elle salua Maboa, un jeune homme plus qu'impressionnant par sa carrure, qui la remercia humblement d'avoir pensé à le nourrir. Elle s'efforça de plaisanter avec lui, disant qu'il était hors de question qu'on raconte, dans tout Sombé, qu'elle avait engagé *muna bangan, l'enfant d'autrui*, pour veiller sur elle, sans même songer à lui donner à manger. Son rire, ses phrases, tout sonnait faux à ses propres oreilles. Elle lui donna le dos, le laissant découper les tubercules en y plantant sa cuiller.

Rentrée dans sa cuisine qu'une lampe à gaz éclairait d'une lueur bleutée, Thamar coupa le feu sous les *miondo* devant accompagner le poisson braisé qu'elle avait laissé au chaud dans le four, après l'avoir fait cuire sur un petit brasero, au fond de la cour arrière. Elle attendrait le dernier moment, lorsque les garçons passeraient la porte, pour faire frire les plantains mûrs. Elle se sentait fébrile, presque angoissée, sans trop savoir pour quelle raison. Elle avait d'abord cru à une sorte de trac, à l'idée qu'Antoine ait accepté de venir la voir, ce qu'elle n'aurait pas imaginé, mais il y avait autre chose. Elle pensa s'approcher de la fenêtre, pour voir si personne ne rôdait à l'extérieur, puis, se ravisa, désireuse de ne pas alimenter ces émotions négatives. Plutôt que de s'installer dans le séjour où ils seraient bientôt réunis, ses fils et elle, Thamar préféra rester dans la cuisine, un peu comme dans les coulisses avant le spectacle, attendant qu'on lève enfin le rideau. Peut-être était-ce là son problème ? Toujours espérer qu'une autre main que la sienne propre vienne allumer les feux sous lesquels elle brillerait ? Il était certes trop tard pour devenir une autre, mais rien ne la contraignait à entretenir ses faiblesses.

Elle eut beau se le dire, elle resta assise dans la cuisine, incapable de bouger, piégée en elle-même, alors que son angoisse montait, l'empêchant presque de respirer. Une petite voix intérieure qu'elle avait su faire taire en l'inondant de mauvais vin au cours des dernières années, lui susurra qu'elle avait trop attendu. Ce lever de rideau. Ce halo de lumière. Une fois encore, elle avait eu tout faux, ce n'était pas ainsi que les choses devaient se dérouler. Ce n'était pas à Maxime, qu'elle avait abandonné, à qui elle n'avait rien donné, d'aller lui chercher son fils chéri, son petit prince. Ce n'était pas à Antoine, son bébé, de se déplacer pour qu'elle puisse lui demander pardon. Thamar se mit à pleurer, parce que les choses qui n'étaient pas censées arriver ne se produiraient pas. Il était trop tard pour devenir une autre, recevoir de la vie ce qu'une autre aurait légitimement obtenu. Il lui sembla entendre un bruit sourd du côté du portail, la chute d'un corps massif. L'idée lui vint d'appeler Maboa, de crier son nom pour s'assurer que tout allait bien, mais elle n'en fit rien. Lorsque Thamar entendit chuchoter dans le séjour où quelqu'un se donnait du mal pour ne pas être repéré, elle ne fit pas un geste, se contentant de regarder s'éteindre la flamme bleue de la lampe d'appoint.

La lumière était revenue dans le quartier, tandis que Maxime engageait la voiture le long de la *Montagne du prince de la côte*, il fut surpris de l'attroupement qui se trouvait là, tout près de sa maison, un amas de gens affolés. On criait. On s'étonnait de n'avoir rien vu, rien entendu. Les deux hommes descendirent du véhicule, firent à pied le reste du trajet, se frayèrent un passage à travers la foule. On ne remarquait pas leur présence, on ne leur disait rien, on parlait entre soi. Il y avait eu un cambriolage. Des morts. Des corps muets n'ayant plus besoin de soins. Ils aperçurent Jérémie, qui s'était débrouillé pour rentrer à Sombé sitôt sa mission terminée, à Nasimapula. Il se tenait près de Modi. Philomène aussi était là, devant le portail de la maison de Maxime, son enfant dans les bras. Maboa, le fils de Maa Sisi, à qui la garde des lieux avait été confiée gisait à terre, la tête détachée du corps, les yeux grands ouverts, examinant, aurait-on dit, la limite intangible qui séparait ce monde de l'autre. Ils n'eurent pas besoin de pénétrer dans la maison. Les autres n'eurent pas besoin de leur dire ce qu'il s'était passé. Jérémie dispersa les badauds. Chacun rentra chez soi. Il n'y avait plus rien à faire, rien, qu'une veillée à organiser avant d'enfouir les corps dans la terre. Modi pleurait doucement, sans bruit, courbée, les mains sur la tête, esquissant lentement les pas de la danse des morts. Les frères de Maboa vinrent récupérer sa dépouille. Maxime ayant perdu sa mère, ils ne l'accusèrent pas de meurtre, comme ils l'auraient fait en temps normal. Les familles, également endeuillées, étaient quittes.

À l'intérieur, il flottait une odeur de grillades brûlées, carbonisées. La table était mise. Il y avait des fleurs – des oiseaux-de-paradis jaunes, des boissons, des verres étincelant à la lueur des lampes. La lumière était revenue, ironiquement, à l'instant où le monde, pour eux, s'assombrissait. Thamar avait dû attendre leur arrivée pour sortir les plats. Les malfaiteurs n'avaient même pas emporté grand-chose : le téléviseur, l'électrophone, quelques petits meubles, guéridons et chaises dérisoires. Pourquoi tuer ? Les garçons ne savaient ce qu'ils ressentaient, ne se disaient rien. Au bout d'un moment, alors qu'ils étaient assis sur le canapé, ce fut Maxime qui parla. S'adressant à Modi, il la pria de l'excuser de faire une entorse à la tradition, mais il ne voulait pas trop attendre pour enterrer la défunte. L'aïeule répondit, haussant les épaules, que la décision revenait aux fils de Thamar. Maxime hocha la tête, le regard perdu dans le vague, demandant, pour la forme, si quelqu'un savait exactement comment les événements s'étaient déroulés. Jérémie soupira. Personne n'en avait la moindre idée. Les cris de la foule les avaient alertés. Ils s'étaient hâtés de quitter la demeure de Modi, pour s'enquérir des motifs du tumulte. À leur arrivée, la scène était déjà ainsi : Maboa, décapité devant l'entrée, Thamar gisant dans la cuisine, sans vie. Nul n'avait vu les criminels, qui avaient opéré dans l'obscurité. Il avait recouvert le corps de Thamar d'un drap, mais il fallait l'emmener à la morgue, ce qu'il se proposait de faire. Maxime le dégagea de cette responsabilité. Ce serait lui qui le ferait. Se tournant vers Antoine, il demanda : *Tu viens ?* L'interpellé lui emboîta le pas.

Maintenant qu'elle n'était plus, que tous les possibles s'étaient évanouis avec elle, Antoine se rendait compte qu'à lui aussi, il était resté des espérances, des rêves. Au cours de toutes ces années, il s'était acharné à la punir, mais ce n'était que pour voir arriver ce jour, celui où elle dirait qu'elle connaissait, comprenait sa douleur, qu'elle ne souhaitait rien de plus dans la vie que son pardon, une chance encore de l'aimer. Tout ce temps, il avait seulement voulu être son fils. Il redevint un petit enfant. Son corps se souvint de celui de Thamar, de leur proximité des débuts, de l'arrachement ensuite, de la chaleur qu'il avait toujours voulu retrouver. Antoine se mit à pleurer, comme dans les nuits solitaires de son enfance. Modi s'approcha de lui, le serra contre elle. Il lui demanda pardon, pour tout, le temps perdu, l'immense gâchis. Elle lui répondit dans *la langue*, celle qu'il n'avait pu se résoudre à parler, mais qu'il comprenait encore et, de toute façon, les gestes de la vieille parlaient pour elle. Modi ne lui en voulait pas. Ce qui venait d'arriver n'était pas sa faute. Quant à son comportement passé, elle le mettait sur le compte de la jeunesse. À l'époque, il ne pouvait pas comprendre. Elle-même ne comprenait pas, alors.

Bien sûr, il ne lui dit pas, personne ne le lui dirait, de quelle manière il avait traité Thamar, jusqu'à une période récente. La grand-mère laissa les garçons placer le corps de sa fille dans la voiture. Inutile d'appeler la police, une ambulance. Il fallait se charger de tout soi-même. Comme ils s'installaient dans le véhicule, elle leur recommanda de ne pas trop pleurer. Leurs larmes retiendraient Thamar entre deux dimensions, l'empêchant de trouver le repos. Elle n'avait pas été heureuse dans ce monde. Il fallait lui laisser ses chances d'atteindre l'autre, où son esprit s'apaiserait enfin.

Voisins et badauds défilaient autour de la dépouille exposée dans le salon de Modi, dont les meubles avaient été ôtés, placés dans les autres pièces de la maison. Les fils de la défunte n'avaient pas tenu à garder le corps dans le séjour de Maxime. Antoine avait rendu sa chambre d'hôtel pour s'installer chez son frère durant les quelques jours qu'il passerait encore à Sombé. Ils avaient organisé une veillée mortuaire, même si cela les dérangeait de voir les curieux affluer pour ausculter le cadavre à la recherche des détails obscènes qu'ils grossiraient pour se rendre intéressants pendant les causeries de quartier. Lorsqu'ils avaient annoncé qu'il n'y aurait ni repas, ni chorale, ni pleureuses professionnelles, on avait mal réagi. C'était un sacrilège, de ne pas faire toutes ces choses pour célébrer une dernière fois celle qui s'en allait. Ils avaient tenu bon, n'avaient pas fait décorer la maison à grands frais non plus, louant pour cela les services d'une décoratrice, comme on le faisait habituellement. Nul autour d'eux ne pouvait mesurer leur peine, sans parler de la partager. Maxime lui-même, qui faisait toujours tout dans les règles, attendait qu'on en finisse, que ces gens s'en retournent tous d'où ils étaient venus.

Il pensait à trop de choses à la fois, n'avait pas particulièrement envie d'accomplir son devoir, de respecter les traditions. La disparition de Thamar, son assassinat entre les murs de cette maison qu'il avait choisie pour elle, rêvant de l'embellir, faisait monter en lui un dégoût de vivre qu'il n'avait jamais éprouvé. Il ne l'exprimerait pas. L'aîné ne pouvait se plaindre. Il avait été conçu pour porter les autres, qui n'étaient, d'ailleurs, venus en ce monde, qu'appelés par lui. C'était ce qu'on disait. Aujourd'hui, pourtant, Maxime aurait bien voulu poser à terre le fardeau de sa destinée, agiter le drapeau blanc. Qu'allait-on exiger de lui après de tels événements ? Il craignait de le savoir, ne s'y sentait pas encore disposé. Tant pis, si on venait lui dire que c'était indigne. Pour le moment, Maxime ne pouvait, ne voulait pas pardonner à son frère. Il n'avait pas de haine, pas une once de colère, mais il était fatigué, trop épuisé pour ne pas ressentir tout cela comme une injustice supplémentaire que la vie lui faisait, à lui, tout particulièrement. Il lui semblait avoir marché, depuis sa tendre enfance, à la suite de Thamar, recherchant, à l'époque, la compagnie de cette mère qu'on prenait pour sa sœur, tant elle était jeune. Elle s'appliquait à le fuir, l'ourlet de sa robe jaune à fleurs bleues disparaissant au détour d'un chemin, tandis que la main ferme de sa grand-mère le rattrapait pour le ramener à la maison. Une fois arrivé dans l'Intra-muros après des années en province, il avait ouvert l'œil, sans bien s'en rendre compte d'ailleurs, espérant la retrouver, l'apercevoir au détour d'une rue. Elle ne lui avait été rendue, à la veille de son retour au pays, que pour lui être brutalement arrachée. Bien sûr, il éviterait tout esclandre pour ne pas embarrasser Modi, qui n'avait pas besoin de cela, mais, pour un temps, il devrait prendre ses distances avec son jeune frère. Ce sentiment n'était pas tellement en rapport avec le comportement de ce dernier, mais avec la certitude que ses rêves d'une famille unie ne se réaliseraient pas. Soudain, bien malgré lui, il se remémorait les séances de prière chez le pasteur Penda, cette nuit où il avait entendu l'homme mettre en garde leur grand-mère, contre des pensées funestes qu'elle ne devait en aucun cas leur communiquer. Il y avait bien des ombres, et même si ce n'était pas rationnel, devant une telle avalanche de drames, on ne pouvait prétendre le contraire. Les versets bibliques psalmodiés pendant tout ce temps n'avaient servi à rien, sans doute parce qu'il ignorait pour quelle raison il fallait les réciter.

Il lui semblait désormais tenter d'ensemencer une terre stérile. Maxime n'était pas superstitieux a priori. La mort de Thamar, si elle était survenue au moment même où Antoine passait la douane à l'aéroport de Sombé, pouvait s'expliquer de façon sensée. Il l'avait lui-même mise en garde contre l'entrée dans la maison d'éventuels malfaiteurs, parce que ces choses se produisaient régulièrement. Il pouvait également mettre les images étranges qui venaient peupler ses nuits depuis sur le compte de l'émotion, de la douleur. N'était-il pas normal que cette mère qui lui avait tant manqué lui apparaisse sitôt qu'il avait les yeux fermés ? Il la voyait où qu'il soit, y compris quand il n'était pas seul. Pour s'évader un peu de l'atmosphère morbide qui régnait chez lui depuis, il n'avait pas pris de congé, continuait donc de se rendre à la banque tous les matins, rentrant simplement un peu plus tôt le soir. C'était ainsi que, la veille, comme il sortait de la zone dite *Montagne du prince de la côte*, elle s'était littéralement précipitée sous les roues de son break. Il avait freiné d'un coup sec, certain de l'avoir vue, telle qu'elle devait être l'année de ses quatorze ans, quand elle s'était trouvée enceinte de lui. Il n'y avait personne, évidemment, mais depuis, il entendait une voix. Partout. Une jeune fille fredonnant une chanson dont il comprenait les paroles sans les entendre distinctement. Elles disaient qu'il était inutile de vouloir forcer le destin, que ce qui vous était dû vous était toujours donné. C'était stupide, bien sûr, mais cela ne changeait rien à son trouble et, surtout, ce chant lui tirait des larmes, à lui qui n'avait, jusque-là, pas le moindre souvenir d'avoir pleuré.

De son côté, Antoine, qui s'était répandu en pleurs dès l'instant où il avait vu Thamar sans vie, ne se débattait pas dans les mêmes tourments que son aîné. Happé par le spectacle, nouveau pour lui, d'une telle veillée, il observait les gestes de chacun, se demandait s'il était utile de hurler dans les oreilles d'une morte, comme le faisait une vieille outrageusement maquillée pour son âge. Il contourna le cercueil pour rejoindre Max qui lui faisait face jusque-là, s'enquit de l'identité de la personne. Son frère répondit qu'il ne l'avait jamais vue. Pouvait-il s'agir d'une amie de Modi, une des femmes de sa tontine ? Maxime pensait que non, c'était une pique-assiette confirmée, comme il en fleurissait partout ces temps-ci, qui n'était venue là que dans la perspective d'un repas gratuit. Elles étaient nombreuses à se faufiler ainsi dans les demeures endeuillées, un masque de douleur savamment appliqué sur le visage, si bien qu'on les croyait toujours très concernées par la situation. D'un regard expert, elles repéraient les victuailles, suivaient avec application le parcours qui les y conduirait, ce qui les obligeait, bien souvent, à passer près du corps comme le faisait l'intruse, suppliant la morte, qu'elle ne connaissait pourtant ni d'Ève ni d'Adam, de ne pas quitter cette vie en l'abandonnant : *Que vais-je faire sans toi, sans mon étoile, dans la nuit si longue qu'est la vie ici-bas... Ton départ n'est pas juste. Dieu n'a pas pu vouloir cela.*

Antoine la regardait, estomaqué, certain que ce Mboasu était un pays de fous. Il eut un haut-le-cœur en la voyant s'approcher du cercueil, étendre une main aux longs ongles vernis d'écarlate pour caresser le visage froid de Thamar. D'un même mouvement, sans s'être concertés, Max et lui fondirent sur l'impudente, la firent sortir aussi discrètement que possible, se défoulèrent sur elle, n'eurent pas la moindre empathie pour les difficultés qui devaient la conduire à écumer les veillées mortuaires dans l'espoir de trouver quelque chose à se mettre sous la dent, une cuisse de poulet fumé ou une tranche de porc braisé à ramener chez elle. Ils lui intimèrent l'ordre d'aller voir ailleurs : ils fermeraient le portail à vingt et une heures, ne serviraient rien à manger, même pas des arachides grillées. Elle leur répondit, pas du tout gênée, de baisser d'un ton, qu'elle était assez âgée pour les avoir enfantés, eux et une partie de leurs ascendants, que, par conséquent, ils n'allaient pas *verser sa face à terre* dans la mesure où elle, Misongui Edjenguèlè, était venue au monde avant la honte : *Vous pouvez monter et descendre, virer à gauche ou tourner à droite*, prévint-elle, *je ne quitte pas ici sans ma part. Je viens de vous animer votre veillée, peste alors !* Elle lissa les plis de sa jupe noire, ajusta son foulard rouge, celui qu'on portait pour honorer les victimes d'un crime de sang, puis, plongeant son regard dans celui de Maxime, elle adressa un dernier mot aux deux frères. Puisqu'ils voulaient la voir déguerpir, ils devaient au moins lui donner son *moni mwa ndio*, *l'argent du transport*. Ses rhumatismes la faisaient horriblement souffrir, elle était venue à pied depuis Embényolo. Des personnes capables de se payer une villa comme la leur se couvriraient de ridicule, si elle se mettait à se plaindre bruyamment – ce qu'elle n'hésiterait pas à faire – de leur refus d'aider une vieille femme respectable à regagner ses pénates en taxi.

À voix basse, les gratifiant d'un clin d'œil, elle ajouta qu'elle se ferait, en geignant, passer pour une tante, faisant ainsi croire à tous qu'ils méprisaient les liens familiaux. Leur ayant livré ces informations, la femme sans gêne attendit, les poings sur les hanches, ce qu'elle envisageait comme son dû. Antoine n'en revenait pas, qu'il faille payer pour tout dans ce pays, même pour se débarrasser de personnes n'ayant rien à faire chez vous. Max, tout aussi étonné, avoua n'avoir pas pris la mesure du problème, demanda si son frère avait de l'argent sur lui. Cette vieille allait les embêter s'ils ne lui glissaient pas une piécette ou deux, qu'elle irait dépenser pour se payer une de ces petites doses de whisky qu'on vendait désormais dans des pochettes en plastique. Antoine ne disposait, sur lui, que de quelques centimes de monnaie nordiste. Max le quitta pour se procurer le nécessaire : *Bon, j'arrive. Faut pas qu'on se fasse trop remarquer, d'autres pourraient nous faire le coup. Déjà qu'on les vire à neuf heures...* La vieille reçut plus qu'elle n'avait espéré, repartit le front haut, se disant, à n'en pas douter, que cela valait toujours la peine de sortir de chez soi pour *chercher la vie*. Elle leur donna le dos, quitta les lieux d'une démarche des plus alertes, suscitant, chez les deux frères, une admiration certaine pour tant d'aplomb. Peu de temps après, la foule lui emboîta le pas. Les personnes les plus âgées vinrent réitérer leurs condoléances à Modi, lui dire aussi que ses petits-fils auraient quand même dû respecter la tradition. Ils finirent par s'en aller tous, la famille se retrouva seule, silencieuse, abasourdie.

Tout cela leur semblait irréel. Antoine n'était là que depuis trois jours, après des années d'absence. En dehors de Maxime, personne ici ne l'avait revu. Il avait fallu la diffusion de *La cité* pour que le reste de la tribu, qui regardait les chaînes de télévision hexagonales, découvre sa figure d'adulte. Pourtant, ils faisaient comme si la séparation datait de la veille, ne demandaient rien de précis sur sa vie. On lui parlait un peu de son métier, on voulait savoir comment cela faisait d'entrer dans la peau d'un autre, de signer des autographes, ce genre de choses. Il avait presque envie d'entendre des reproches. Qu'il était responsable de ce gâchis, qu'on voyait bien qu'il avait des regrets, mais qu'il était trop tard. Au lieu des remontrances qu'il pensait mériter, Modi était là, qui tentait de le faire rire. Sa manière de parler l'hexagonal le touchait, il se l'avouait maintenant, même s'il ne le dirait pas, se contentant de sourire en l'écoutant le mettre en garde contre les cancrelats, les geckos, dont la vue lui faisait pousser de hauts cris quand il était petit : *Ça fait depuis*, disait-elle, *que je n'ai pas vu de* kakroti *dans cette maison, mais vois l'*eleo *sur l'autre mur là. Tu sais qu'il aime souvent lécher les cheveux des gens quand on dort la nuit.* Il lui répondait : *Arrête, grand-mère, tu veux que je m'enfuie avant l'enterrement ou quoi ?*

Le jeune homme sentait bien l'aigreur de Max, la trouvait compréhensible – sachant ce qu'il aurait fait s'il s'était trouvé à sa place –, mais il voyait également son frère aîné lutter pour dominer ce sentiment négatif, ne pas le disputer avant son départ. Antoine avait envie de lui dire de se lâcher un peu, qu'au point où ils en étaient ils pouvaient se permettre de se parler franchement. Lorsque Max lui proposa une promenade le long de la Tubé, non loin du village des pêcheurs, il se dit que la conversation aurait lieu loin du regard de Modi, que ce serait bien ainsi. Il ne l'avait jamais aimé, mais il ne le haïssait plus, pensait que c'était peut-être un début, même s'il ne savait de quoi. Il avait compris que la présence de Modi n'avait pas remplacé le besoin que son frère avait eu de connaître leur mère. C'était pour cette raison qu'il l'avait ramassée là où Antoine la laissait pourrir, pour la ramener au pays, où il espérait lui offrir quelques belles années. Maxime était peut-être le plus atteint de tous par cette disparition aussi inattendue que l'avaient été ses retrouvailles avec Thamar. Il s'était si bien souvenu de sa voix au cours des périodes passées sans la voir, qu'il en avait reconnu les inflexions, même marinées dans l'alcool, éraillées par le temps, la vie de paria qu'elle avait menée.

Jérémie et Philomène, sa compagne, une très jolie femme qui n'ignorait visiblement rien de ses atouts qu'elle savait mettre en valeur, se tenaient un peu en retrait, par respect pour la souffrance qu'ils sentaient dans l'air et qu'ils ne voulaient pas voir s'abattre sur eux comme un orage soudain. Pour eux, la morte était une inconnue. L'enterrement aurait lieu le lendemain, en fin de matinée. Ce serait un moment éprouvant, l'instant où Antoine et Maxime comprendraient vraiment que Thamar n'était plus, qu'elle ne reviendrait pas, qu'il ne se passerait plus rien entre elle et ses fils. Rien, à présent, qu'une absence pire encore que celle qui les avait blessés, l'un et l'autre, parce qu'elle serait irrémédiable. Antoine accepta d'aller se promener avec son frère, prêt à entendre ce que ce dernier aurait à lui dire. Ils prirent la voiture. Sombé était une petite ville, si on ne tenait pas compte de sa périphérie. Depuis la *Montagne du prince de la côte*, on roulait le long du fleuve en moins de vingt minutes. Il fallait se garer sur le bas-côté d'une route que personne n'était autorisé à suivre jusqu'au bout, là où se tenait un camp militaire ou une prison, Antoine ne savait plus très bien, ne se posa pas la question.

Les deux hommes descendirent, marchèrent pieds nus, chaussures à la main, sur le sable ocre. La terre du Mboasu était rugueuse, se souciant peu de conquérir les touristes, ne se donnant qu'aux esprits téméraires.

Chaque recoin devait être apprivoisé, ce qui n'était possible qu'en se soumettant d'abord. Le sable leur picotait la plante des pieds, c'était à la fois une morsure et un baiser. L'eau semblait toujours aussi boueuse, Antoine se rappela les histoires d'esprits marins qui vivaient là, ne voulut pas remonter son pantalon, tremper ses pieds dans les eaux de la Tubé, prétextant : *Je suis sûr que c'est plein de vers là-dedans. Je ne prétendrai pas le contraire*, approuva Max, *ils ne s'en prennent qu'à ceux qui les craignent.* À ces mots, Antoine, décréta qu'il resterait donc sur la berge. *Il y en a aussi dans le sable, tu sais*, annonça Max. Antoine se rechaussa prestement, posa la main sur l'épaule de son frère, le contraignant à s'arrêter pour l'écouter, voyant que Maxime ne parvenait pas à dire ce qu'il avait sur le cœur. Sans trembler, il avoua avoir toujours su où était leur mère, l'avoir délibérément laissée dans la misère pour se venger, à quoi Max répondit calmement qu'il s'en était douté. Pourtant, il ne pouvait lui reprocher ce que Thamar elle-même avait pardonné. Il lui raconta que, peu avant le retour au Mboasu, elle avait tenu à lui montrer le lieu où elle avait passé ses dernières années. Elle devait y retourner pour rassembler des papiers, quelques vieux souvenirs aussi, soigneusement rangés dans une boîte en carton, sur laquelle elle avait écrit : *Le petit prince*. Il y avait là des photos d'Antoine, le lendemain de sa naissance, des clichés de lui enfant, ses premiers dessins à l'école maternelle, ses bulletins scolaires, les bons points qu'il rapportait quand il était à la petite école, des colliers de nouilles, des figurines en pâte à sel qu'il avait dû confectionner pour la fête des mères, tout un bric-à-brac qu'elle avait précieusement conservé. Elle lui avait aussi montré, sous un matelas bouffé aux mites, des pièces de monnaie bien rangées, l'argent que lui donnait son fils tous les dimanches, qu'elle mettait un point d'honneur à ne pas dépenser. *Mais alors, pourquoi le prenait-elle ?* s'écria Antoine, s'étranglant presque. *Parce que tu avais besoin qu'elle le fasse*, répondit Maxime.

Cette fois, Antoine retint ses larmes. D'autres que lui avaient des raisons de pleurer, qui ne s'abandonnaient pourtant pas à leur tristesse. Il était temps de grandir un peu, de regarder autre chose que son nombril. Le jeune homme ne broncha pas, quand son frère lui dit que, ne se sentant pas le droit de lui en vouloir pour des faits que leur mère avait acceptés, il préférait tout de même prendre ses distances pour le moment. Jérémie le conduirait à l'aéroport après la mise en terre du corps. Antoine n'énonça pas une parole. Il comprenait, ne voyait pas, de toute façon, quelle relation ils pourraient avoir dans l'immédiat. Il n'avait plus le désir de mettre fin à ses jours, mais pour lui aussi, cette histoire devait se terminer. Les deux frères ne se dirent pas qu'ils venaient de se parler à cœur ouvert pour la première et dernière fois, qu'ils n'avaient rien à partager, pas même la douleur. Le sang n'était pas de l'eau, mais il était impuissant à lier ceux que tout opposait.

Thamar fut enterrée dans le cimetière où reposait Daniel, après un culte au temple baptiste que fréquentait la famille, celui où officiait le pasteur Penda, à qui Modi faisait lire les lettres de sa fille, du temps où cette dernière vivait au Nord. Il n'y eut que ses proches, quelques habitants de leur ancien quartier d'Asumwè, lesquels tenaient la vieille en haute estime. Deux jeunes hommes se souvenant des beignets haricots qu'ils allaient acheter chez elle le soir, quand ils étaient gamins, avaient voulu aider ses petits-fils à porter le cercueil. Des femmes de sa classe d'âge avaient entonné des cantiques d'adieu : *Di ma somele oa selele...* Antoine prit l'avion deux jours plus tard, non sans avoir dû promettre de revenir voir sa grand-mère. Il laissa ses coordonnées à Jérémie. Max les avait déjà, mais c'était sa manière de ne pas contraindre son aîné à le contacter pour faire plaisir à leur grand-mère. En réalité, il ne pensait pas fouler à nouveau le sol du Mboasu.

Quand on le retrouva, ce jour-là, déguenillé, hirsute, le visage strié de fines écorchures comme s'il avait été griffé, Maxime affirma avoir suivi une jeune fille qui chantait. Elle portait une robe jaune à fleurs bleues, comme celle que revêtait Thamar quand il était enfant. Les fronces, les imprimés de ce vêtement simple, quotidien, lui étaient restés en mémoire tout le temps, même quand il avait fini par oublier les traits de son visage. Il avait vu marcher cette jeune fille, qui s'était tournée vers lui sur le chemin, au sortir de la *Montagne* – c'était ainsi qu'il avait présenté les choses, ce qui avait davantage intrigué ses auditeurs. La demoiselle ne lui avait pas fait signe de la suivre, mais il avait compris qu'il le devait, s'y était senti poussé. Comme elle empruntait d'étroites ruelles dans les quartiers les plus peuplés de la ville – il était incapable de dire quelle était cette cité et nul n'en connaissait où se puisse trouver une montagne –, ceux où les voitures ne pouvaient pénétrer, il avait coupé le moteur, continué à pied. Ensuite, il ignorait ce qu'il s'était passé. Il n'avait plus vu la jeune fille, mais son chant avait continué de le guider sur ses traces. Il avait marché longtemps, à travers toutes sortes de chemins dont il n'avait gardé aucun souvenir. C'était tout ce qu'il avait pu dire, incapable d'expliquer sa longue disparition dont il n'avait d'ailleurs pas conscience, la manière exacte dont il avait abouti dans la brousse, les pieds en sang. Il entendait encore la chanson triste de l'adolescente, quand un homme venu lever du gibier dans des pièges disposés au milieu des fourrés l'avait trouvé endormi. Il avait pu énoncer son nom, sans dire, cependant, où il habitait.

Depuis cette confession, les journaux de la place avaient diffusé le portrait de Maxime, alertés par le chasseur qui espérait une récompense – Jérémie lui donnerait quelques billets à son arrivée à Nasimapula –, qui était même allé jusqu'à convoquer les télévisions locales. Son petit doigt lui disait que cet homme sans mémoire n'était pas un broussard comme lui, qu'il y avait probablement de la monnaie à ramasser. C'était ainsi que Philomène, la femme de Jérémie, qui regardait les programmes d'information des chaînes locales sur les écrans desquelles les scènes les plus extravagantes se déployaient en direct et sans répit, était tombée sur le visage de Maxime, en gros plan. Il racontait inlassablement son histoire : il avait suivi une jeune fille portant une robe jaune frappée de fleurs bleues, certain qu'il s'agissait de sa mère. Les présentateurs de ces émissions, toujours à l'affût de sensationnel, s'étaient focalisés sur cette partie de son propos. Il avait trente ans au bas mot et, d'après ce qu'il disait, la femme qui l'avait engendré était une gamine d'une quinzaine d'années. Quel mystère était-ce donc là ? Si sa famille le reconnaissait, on était curieux d'entendre le fin mot de cette histoire. En attendant, un numéro de téléphone défilait au bas de l'écran, que les téléspectateurs pouvaient contacter, s'ils étaient en mesure d'éclairer leurs compatriotes sur l'étrange affaire.

Philomène en avait vu d'autres. Quelques semaines auparavant, un phénomène encore plus mystérieux avait défrayé la chronique. On avait retrouvé, au Marché central de Sombé, un bocal de mayonnaise contenant un liquide rougeâtre, translucide, au fond duquel on distinguait parfaitement le corps ratatiné d'un homme entièrement formé. Chacun venait le décrire devant le micro que tendaient les reporters : *Ce n'est pas un fœtus. C'est un vieux père qui est là. On voit même ses cheveux. Il a les noyaux bien descendus.* Les badauds et les commerçants avaient voulu jeter le tout au feu, prétextant qu'il s'agissait d'un sorcier pris au piège dans son vaisseau nocturne, sans doute parce que l'aube l'avait surpris en train d'accomplir ses œuvres ténébreuses. Si on ne détruisait pas ce machin sur-le-champ, ce mauvais mage pourrait continuer à agir. Autant dire que le Mboasu tout entier avait regardé, commenté ces images, que certains avaient même enregistrées pour les diffuser sur les réseaux sociaux que les Subsahariens, qu'on disait pourtant sans moyens, à l'article de la mort, avaient investis de leur présence bavarde et haute en couleur.

Au milieu du brouhaha de descriptions s'arrimant surtout au-dessous de la ceinture – *Oui, il a les noyaux. C'est un* mola *qui peut couiller les petites ici dehors, bien même* –, une femme avait alors fendu la marée humaine des voyeurs qui s'agglutinaient autour du bocal. Se tenant avec autorité devant les caméras de Télé Oxygène, elle avait invité l'assistance à ne surtout pas briser le pot, ni l'envoyer dans les flammes. L'individu qui était enfermé là était, de son point de vue, une victime. C'était de cette façon que les innombrables sorciers du Mboasu s'emparaient de la destinée de personnes prometteuses, utilisant, pour leur propre compte, les potentialités et la chance de ces malheureux. Brûler l'objet conduirait à la mort certaine de celui qu'on y avait emprisonné, quand des prières de combat pouvaient encore le sauver. Il n'y avait qu'une option raisonnable : s'en remettre au Suprême. Il fallait donc se hâter de confier la chose à un pasteur compétent. Justement, elle en connaissait un...

Cela avait été un tollé, la femme se voyant accuser de *pratiquer*. Elle avait peut-être le nom de Dieu sur les lèvres, mais au Mboasu, on savait que ceux qui l'invoquaient à tort et à travers, à temps et à contretemps, étaient souvent ses plus fervents adversaires, des suppôts dévoués du Malin. Il avait fallu l'intervention de la police pour soustraire l'étrange récipient des mains de celui qui le tenait, mais on ignorait le sort que les forces de l'ordre avaient réservé à la chose. La femme de Jérémie avait seulement tchipé, tapé dans ses mains en signe de stupéfaction, se disant, tandis qu'elle allaitait son bébé, qu'il ne fallait pas chercher plus loin les raisons pour lesquelles le Continent peinait à se diriger vers un avenir lumineux. Trop de personnes touchaient à n'importe quoi, brassaient de sombres énergies pour s'enrichir ou détruire leur semblable. *Les gens n'aimaient pas les gens*, selon un adage bien connu, passant leur temps à ourdir d'obscures machinations pour leur arracher ce que Dieu leur avait donné.

Quand elle avait vu le visage de Maxime s'étaler sur l'écran, elle avait pensé que cette histoire-là non plus n'était *pas simple*, mais elle n'avait rien dit, se contentant de noter le numéro de téléphone de la chaîne, pour le faire tenir à son mari. Cela faisait exactement deux semaines qu'on était à la recherche de Maxime, et que Modi ne dormait plus, n'ouvrait plus la bouche pour parler, ni à quiconque, ni à elle-même. Max était sorti un matin, se rendant à son travail comme tous les jours, il allait tout à fait bien, si on passait sur les événements récents qui assombrissaient son humeur. Il n'était pas pensable qu'on l'ait découvert, seul, dans la brousse, tout près de Nasimapula, la capitale du Mboasu, qui était, tout de même, à trois heures de bus de Sombé où il vivait. De toute façon, Philomène s'était toujours dit que cette famille était bizarre.

Assurément, il s'agissait d'une affaire compliquée. Philomène l'avait simplement rapportée à Jérémie, qui avait contacté la chaîne de télévision en question, avant de foncer, en voiture, vers Nasimapula où son frère était exposé aux regards des curieux qui lui apportaient des arachides grillées, s'il voulait bien leur parler à nouveau de la jeune fille, de sa chanson. Arrivé sur place, Jérémie avait demandé à voir Maxime, qui ne l'avait pas reconnu. Il avait fallu qu'il prononce le nom de Thamar pour obtenir son attention. *Oui*, avait dit Maxime, *c'est derrière Thamar que j'ai marché. Pour qu'elle ne me laisse pas une fois de plus. Et tu vois, monsieur, je l'ai perdue. Je l'entends dans ma tête tout le temps, mais elle a disparu.* Baissant des yeux qui se remplissaient de larmes, Max avait soufflé, dans un sanglot, qu'il ne comprenait pas pourquoi Thamar marchait si vite. Elle savait bien, pourtant, qu'il était tout petit. Le cœur de Jérémie s'était fissuré. Jamais il n'avait imaginé une telle situation. Maxime. Le grand frère. Le plus brillant. Lui. Toujours si fort. Toujours maître de ses émotions. Toujours présent pour les autres. Voilà qu'il était redevenu un enfant. Comment Modi prendrait-elle cela ? Depuis deux semaines, elle restait assise sur sa véranda, ne décochait pas un mot, s'alimentait à peine. Tout ce qu'elle faisait, c'était coudre, assemblant des bandes de toile indigo, dont on ignorait où et quand elle se les était procurées.

Le retour à Sombé n'avait pas été chose aisée. Maxime s'était beaucoup agité, montré inquiet, comme une personne n'ayant jamais vu de voiture auparavant. Il avait fallu une bonne demi-heure pour le persuader d'y pénétrer. En dehors de ses mots sur la jeune fille à la robe jaune qui chantait en lui, ses propos avaient été extrêmement décousus. On aurait cru qu'il n'avait rien vécu d'autre que ce moment où il s'était mis en marche à la suite d'une maman plus jeune que lui, qui avait disparu sans qu'il sache comment, alors qu'il ne la quittait pas du regard. À leur arrivée devant la maison construite par Modi, à laquelle Jérémie avait ajouté un étage qu'il occupait avec Philomène et leur enfant, Maxime avait totalement perdu la raison. Délaissant son travail de couture, Modi s'était chargée de lui, toujours sans prononcer une parole, le lavant comme elle l'aurait fait avec un tout-petit. Puis, elle l'avait nourri en silence. Jérémie avait observé cela, songeant qu'elle finirait comme Max, si elle continuait de réprimer sa peine, son effroi. Sans lui manquer de respect, il le lui avait dit, choisissant méticuleusement ses mots, expliquant prudemment que l'ancienne était en droit de crier, de s'arracher les cheveux, de se rouler sur le sol. Elle venait de mettre en terre le seul enfant que Dieu lui ait donné de porter. La maladie lui avait ôté Daniel, un de ceux qu'elle avait élevés à la sueur de son front. Et maintenant...

La grand-mère avait simplement levé les yeux du bol de *gari* sucré qu'elle était en train de donner à Maxime, par petites cuillerées, lui essuyant patiemment la commissure des lèvres. C'était le goûter préféré de son petit-fils, quand il avait quatre ans. Dardant sur Jérémie des yeux las, elle avait dit : *Ne crois-tu pas qu'il soit trop tard pour pleurer ? Tu as peut-être raison, mais cela ne me les ramènera pas.* Se taisant un instant, elle avait repris la parole pour lui recommander : *Ne reste pas ici, Jérémie. Regarde ce qui arrive sous ce toit.* Elle lui demanda de prendre tout le temps nécessaire pour se trouver un autre logement. Il n'avait qu'à vendre cette maison, cela lui était égal, mais il devait quitter les lieux. Elle ne le lui dit pas, parce qu'il n'avait jamais eu d'autre mère au monde, mais elle pensa, dans son for intérieur, qu'il avait une chance d'en réchapper, parce qu'il n'était pas de son sang. La malédiction de Victor E. Masoma ne le concernait pas, ne pouvait l'atteindre. Le lendemain, aux premières heures du jour, Modi, vêtue d'une robe blanche, un foulard de la même couleur lui enserrant les cheveux, arrêta un des taxis jaunes de la ville de Sombé, dans lequel elle monta en compagnie de Maxime. Postée à la fenêtre de la chambre qu'elle partageait avec Jérémie, épiant le moindre mouvement des habitants de la maison, Philomène les vit s'en aller, la main de Maxime glissée dans celle de la vieille. Lorsqu'elle revint, au crépuscule, Modi était seule. Elle marchait courbée comme on n'aurait pas cru que sa haute taille le lui permettrait, semblant avoir rapetissé.

La vieille avait vu Philomène l'épier derrière le rideau entrouvert de sa chambre. Jérémie aimait cette femme. Il lui fallait donc la tolérer, mais elle n'avait jamais pu se faire à ses manières de villageoise pour qui la vie en ville consistait à regarder la télévision et à se faire belle. Elle devait avoir des ressorts dans les reins, pour intéresser son petit à ce point. Quoi d'autre ? L'ancienne avait tchipé pour elle-même, ne s'était pas donné la peine de lever les yeux pour saluer la jeune femme, encore moins celle d'ouvrir la bouche pour demander des nouvelles du bébé qu'elle chérissait pourtant particulièrement. Le moment était venu, pour elle, de se détacher des êtres comme des choses. Regagnant ses appartements, elle s'y était cloîtrée, avait pris une douche froide, passé une robe de nuit en cotonnade bleu marine, couleur du veuvage qu'elle avait arborée pendant toute sa vie à Asumwè, marré sa tête avec un foulard jaune à fleurs bleues, avant de s'enrouler dans une toile faite d'un assemblage de bandes couleur indigo. S'allongeant sur son lit sans le défaire, elle avait rivé ses yeux au plafond, y contemplant le défilé de ses souvenirs. Personne ne connaissait vraiment son histoire, il n'était plus temps de la raconter. Ceux qui auraient eu besoin de l'entendre n'étaient plus. Ils avaient été rendus à la terre ou l'esprit les avait quittés, ce qui signifiait la même chose. La parole du pasteur Victor E. Masoma, comme elle l'avait craint, avait façonné le monde autour d'elle. Modi s'était emmurée dans ce verbe comminatoire, lui conférant une puissance qu'il n'aurait pas dû avoir, se laissant détruire par la culpabilité ressentie à la vue de son père, le jour où, venant lui annoncer sa grossesse, elle l'avait trouvé prématurément vieilli, pleurant la disparition, sous ses yeux, de sa descendance.

L'homme n'était pas parfait, loin de là. Ils ne partageaient pas les mêmes convictions, elle le trouvait parfois extrêmement sec et sévère. Cependant, elle avait bien été le joyau de son existence, le seul être au monde qui ait eu droit à ses sourires, à sa tendresse. Sa vie n'appartenait pas à Victor Masoma, mais elle n'était pas en droit de lui tourner si durablement le dos, pour venir exiger, une fois dans la peine, les égards d'un père. C'était ce qu'elle s'était dit en recevant ses imprécations comme le juste retour de sa propre ingratitude, même si son esprit rebelle avait tout fait pour se convaincre, à l'époque, qu'elle n'avait rien à se reprocher. Comme elle, comme bien des jeunes de leur génération, ses frères s'étaient engagés dans le combat pour la liberté et la justice, mais ils étaient demeurés auprès de celui qui, ayant perdu sa compagne, s'était astreint à l'éducation de ses enfants, sans songer à se remarier, par fidélité à celle qu'il avait prise pour épouse devant Dieu. Il avait été distant, par trop autoritaire il était vrai, simplement comme un homme devant, par la force des choses, s'atteler à une tâche habituellement dévolue aux femmes.

Il avait fallu bien des années à Modi pour comprendre que chaque inventaire des vêtements à acheter, chaque passage dans la cuisine pour préciser à la bonne ce qu'on mangerait aux différents repas, avait fait crier, dans le cœur de l'homme, les silences dus à l'absence de sa bien-aimée. Au moment où ils auraient enfin pu se comprendre, trop de temps s'était écoulé, l'eau s'était asséchée sous les ponts. Par orgueil, elle le savait désormais, Maria Modi Masoma avait attendu que ce soit lui, le père, le vieux corps, qui franchisse la distance les séparant. Combien de fois avait-elle secrètement rêvé de l'apercevoir, à la lisière d'Asumwè, demandant au quidam si on n'avait pas aperçu sa fille, la prunelle de ses yeux : *Hein, une grande jeune femme au teint sombre ?* Il n'était pas venu. Elle n'était pas retournée le voir, pour le contraindre, si nécessaire, à accepter son affection, à lui pardonner. C'était elle, au fond, qui avait choisi de ne garder de lui que les paroles du bannissement, en faisant ce terreau sur lequel rien ne pousserait, rien d'autre que son amertume muette, sa solitude et cette vanité qui lui faisait donner. Donner, même ce qu'elle n'avait pas. Et à mesure qu'elle le faisait, ses plus chers lui étaient retirés, arrachés, sans même qu'elle en ait conscience.

Tout ce qui lui importait, à présent, c'était de les rejoindre. Modi était lasse de vivre. Lorsque Maxime avait disparu, elle avait su qu'il ne reviendrait pas et, en effet, celui qu'on avait ramené de Nasimapula, le visage strié de fines écorchures, des brins d'herbe sèche fichés dans les cheveux, n'était plus tout à fait son petit-fils. Même enfant, il n'avait jamais été si peu autonome, incapable de s'exprimer. À l'âge de deux ans, il parlait déjà si bien qu'elle l'avait inscrit à l'école maternelle, ce qui avait un peu fait jaser à Asumwè. Elle s'en souvenait comme si c'était hier, le revoyait avec son cartable sur le dos, un article de deuxième main que la grand-mère s'était procuré chez un fripier. L'ancienne pensa beaucoup au garçon, aux manques qu'elle n'avait pu combler, ne les soupçonnant pas en vérité, s'étant trop arc-boutée sur ses propres douleurs. Elle l'avait aimé de tout son cœur, il avait été sa plus grande fierté. Il était maintenant hors d'atteinte. Rien de ce qu'elle pourrait faire ne le restaurerait dans son état antérieur, et elle n'avait plus la force de lutter.

Elle songea également à sa fille, à qui elle n'avait jamais rien dit d'essentiel, pour ne pas réveiller les blessures l'ayant conduite à quitter la maison du père, pour élever seule une enfant qui ne saurait pas qui était l'auteur de ses jours. Thamar n'avait jamais posé de questions à ce sujet. Une telle chose aurait été inconvenante. C'était à sa mère de lui révéler cela, de la prendre à part à un moment ou à un autre, de lui dire. L'homme du maquis. Celui dont le pasteur Victor E. Masoma, figure respectée de la côte du Mboasu, ne voulait pas entendre parler parce qu'il était originaire du *mbusa mundi*, l'arrière-pays, ces *Grasslands* qu'on disait peuplés de sauvages dansant nuitamment autour des crânes de leurs ancêtres qu'ils conservaient dans le but de les interroger sur la conduite à tenir ici-bas, des idolâtres qui passaient le plus clair de leur temps à sculpter des masques devant lesquels ils se prosternaient durant des cérémonies dont on ne voulait pas connaître l'objet, des êtres arrimés à la matière, incapables de rien faire en dehors de ces métiers de commerce et d'usure que les côtiers méprisaient. Et sales, par-dessus le marché, terriblement grossiers, c'était ce qu'on disait. Modi n'avait pas tout de suite su d'où venait l'homme qui lui avait demandé son chemin un après-midi, prenant ce prétexte pour s'adresser à elle. À l'époque, les personnes venues des autres régions du Mboasu, quand elles s'établissaient à Sombé ou dans ses environs, apprenaient à parler la langue des côtiers. De plus, les indépendantistes, devant protéger leur identité, prenaient fréquemment des noms d'emprunt. C'était ainsi que cet homme s'était fait connaître à elle sous le nom de Kingué. Elle devait toujours l'appeler ainsi, au cours de la période qu'ils passeraient ensemble. Il avait été trahi par un compagnon, quelqu'un qu'il prenait pour un frère d'armes, et qui n'était, en réalité, qu'un des agents les plus zélés du tout nouveau pouvoir post-colonial, celui dont la tâche était de récolter les secrets que les prêtres avaient entendus en confession.

Kingué luttait contre l'oppression nordiste, mais il n'en voulait pas à Dieu, s'en remettait au contraire à lui, se souciant peu des vêtements qu'on lui faisait porter. Alors, en pénétrant dans une église, il pensait fouler un sol sacré, même si le prêtre qui l'y recevait était un Nordiste. Les yeux de Modi s'embuèrent à cette pensée. Si Kingué avait été plus communiste que subsaharien, il aurait abandonné toute foi en l'invisible, ce qui l'aurait peut-être sauvé. De nombreux combattants de la liberté dont il faisait partie avaient été tués. Lui avait survécu, tenté par tous les moyens de poursuivre la lutte, même après l'indépendance officielle du Mboasu, dont il savait, comme tout le monde dans le pays et au-delà, qu'elle n'était qu'une supercherie. Il avait continué à tenir des réunions où les noms qu'on avait voulu bannir de la mémoire populaire étaient toujours prononcés. C'était un de ces soirs-là qu'ils étaient venus le cueillir. Modi, qui participait à toutes les assemblées de ce type, avait tardé à le rejoindre. Elle venait de découvrir qu'elle attendait un bébé, se faisait du souci pour l'avenir. Comment élever un enfant dans l'incertitude du maquis ? Ils ne seraient pas toujours en sécurité sur les berges de la Ngadak... Elle avait pensé à la maison blanche à volets bleus, s'était demandé s'il ne fallait pas écrire à Ndoki, son frère aîné, pour le supplier d'intercéder en sa faveur auprès de leur père. Elle avait recommencé la lettre plusieurs fois, ne parvenant pas à la rédiger, songeant qu'il serait difficile de trouver une personne sûre qui puisse se rendre à Sombé, la remettre à son frère. Elle avait déchiré ses brouillons, les avait jetés dans les flammes du foyer sur lequel elle venait de préparer le dîner de Kingué. Le long du trajet la conduisant là où le meeting devait se tenir, un poids lui avait écrasé la poitrine, elle avait marché lentement, trop lentement.

N'ayant aucun droit sur la dépouille de son homme parce qu'ils ne s'étaient pas mariés, Modi n'avait pu que formuler une simple requête, quand sa famille vivant dans les *Grasslands* avait été informée. Elle avait souhaité qu'il soit enterré dans un habit indigo.

C'était sa couleur préférée. Elle avait confectionné de ses mains le costume, gardant pour elle les plus petites chutes du tissu et, aussi, un drap jaune à fleurs bleues sur lequel ils avaient passé leur dernière nuit. Son père, le pasteur Masoma, lui avait fermé la porte de la maison familiale, s'estimant déshonoré par cette fille qui, non contente de braver les autorités, s'était mise en ménage avec un communiste, un rebelle venu du *mbusa mundi*. Il ne voulait à aucun prix d'un petit-enfant ayant du sang de sauvage dans les veines. C'était ainsi qu'elle avait échoué à Asumwè, où elle avait porté, toute sa vie, le deuil silencieux du seul homme aimé. Sa protestation contre les prêtres nordistes et le pouvoir post-colonial avait consisté à ne plus prononcer un mot en langue hexagonale, à ne plus ouvrir un livre. Cela ne servait à rien, si on ne pouvait pas modifier le cours des choses. À la naissance de Thamar, elle lui avait donné un prénom biblique, en souvenir du temps où elle avait eu un père, des robes à dentelles, des souliers à bride nouée à la cheville, des ombrelles. Et elle l'avait appelée Kingué, patronyme que sa fille transmettrait à sa descendance, puisque, dans une rigidité d'esprit semblable à celle qu'elle fustigeait chez son père, Modi n'avait plus porté, ni même prononcé le nom de Masoma.

Thamar n'avait rien su, ni elle, ni personne d'autre au sein de la famille. L'ancienne avait considéré cette histoire, qui était pourtant la genèse de toutes les autres, comme sa propriété exclusive, ne s'en ouvrant que par bribes au pasteur Penda, à qui elle avait confié la charge du bien-être spirituel de sa petite tribu. Aujourd'hui, Modi se demandait ce que cela aurait changé, de s'épancher. Sa fille aurait-elle cessé de chercher, comme elle-même l'avait fait, une vie différente de celle qui lui était proposée ? Auraient-elles été plus proches si elle lui avait révélé le secret de sa venue au monde ? Avait-elle donc si mal agi en refusant d'évoquer tout cela ? Le jour où elle s'était enfin décidée à remuer toute l'affaire pour la partager avec elle, Thamar, alors âgée de quatorze ans, était accourue vers sa mère, les cheveux en bataille, le visage couvert de griffures, les pieds en sang, une tache écarlate maculant la robe jaune à fleurs bleues qu'elle continuerait d'arborer des années durant, Modi en reprenant simplement les coutures pour ajuster le vêtement à la taille de la gamine qui grandissait. Elle n'avait pas les moyens de lui procurer des habits neufs à l'envi, avait taillé cette robe dans le drap récupéré après le passage de Kingué dans l'autre monde. Thamar avait donc dû attacher le cœur, endurer de revêtir, jour après jour, la tenue dans laquelle elle avait été violentée pour la première fois. Était-ce ce qui l'avait condamnée à l'être de nouveau, à vivre des relations abusives avec tous les hommes qu'elle connaîtrait ? Comment Modi aurait-elle pu prévenir ces souffrances ? Elle n'était devenue qu'une pauvre parmi les plus pauvres, un être sans nom, son quotidien se limitait à une bataille sans trêve pour voir le lendemain. De sa vie d'avant, elle avait bien gardé quelques vêtements, sans se résoudre jamais à les faire porter à Thamar, qui n'avait donc qu'une robe pour tous les jours, un petit ensemble pour aller au temple le dimanche. Oui, elle aurait pu choisir d'autres options, vendre ses vieux effets, par exemple, mieux vêtir sa fille...

Maxime était né quelques mois plus tard, sa mère se détournant de lui pour des raisons compréhensibles. Deux années après, Thamar, une fois de plus agressée, avait donné le jour à Daniel. La mère et la fille n'avaient cessé de s'éloigner l'une de l'autre, Modi se faisant plus rigide, comme les mots de la colère du père résonnaient en elle. Fixant toujours le plafond des yeux, la vieille vit se déployer tous ces visages du passé. Puis, une image inattendue se présenta devant elle, s'imposa, plus distincte que toutes les autres. C'était la cour de sa petite cabane d'Asumwè, avec le manguier planté en son centre. Une chauve-souris, ayant élu domicile dans l'arbre, en rongeait les fruits qui ne mûrissaient pas, demeurant accrochés aux branches, où ils mouraient sans que leurs noyaux soient retournés à la terre pour l'ensemencer. Elle se souvint du moment où elle avait vu la chauve-souris, endormie, à l'abri du feuillage. Les prières n'y avaient rien fait. On avait enduit le tronc de l'arbre d'un répulsif, sans grand résultat. La bête s'en était allée, mais la vitalité du manguier n'avait pas été réhabilitée. Il était mort sur pied, après le long flétrissement de tous ses fruits. Autour d'elle, les choses s'étaient contentées de se conformer à ses pensées profondes, celles de fautes qu'elle avait magnifiées, parce qu'elle n'avait pas eu l'humilité de se pardonner à elle-même, ni de demander le pardon de celui qu'elle avait offensé.

Modi n'aurait pas la clé de l'histoire, les réponses étant rarement données aux vivants. Cependant, elle comprit que cet arbre était, en quelque sorte, son double végétal. Elle l'avait planté lors de son installation dans la modeste case d'Asumwè, et il n'avait vécu, comme elle, que pour mourir sans voir l'épanouissement de ses fruits. Son père, le pasteur Masoma, qui fustigeait tant le paganisme des peuplades du *mbusa mundi*, énonçait régulièrement cette phrase à peine chrétienne : *Le sang n'est pas de l'eau.* Elle l'avait reprise à son compte, au cours des années, sans même y réfléchir, l'utilisant pour faire prendre conscience à son entourage de l'importance des liens familiaux. Leur enseignant cela, jamais elle n'avait fleuri la tombe d'aucun de ses frères, ni revu celui qui était désormais invalide. Chaque fois qu'elle s'était vêtue pour aller rendre visite à son frère Wondja, la douleur et l'orgueil l'avaient figée sur place, elle n'était pas sortie. Elle n'avait pas été présente pour les derniers instants du pasteur Masoma, n'apprenant sa disparition que fortuitement, à travers les jacasseries de deux inconnues. La vieille ferma les yeux, cessant de s'interroger sur les jours enfuis, les actes manqués, la stérilité de son existence.

Ce fut la jeune Ernestine, venue faire le ménage comme tous les vendredis, qui découvrit Modi, étendue sur son lit qu'elle n'avait pas défait, le corps si bien enveloppé dans une toile indigo qu'on aurait pu penser que quelqu'un l'y avait enroulée. Elle portait un foulard jaune imprimé de fleurs bleues. L'adolescente, qui sut immédiatement que quelque chose n'allait pas, recula un peu. Ce n'était pas tant ce foulard inconnu, jamais vu auparavant autour de cette tête, qui la dérangeait. C'était quelque chose, une indicible certitude qu'imposait la posture de la vieille. Elle observa encore un peu l'ancienne, dont seuls les pieds et la tête dépassaient, puis, refermant la porte, elle se dirigea lentement vers l'escalier menant à l'étage qu'habitaient Jérémie et sa famille. L'homme n'était pas présent, mais elle trouva Philomène, assise devant les programmes à sensation de Télé Oxygène, un sein fiché dans la bouche de son bébé. Elle lui fit signe de venir. L'expression de son visage n'invitait pas aux débats. Philomène la suivit, tenant toujours l'enfant, maugréant parce qu'on l'avait interrompue dans le visionnage de ses émissions préférées.

Elles se tinrent toutes deux sur le seuil de la chambre de l'ancienne, l'interpellant à voix haute : *Maa Modi ! Maa Modi !* Elles échangèrent un regard. L'une d'elles devait pénétrer dans la pièce, pour mieux se rendre compte de la situation. Il n'était pas possible d'appeler Jérémie sur son portable, en lui disant seulement que la vieille ne répondait pas. Ernestine tendit les bras, faisant signe à Philomène de lui remettre le nourrisson. Cette dernière n'en avait pas envie, mais la jeune fille n'était qu'une employée de maison, une telle responsabilité ne pouvait lui être confiée. En réalité, elles savaient ce que confirmeraient les gestes de Philomène, qui secoua légèrement Modi en l'appelant de nouveau. Jérémie les trouva assises sur la véranda, silencieuses, les yeux baissés. Ayant lui-même constaté le décès de l'ancienne, compris qu'elle s'était suicidée en avalant sa langue, comme pour ne pas avoir à s'expliquer même par-delà la mort, il fit appeler le pasteur Penda. Ce dernier lui apprit que Modi était venue le voir la veille, en compagnie de Maxime, pour lequel elle souhaitait que des prières soient dites. Ils avaient prié ensemble, et la femme s'était ensuite rendue à l'Hôpital général de Sombé, pour laisser son petit-fils aux bons soins des psychiatres. Elle savait qu'ils ne pourraient pas grand-chose, d'abord parce qu'ils n'en avaient pas les moyens matériels, mais également, parce que leur science était impuissante à le guérir. Elle pensait, d'ailleurs, qu'il n'en avait plus pour longtemps à respirer l'air de ce monde. Or, elle ne se sentait pas capable de l'enterrer, lui aussi.

Lorsqu'ils étaient arrivés chez le pasteur Penda, sa grand-mère et lui, Maxime n'était plus capable de dire un mot, son langage se limitant dorénavant à un babil de nouveau-né. Il avait tant régressé en une journée, qu'il n'y avait plus à conjecturer sur l'aboutissement du processus. Max était en train de retourner dans le ventre de sa mère, pour renaître de nouveau, dans une autre dimension, un monde où Modi aspirait maintenant à les rejoindre, celui-ci l'ayant épuisée en vain.

Snow avait dû se trouver un agent, ce qui ne lui plaisait guère. Quelqu'un allait se mêler de sa vie, connaître ses petites affaires, mais c'était cela ou se laisser encombrer par des sollicitations sans intérêt. Or, il tenait à se ménager des espaces d'intimité, loin des mondanités qu'il avait si frénétiquement recherchées par le passé. Il se demandait s'il n'était pas plutôt taillé pour des formes artistiques solitaires. L'écriture ou la peinture, par exemple. D'ailleurs, ce qu'il faisait, ce n'était pas de l'art, mais de la communication. Les feuilletons télévisés ressemblaient dorénavant à de longs métrages publicitaires. On y vendait des modes de vie bien calibrés, des possibles balisés, des rébellions prescrites, des déchéances contrôlées.

L'été revenait. Les tournages allaient s'interrompre, la belle saison ne convenant pas à l'univers de la série, et la chaîne n'étant pas désireuse de délocaliser la production. Habituellement, le fait de déplacer ces opérations dans des pays à faible coût de main-d'œuvre se révélait profitable. Dans le cas de *La cité*, il avait été facile de trouver un accord avec des collectivités locales de la périphérie, trop contentes de pouvoir livrer à la production leur stock de travailleurs sous contrats aidés, qui revenaient aussi peu cher, en fin de compte, que des salariés venus de pays à l'émergence structurellement compromise. Le système *gagnant gagnant* n'avait plus de limites. Antoine ignorait ce qu'il ferait de son été. Peut-être effectuerait-il un voyage dans la campagne d'Albion, pour essayer d'écrire il ne savait pas encore quoi, ni même s'il y parviendrait. Il se disait seulement que quelque chose en lui devait être évacué, que ce serait là un bon moyen.

Le jeune homme remonta la rue en direction de l'Auditorium, longea la grande église dont la réfection semblait interminable, promena son regard sur les alentours, cet arrondissement classieux de l'Intramuros où il avait rêvé de résider. Cela ne lui disait plus rien. Il avait mis son logement en vente, pensait ainsi rembourser l'emprunt contracté pour l'acquérir, comptait retourner s'installer dans les quartiers nord qu'il habitait auparavant, quand il n'était pas une vedette, ni même un minuscule satellite gravitant autour des corps célestes qu'étaient les professionnels de la mode, de la télévision, dans une certaine galaxie. Il avait des vues sur un nouvel appartement, situé à deux pas de la zone sans nom où Thamar avait squatté un local qu'on ne pouvait appeler une chambre. Son sentiment de culpabilité ne le pousserait pas, il y veillerait, à vouloir revoir la bâtisse décrépite où sa mère avait logé, empilant, sous un matelas dévoré par la vermine, les pièces qu'il lui remettait avec arrogance. Il n'irait pas non plus prendre un café, de temps en temps, dans le bar-tabac ayant abrité leurs rendez-vous du dimanche matin. S'il tenait à s'établir dans ces parages, c'était pour se souvenir qu'elle s'était mise à sa recherche, alors qu'il ne voulait plus la voir. Elle avait arpenté tout l'Intra-muros jusqu'à dénicher la chambre de bonne qu'il occupait depuis ses années d'études. C'était parce qu'elle l'y avait trouvé, qu'elle s'était mise à rôder dans le coin, sa bouteille de mauvais vin à la main, mais le cœur toujours arrimé à son fils. À présent qu'elle n'était plus, Antoine voulait garder en mémoire l'affection maladroite de sa mère, tenter, peu à peu, de dépasser son amertume.

Avec le reste de la famille également, il avait envie de faire un effort, de les connaître davantage. En fin de compte, chacun avait été seul, chacun s'était senti mal aimé, perdu. Depuis son retour dans l'Hexagone, il pensait énormément à Maxime, entendait ses derniers mots à son endroit. Pour la première fois, l'aîné, qui avait si bien tenu son rang jusque-là, se sentait à bout de force, incapable de pardonner, d'accepter. Antoine trouvait cela normal. Sans pouvoir se l'expliquer, il souhaitait maintenant travailler à tisser des liens avec ce frère jadis détesté. Comment s'y prendre ? Comment ne pas gâcher le temps qu'ils passeraient encore sur cette terre ? C'était bientôt l'anniversaire de Max, qui allait fêter ses trente-trois ans, au cours de la prochaine grande saison des pluies. Antoine n'avait pas l'intention de se rendre au Mboasu sans y avoir été convié par son aîné, mais il tenait à lui indiquer que la chose serait possible. Max n'aurait qu'un mot à dire, quand il serait prêt. Aujourd'hui, il s'était rendu chez un des tout derniers disquaires de la ville, espérant dégoter des raretés pouvant plaire à son frère, féru de musique soul. Il avait longuement arpenté les rayons, ne s'y connaissant pas vraiment, ne sachant ce qu'il cherchait. En fin de compte, il s'était rabattu sur un enregistrement en public de Donny Hathaway, qui n'était peut-être pas si difficile à trouver, mais qu'il ne pensait pas avoir vu, lors de ses rares visites chez Maxime, lorsque ce dernier vivait en proche banlieue.

Antoine avait ensuite fait expédier son achat par une compagnie proposant des envois express à travers le monde. Le service était assez onéreux, mais pour un pays tel que le Mboasu, où on ne pouvait pas toujours se fier à la poste, c'était ce qu'il y avait de plus sûr. Le jeune homme avançait, d'un pas pressé, pour regagner l'appartement qu'il quitterait bientôt. Une casquette lui protégeait le visage, lui permettant de passer inaperçu, tant qu'il ne s'arrêtait pas trop longtemps pour regarder les vitrines. Il y avait encore quelques mois, il se serait presque installé dans les magasins pour essayer, toucher, chercher les vêtements les plus voyants. Puisqu'il se déguisait quotidiennement pour les besoins de *La cité*, il n'avait plus envie de le faire dans la vie réelle. Il n'était toujours pas certain de savoir qui il était, doutait même qu'on le puisse véritablement. Et, si d'aventure on se croyait en mesure de répondre à cette question, était-on plus heureux pour autant ? Il chassa ces interrogations, se hâta vers l'immeuble qui abritait la vacuité de ses jours. Comme il en poussait la porte d'entrée, son corps rencontra brutalement celui d'une personne qui sortait. Sa propension à l'aigreur ne s'étant pas tout à fait dissipée en dépit des chocs récents et de ses nouvelles résolutions, il aboya spontanément : *Vous ne pouvez pas faire attention, non ? Ben, je te cherchais*, répondit-elle, sans se laisser le moins du monde démonter, les boucles brunes de ses cheveux lui entourant le visage, comme si elle avait omis de se coiffer. Cela lui donnait un air mutin.

Elle allait s'installer au café d'en face pour boire un verre. Voulait-il la suivre ? *Mais qu'est-ce que tu fais là, nom de Dieu ?* lâcha-t-il, ne sachant trop ce qu'il éprouvait en la voyant là, après la manière, assez désagréable pour lui, dont ils s'étaient séparés. Amalia s'excusa de ne pas l'avoir prévenu de sa visite. Elle était de passage, avait eu envie... Il l'interrompit, espérant, sans se l'avouer, prendre cette fois la main, la garder. *Je rentrais chez moi, je suis fatigué. Un autre jour, peut-être. Allez*, insista-t-elle en souriant, *ne fais pas ta mauvaise tête. Un petit verre de rien du tout...* Antoine n'avait pas vraiment envie de résister, rien ne l'attendait dans son bel appartement. Le jeune homme suivit la femme brune, anguleuse, dont le postérieur n'était nullement décharné, qui ne semblait pas s'interroger sur les tenants et les aboutissants de l'existence humaine. Elle n'avait pas de temps à perdre, marchait d'un pas alerte, traversait hors des clous, les nombreux angles de son corps se mouvant dans un ballet mystérieux, les boucles de ses cheveux bruns lui sautillant sur la nuque. Elle se retourna vers Antoine, lui offrant un regard aussi vaste que l'univers et ses inconnues, lui tendit une main ferme. Comment un corps évanescent pouvait-il receler tant de force, et que lui voulait-elle ? La réponse à cette question au moins n'était pas tout à fait hors de portée, sa recherche pouvait devenir un mobile valable pour continuer d'habiter le monde. Songeant que cela le reposerait sans doute de se laisser conduire au lieu de tout vouloir contrôler en permanence, Antoine saisit la main tendue.

Ils s'installèrent à la terrasse du café où elle avait décidé de l'entraîner, n'échangèrent pas un mot pendant un moment. Se noyant dans le regard l'un de l'autre, ils semblaient se découvrir, se voir pour la toute première fois. Ce n'était pas faux. Avant cet instant, ils s'étaient à peine croisés en réalité, chacun ayant à affronter ses propres démons. Ce fut Amalia qui prit la parole, après qu'ils avaient passé commande, elle, d'un cocktail à base de tequila, lui, d'un jus de carotte agrémenté d'orange et de coriandre. Elle rit, demanda malicieusement si c'était de cette façon qu'il pensait soigner son âme chagrine. Ne fallait-il pas un peu d'alcool pour cautériser... Le vrombissement d'un moteur couvrit la voix de la jeune femme, ainsi que la sonnerie de son téléphone portable. Il ne sut donc rien, sur le moment, de l'appel pressant de Jérémie qui le priait de sauter d'urgence dans le premier vol pour le Mboasu, mais il finirait bien par écouter ses messages.

Outro

L'homme regardait, incrédule, le petit Maximilien que la sage-femme venait de lui glisser entre les bras. Ils avaient pensé l'appeler Maxime, mais s'étaient ravisés, pour que l'enfant ait une chance d'être lui-même, pas seulement celui qui vengerait, par la réussite et le bonheur qu'on lui souhaitait, les peines inutilement infligées à un autre. Alors, ils l'avaient baptisé Maximilien Masoma Kingué, Masoma figurant, pour l'état civil hexagonal, au rang des prénoms. Antoine avait attendu à l'extérieur de la chambre, en dépit de l'autorisation d'Amalia, qui n'avait vu aucun inconvénient à le laisser assister à la naissance de leur enfant. Il avait considéré que ces moments appartenaient à la mère et à l'enfant, que le père, lui, devait venir prendre sa place plus tard. Il le ferait. À sa grande surprise, l'annonce de la grossesse de sa compagne l'avait transporté de joie, déverrouillant quelque chose en lui, un espace qu'il avait cru irrémédiablement clos. Il avait cessé de se faire appeler Snow, et si ce pseudonyme traînait encore sur quelques lèvres à cause de son rôle dans *La cité*, c'était désormais son nom véritable qu'on lisait au générique des téléfilms dans lesquels il apparaissait. Il était Antoine Kingué, cette identité serait ce qu'il déciderait d'en faire. En cet instant, il se sentait invincible, capable de tout accomplir.

Il se revoyait, trois ans plus tôt, assis à la terrasse d'un café où il s'était laissé conduire par une Amalia déterminée. Se soumettant sciemment à ses demandes, il avait répondu sans détour à la moindre question, la regardant dans les yeux. Il avait besoin d'être accepté tel qu'il était encore ce jour-là. C'était la condition pour transcender ses limites : les reconnaître, ne pas tricher. La conversation avait duré des heures, tranquille, apaisée. Ils avaient même ri de certains épisodes de sa vie, qui ne lui avaient pas semblé amusants quand il les avait vécus. Par chance, Amalia étant installée en Ibérie, elle n'y avait pas entendu parler de *La cité*, lorsqu'elle était venue le chercher chez lui comme ça, pour boire un verre. Ce n'était donc pas vers une célébrité qu'elle était accourue, mais vers un garçon étrange, ombrageux, quelque peu belliqueux derrière son air élégant, qu'elle avait rencontré un soir, dans un club privé. Il l'avait suivie dans son pays, où ils avaient passé son premier été de véritables vacances. Adolescent, il avait profité de l'hospitalité de camarades de pensionnat, mais cela s'était produit à la suite de trop grands calculs pour lui autoriser l'insouciance. Il avait donc passé ces étés-là sur ses gardes, craignant toujours de dévoiler, par inadvertance, des choses concernant sa mère et l'homme qui l'entretenait. Quoi qu'il dise sur son entourage, Pierre, le compagnon de Thamar, n'était jamais mentionné.

Pour ses camarades d'internat, il était le fils d'une princesse de la côte du Mboasu, dont la famille habitait une grande maison blanche à volets bleus. Souvent, elle devait le laisser seul dans l'Hexagone, ses obligations princières requérant sa présence sur le Continent. Cette bâtisse, il ne l'avait pas vraiment inventée, il l'avait vue un jour, alors que Modi l'avait emmené dans un quartier appelé Sombé Bar – il n'avait jamais su pourquoi cette appellation. Un marché se tenait dans ces parages, où l'ancienne devait se rendre pour rencontrer une des femmes de sa tontine qui y possédait un étal. Elle avait eu l'air contrarié, pas tellement de devoir parler à la femme en question, mais d'avoir à le faire dans ce quartier. Sa grand-mère avait rouspété pendant tout le trajet en taxi, et quand on s'était rendu compte que la route passant devant la tombe du King Buma était barrée pour travaux, elle avait failli descendre de voiture. Il lui avait dit qu'il ne la suivrait pas. Il n'était pas question qu'il se mette à marcher sous la pluie battante qui menaçait d'en finir avec Sombé, cet après-midi-là. À contrecœur, Modi avait dû rester dans le véhicule, pour ne pas trop attirer l'attention des autres passagers. Le chauffeur avait emprunté une déviation, c'était là qu'il avait vu la maison, dans une petite rue, à l'écart du tumulte de la ville. Quand il lui avait demandé qui vivait derrière ces hauts murs immaculés, sa grand-mère n'avait pas répondu, détournant le regard. Il ne l'avait plus interrogée, mais s'était souvenu de cette habitation, autour de laquelle il avait élaboré tout une mythologie. L'été de ses onze ans, le dernier passé au Mboasu, il avait corrompu Daniel et Jérémie pour qu'ils l'y conduisent, leur offrant une bonne partie du stock de gâteaux secs et de barres chocolatées soutirés à ses compagnons de chambrée au pensionnat.

C'était ainsi que tous trois avaient sauté sur une moto-taxi, Jérémie s'asseyant entre le conducteur et le guidon, Daniel et lui se partageant la place du passager. Il avait cru mourir mille fois avant d'atteindre Sombé Bar, mais avait tenu bon, fait arrêter l'engin devant la tombe du King Buma, préférant poursuivre à pied. Antoine avait pu sans mal retrouver la maison blanche, devant laquelle il s'était fait photographier – avec un appareil gagné au cours d'une partie de poker –, allant jusqu'à s'introduire dans le jardin planté de frangipaniers odorants, au centre duquel trônait un arbre du voyageur parfaitement entretenu. Là aussi, il s'était fait prendre en photo, pensant à ôter sa chemise pour passer un T-shirt, afin qu'on ne devine pas que les clichés étaient tous deux du même jour. Un monsieur d'un certain âge, assis sur un fauteuil roulant, était apparu, poussé par une jeune femme vêtue de blanc qui devait être une garde-malade. Les trois garçons avaient pris leurs jambes à leur cou, Antoine ayant obtenu ce qu'il désirait. Ces images avaient servi à alimenter ses bobards et, surtout, à conforter les autres pensionnaires dans l'idée qu'il n'était pas ce qu'ils s'imaginaient : un sauvage échappé de la jungle.

Trois ans plus tôt, lorsqu'il avait enfin écouté les messages laissés sur son répondeur, dans le train les conduisant en Ibérie Amalia et lui le lendemain de leurs retrouvailles, il avait rappelé Jérémie pour lui dire : *Écoute, c'est trop pour moi d'un seul coup... Je ne devrais pas te demander cela, mais peux-tu t'en occuper ? Je t'envoie ce qu'il faut. Et ne t'inquiète pas, je passerai te voir d'ici quelques semaines.* Il avait tenu parole, s'était rendu au Mboasu en compagnie d'Amalia, s'était recueilli sur la tombe de Modi, sur celles de Thamar et de Daniel également. Lui qui avait tout mis en œuvre, jusque-là pour rester à distance des affres de l'existence, avait voulu rendre visite à Maxime, dans l'aile des soins psychiatriques de l'Hôpital général de Sombé. Il s'était retrouvé face à un nourrisson piégé dans un corps d'adulte. S'interdisant de pleurer, il s'était assis, avait commencé à lui parler. Quand l'infirmière s'était présentée pour le repas du soir, il avait demandé la permission de le donner lui-même à son frère. En quittant les lieux, il avait laissé ses coordonnées. Il résidait à l'étranger, mais insistait pour être immédiatement informé, si quelque chose de grave survenait. Dans la cour de l'hôpital, Antoine avait pensé qu'après tout, Maxime avait bien le droit, lui aussi, de n'être qu'un enfant. Il avait bien le droit de ne se soucier de rien. Contrairement à lui, qui était allé de caprices narcissiques en crises aiguës d'égoïsme, son aîné n'avait jamais tenté d'arracher à la vie ce qu'elle ne lui avait pas donné, pensant le mériter par ses efforts.

Amalia et lui s'étaient promenés à travers Sombé, comme il n'avait pas vraiment eu l'occasion de le faire auparavant. Ils avaient flâné entre les étals du Centre artisanal, découvert le quartier administratif avec ses vieux édifices coloniaux, la statue d'un officier hexagonal se dressant fièrement devant le bureau de poste principal, les contours d'une ville à la culture hybride, caractéristique de l'identité subsaharienne d'aujourd'hui. Puis, il l'avait emmenée à Sombé Bar, lui avait montré la maison blanche à volets bleus, avouant : *C'est dingue, je suis venu photographier cette maison quand j'étais gamin. Et le soir où on s'est connus, j'ai rêvé que j'y trouvais ma mère... Enfin, dans mon rêve, elle n'était pas ici, mais c'était bien la même baraque. Elle est magnifique.* Amalia, qui avait les pieds sur terre mais la tête un peu dans les étoiles, qui croyait donc à des tas de choses invisibles et difficiles à prouver, avait haussé les épaules en affirmant que tout était simple : il avait une histoire avec cette maison, il était temps de savoir laquelle. Comme on pouvait s'y attendre étant donné son tempérament, elle avait poussé le portail qui avait grincé, alertant les habitants de la bâtisse. Un vieux monsieur en fauteuil roulant était apparu sur une véranda qu'on atteignait en gravissant une petite volée de marches. Il leur avait souri en disant : *Plus personne ne vient me voir. Vous boirez bien un jus de* kasimangolo *avec moi ? Vous verrez, il est très frais.* Il avait tapé des mains, une femme vêtue de blanc s'était précipitée à son appel. Antoine et Amalia avaient été introduits dans une salle de séjour au mobilier de rotin : deux sièges, un canapé et une méridienne, avec des coussins couverts d'une toile indigo. Ils avaient bu du jus de *kasimangolo*. À l'énoncé du nom de ce fruit, sa compagne ne pouvait s'empêcher de pouffer comme une fillette, ce qui semblait réjouir leur hôte.

Au bout d'un moment, l'homme, qui s'était présenté sous le nom d'Eithel Wondja Masoma, avait fixé Antoine du regard, demandé : *Jeune homme, ne vous ai-je pas déjà rencontré quelque part ?* Sans l'ombre d'une hésitation, Antoine, à qui ses expériences récentes et sa nouvelle maturité n'avaient pas fait perdre son effronterie, avait dit que si, en effet, ils s'étaient croisés ici même, il y avait un peu plus d'une quinzaine d'années. Il s'était introduit dans le jardin avec ses frères. Le vieillard pensait s'en souvenir. Il y avait bien longtemps que peu d'événements se produisaient dans sa vie, et ce jardin, malheureusement, n'avait plus si fréquemment reçu des jeunes gens. Alors, oui, une scène insolite lui revenait, de trois chenapans prenant la fuite alors qu'il leur proposait de partager un verre de jus de fruits avec lui. Antoine exprima ses regrets. S'ils avaient pu s'en douter... L'homme s'enquit de ses frères. Il lui apprit la disparition de l'un d'eux, des suites d'une crise de paludisme, mais l'autre se portait comme un charme, viendrait avec plaisir rattraper le temps perdu. Eithel Wondja Masoma avait répété ces mots, *le temps perdu*, s'abîmant dans des pensées qu'il aurait été inconvenant de vouloir sonder. Antoine et Amalia promenèrent un moment les yeux à travers la pièce, cherchant le moyen de prendre poliment congé, ne sachant comment interroger ce vieux monsieur solitaire à propos de sa maison, sans passer pour des personnes un tantinet dérangées.

C'était alors qu'une photographie accrochée à un mur, dans un cadre d'argent ajouré fixé au-dessus d'une petite console sur laquelle trônait un phonographe, avait attiré l'attention du jeune homme. Antoine s'était excusé en se levant, s'était approché. Il avait longuement observé le visage de la jeune femme dont le portrait se trouvait là. Quelque chose avait vibré en lui, comme une corde de guitare basse savamment martelée du plat de l'index et du majeur. Se retournant vers Wondja Masoma, il avait dit : *Nous avons suffisamment abusé de votre temps. Merci de nous avoir si gentiment reçus.* Après avoir chaleureusement serré la main de leur hôte, il avait entraîné Amalia à l'extérieur. S'il y avait quelque chose à découvrir, et il était certain que c'était le cas, un autre que lui devait être là pour l'entendre. Ce visage. C'était elle. Personne n'avait cette espièglerie dans le regard. Ce port de tête. Cette fossette au menton. Il ne pouvait s'agir que d'elle, dans la maison blanche à volets bleus qu'elle n'avait pas voulu regarder, devant laquelle elle aurait voulu éviter de passer. Pourquoi ? Il ignorait encore lequel, mais il existait bien un lien entre cette maison et lui. Amalia avait raison. Il aimait moquer ce qu'il appelait sa mystique subsaharienne – sensibilité qu'elle s'enorgueillissait de tenir d'une grand-mère originaire du Yénèpasi – mais il devait souvent se rendre à l'évidence, la réalité ne se limitait que rarement à ce qu'on voyait, à ce qu'on croyait savoir.

Plusieurs jours plus tard, un peu autour de la même heure, en début de soirée, il avait prié Jérémie de l'accompagner faire un tour. Arrivé devant cette demeure reconnaissable entre toutes à Sombé, son frère s'était écrié : *Mais toi aussi ! Il te faut encore une photo de...* Antoine avait secoué la tête en signe de dénégation. Puis, il avait poussé le portail, Wondja Masoma avait surgi sur son fauteuil qu'il maniait comme un bolide. Fidèle à ses habitudes, il s'était dit ravi de recevoir de la visite, d'avoir quelqu'un d'autre que son infirmière à qui parler. Antoine lui avait présenté Jérémie : *Mon frère. Nous étions ensemble ce fameux après-midi où je me suis glissé dans votre propriété*. Ils avaient bu un verre comme la fois précédente. Les deux jeunes hommes avaient laissé leurs compagnes dans la maison de Modi, que Jérémie n'avait pas quittée. À l'heure où ils découvraient qui était la jeune femme du portait, Amalia n'en revenait pas de voir les choses que Philomène regardait avec passion sur Télé Oxygène.

Ils s'étaient levés, Jérémie marchant à la suite de son frère qui lui faisait signe de le rejoindre, de regarder, s'étaient tenus un bon moment près du phonographe dont les pétales cuivrés s'ouvraient sur la pièce, comme pour délivrer des secrets à qui saurait écouter. C'était Antoine qui s'était tourné vers Eithel Wondja Masoma, pour connaître l'identité de la jeune femme. Faisant rouler son siège vers eux, l'ancien était également venu se poster sous la photo, le regard grave. *C'est ma sœur*, avait-il simplement expliqué. *Ma petite sœur, Maria.* Pendant un moment, les garçons, qui avaient ressenti la même chose, reconnu la même personne, avaient cru se tromper. Puis, murmurant comme pour lui-même, l'homme avait ajouté : *Elle n'aimait pas beaucoup ce prénom, Maria. Elle préférait son* dina la mundi, *son nom du pays, Modi, qui chez nous, signifie* lune. Antoine, qui avait entendu, lui avait fait répéter : *Modi, vous avez dit... Certes non*, s'était épouvanté le vieux. *Vous avez un accent à couper au couteau. Cela ne se prononce pas* maudit... Jérémie avait alors confirmé qu'Antoine avait parfaitement compris. Simplement, il faisait preuve d'une inaptitude caractérisée à énoncer les mots les plus simples de la langue des côtiers du Mboasu. C'était également lui qui avait appris à Wondja Masoma que leur grand-mère s'appelait Modi, qu'ils auraient juré la reconnaître sur cette photographie. Bien sûr, ils ne l'avaient pas côtoyée dans ses jeunes années, mais le temps n'avait que très peu altéré ses traits. Antoine avait extirpé de sa veste en lin beige une photo prise dans un studio où Modi les avait conduits, la toute première fois qu'il était venu en vacances chez elle. On l'y voyait, boudant comme toujours, tandis que le reste de la famille souriait.

Le vieux Masoma s'était emparé du cliché, avait appelé pour qu'on lui apporte ses lunettes. Les chaussant fébrilement, il avait examiné l'image, ses yeux se remplissant d'un flot de larmes qui ne devait plus tarir, pendant les longues minutes où il avait déroulé l'histoire. La fille tant aimée. La prunelle des yeux de son père. Ses robes. Ses ombrelles. Kingué, l'homme du maquis. La brouille. Le chagrin du père, jusqu'au dernier jour. Sur le moment, le pasteur Victor E. Masoma avait bien sûr pensé ce qu'il avait dit en chassant sa fille, mais au fond de lui, il avait toujours espéré la revoir. *Sur son lit de mort, il l'appelait encore*. Il leur avait montré sa chambre de jeune fille, celle que la jeune femme avait quittée en pleine nuit, pour rejoindre son aimé, vivre parmi des rebelles. La pièce était demeurée intacte, avec son grand lit en bois, sa coiffeuse comme peu de femmes en avaient alors, avec un miroir ovale, un plateau de nacre sur lequel des fleurs avaient séché dans un vase. *Père avait payé ce meuble une fortune, comme tout ce qu'il lui offrait. Elle l'a reçu pour ses dix-huit ans*. De leur côté, ils n'avaient pas voulu évoquer la série de drames qui s'étaient abattus sur leur entourage. Les petits-fils de

Modi avaient contemplé ce que leur grand-mère avait abandonné pour vivre à Asumwè, dans une case sans confort, ouverte aux intempéries et aux insectes nuisibles.

C'était ce jour-là qu'Antoine avait véritablement commencé à dépasser les blessures du passé, pour se tourner vers les jours à venir. Tant d'autres avant lui s'étaient claquemurés dans leurs douleurs, passant, les yeux fermés, devant les belles choses que la vie pouvait offrir. Il comprenait parfaitement que cela se produise. Lui-même avait si habilement entretenu sa colère. Il n'avait pu s'empêcher de se dire, en découvrant ses appartements de jeunesse, que si Modi l'avait logé en un tel lieu, il aurait fait deux fois moins d'histoires pour venir passer ses vacances sur le Continent. Il n'était pas certain de croire au bonheur, mais il ne voulait plus, quoi qu'il advienne, entraver l'éclosion de la joie, même la plus éphémère. Le vieux Wondja Masoma avait été triste de savoir que sa sœur était morte, mais il était reconnaissant de ne pas disparaître, à son tour, sans rien avoir su de ce qu'elle était devenue. Il leur avait montré bien d'autres photographies, des clichés en noir et blanc minutieusement collés dans un album à couverture de cuir blanc. La ressemblance de Maxime avec le pasteur Masoma les avait frappés. Les visages des aînés – Salomon Ndoki Masoma et Moïse Maléa Masoma –, tous deux décédés pendant les soulèvements populaires de la période coloniale, les avaient émus, comme la solitude du vieux Wondja, qui avait traversé ces années avec ses souvenirs, sans espoir de dire son histoire à qui pourrait valablement la recevoir.

Antoine et Jérémie avaient pris congé du vieillard, promettant de revenir le voir aussi souvent que possible. En les raccompagnant sur la véranda, il avait affirmé que sa maison leur resterait ouverte. Désormais, ils étaient plus légitimes que tout autre à y pénétrer. Ses jours étaient comptés. Il quitterait ce monde rassuré : la demeure resterait dans la famille. Elle n'irait pas à ces parasites envieux du clan qui lorgnaient dessus, certains que la lignée des Masoma s'éteindrait avec lui, pressés de vendre le patrimoine côtier au plus offrant. Rien, dans la ville de Sombé, n'appartenait plus aux gens de la côte, qui s'étaient hâtés, afin de s'adonner à leur passion pour la bamboche, de se délester de tous leurs biens. Lorsqu'ils les avaient conservés, ils ne s'étaient pas donné la peine de les entretenir, foulant allègrement aux pieds la mémoire de leurs pères, qui n'était devenue, à leurs yeux, qu'un élément de l'attirail folklorique dont ils se paraient, une fois l'an, au 1er décembre, quand ils marchaient en procession vers la Tubé, pour rendre hommage aux ondins. Il convoquerait son notaire dès le lendemain, pour procéder à des modifications de son testament, leur en faire tenir une copie. Les notaires du pays ressemblaient au milieu dans lequel ils évoluaient : c'étaient des charognards, il convenait de s'en méfier. Ce serait vraiment bien qu'au moins l'un des garçons soit présent. Antoine avait dit qu'il passerait, laissant un numéro où le joindre en cas d'urgence. Les deux jeunes hommes s'étaient penchés vers l'ancien, l'avaient embrassé comme on le faisait au Mboasu, l'étreignant, frottant leur front contre le sien. Il sentait le vétiver, le jus de fruits frais.

Le lendemain et les jours qui avaient suivi, Antoine s'était rendu chez Wondja Masoma, parfois en compagnie d'Amalia ou de Jérémie, mais seul, le plus souvent, jusqu'à son retour dans l'Hexagone. Il était décidé à connaître ses racines, même flétries, l'histoire qui l'avait produit, même si elle n'était pas très réjouissante, à bien des égards. C'était au cours d'une de ces visites que son grand-oncle lui avait offert le phonographe du Révérend Masoma, et le portrait de Modi. La découverte du passé de sa grand-mère n'avait pas rempli tous les blancs de l'histoire familiale, c'était un fait. Par exemple, cela ne lui avait rien appris concernant l'homme qui avait laissé Thamar au Nord, enceinte de ses œuvres. Cet individu ne l'intéressait pas. Peut-être cela changerait-il un jour, mais il en doutait. Si donc, des zones d'ombre persistaient, entendre Wondja Masoma raconter la jeunesse de Maria Modi, sa sœur, avait permis au jeune homme de mieux s'accepter. Pas uniquement parce que les parcours humains qui l'avaient engendré n'avaient pas pris naissance dans la boue d'Asumwè, mais également parce qu'ils le situaient dans une lignée d'individus pour lesquels il éprouvait désormais tendresse et respect. C'était d'eux qu'il tenait certaines de ses fragilités, qui ne lui apparaissaient plus comme des tares, mais comme des traits de caractère enracinés dans une expérience précise. Aussi, ne se demandait-il plus pourquoi il était cet être particulier, cherchant simplement à ne pas rééditer les erreurs de ses ascendants : l'enfermement en soi, la culture du ressentiment, cet orgueil par lequel on magnifiait ses propres défaillances afin de mieux s'autoflageller. Il savait également que la vie lui avait offert, pour lui éviter de s'embourber dans ces failles, ce qui avait manqué à Thamar et à Modi, quand elles en avaient eu si cruellement besoin pour ne pas perdre pied. L'amour. L'une avait tenté de le fabriquer elle-même en prenant soin d'enfants qu'elle n'avait pas portés, feignant de croire que cela remplacerait l'étreinte due à sa fille, le baiser que son père avait attendu, jusque sur son lit de mort. L'autre l'avait recherché dans les bras d'hommes qui ne l'avaient jamais rencontrée, se laissant étourdir par leurs cadeaux, leurs paroles suaves, jusqu'au moment où elle s'était retrouvée seule, face à une vie dont elle n'avait su quoi faire. Lui, de son côté, et quoi qu'il s'en défende en ce temps-là, avait cru trouver l'amour en devenant une image qui aurait fait rêver sans pour autant qu'on puisse y toucher, se figurant ainsi exister pour les autres, sans risquer d'être un jour blessé par eux.

Antoine ne se sentait plus, comme cela avait dû être le cas pour sa mère, sa grand-mère et même pour Maxime, un individu isolé, un singleton égaré dans un monde avec lequel il n'y avait d'autre choix que celui de composer. Il concevait désormais que l'existence puisse être, au moins à certains moments et dans des contextes définis, autre chose qu'une sorte de bal masqué. Que l'amour soit avant tout celui qui était donné, à recevoir tel quel, parce qu'il était précieux. S'approchant d'Amalia qui semblait épuisée, il lui demanda si elle avait besoin de quelque chose. Elle lui fit un clin d'œil : *Je meurs d'envie de croquer dans une barre chocolatée, mais ils ne voudront jamais m'en donner une, ici.* Sans doute parce que ce n'était pas bon pour elle, mais il ne pouvait rien lui refuser.

Surtout aujourd'hui. Couchant Maximilien dans le berceau en Plexiglas placé près du lit de sa mère, il déposa un baiser sur le front de sa compagne, lui murmura qu'il l'aimait. Comme toujours, elle se moqua : *Toi, Snow, l'homme de glace ? Comment une telle chose est-elle possible ?* Il ne put s'empêcher de rire, haussant les épaules pour dire que lui non plus ne comprenait pas ce qui lui arrivait. Il aimait son esprit taquin, son habileté à éloigner les pesanteurs émotionnelles. Elle l'aurait, sa barre chocolatée, mais d'abord, il devait sortir pour passer un appel téléphonique. Il voulait, sans tarder, annoncer la nouvelle à Jérémie, qui l'apprendrait au grand-oncle Masoma. Qu'on sache, là-bas, au Mboasu, que la vie continuerait.

Notes

1. Barbara, *Regarde*.
2. Refrain très usité dans le rap des années 80.
3. François Villon, *La Ballade des pendus*.
4. Deutéronome, 18, 10.
5. E. D. Morel, *Red Rubber* : *the rubber slave trade flourishing on the Congo on the year of grace 1906.*
6. Louis Aragon, *Le Roman inachevé*.
7. Proverbes, 26, 2.
8. Luc, 10, 19.

La photocomposition de cet ouvrage
a été réalisée par
GRAPHIC HAINAUT
30, rue Pierre Mathieu
59410 Anzin

POCKET - 92, avenue de France - 75013 Paris

Dépôt légal : septembre 2016

Imprimé en France par EPAC Technologies
N° d'impression : 4550414304321
Dépôt légal : septembre 2016